BASTEI
LÜBBE

STARGATE IM
TASCHENBUCH-PROGRAMM:

24 219 McCAY Das Erbe des Sonnengottes
24 231 McCAY Die Vergeltung

BILL McCAY

STARGATE³

Die Vergeltung

Roman

Ins Deutsche übertragen von Karl-Heinz Ebnet

BASTEI LÜBBE

BASTEI-LÜBBE-TASCHENBUCH
Band 24231

Erste Auflage: November 1997

Deutsche Lizenzausgabe 1997 by
Bastei-Verlag Gustav H. Lübbe GmbH & Co.,
Bergisch Gladbach
Originaltitel: Stargate™ – Retaliation
Lektorat: Angela Koonen/Stefan Bauer
Titelbild: Archiv für Kunst und Geschichte, Berlin
Umschlaggestaltung: Quadro Grafik, Bensberg
Satz: Fotosatz Schell, Hagen a.T.W.
Druck und Verarbeitung:
Brodard & Taupin, La Flèche, Frankreich
Printed in France
ISBN 3-404-24231-9

Der Preis dieses Bandes versteht sich einschließlich der
gesetzlichen Mehrwertsteuer.

Ein kluger Autor kennt seine Grenzen und weiß, wann er um Hilfe bitten muß. Ich möchte auf einige Personen hinweisen, die an der Entstehung von *STARGATE: Die Vergeltung* entscheidenden Anteil hatten.

Dean Devlin, der Produzent und Begründer von *STARGATE*, sparte bei der Entwicklung dieser Geschichte nicht mit Interesse und Vorschlägen.

Michael P. Palladino, Schriftstellerkollege und Freund, ließ mich nicht nur an seinem militärischen Wissen teilhaben, sondern machte mir auch die Sachkenntnis anderer zugänglich. Insbesondere erwähnen möchte ich Lee Russell, Major Garrie Dornan von der U.S. Army und Lieutenant Chris Lewis vom U.S. Marine Corps; daß die militärischen Details in diesem Roman stimmen, beruht auf ihren Bemühungen. Fehler sind die alleinige Schuld des Autors.

Und dann war da noch meine äußerst geduldige Herausgeberin Amy Stout, die meiner Hysterie, die stetig zunahm, je mehr sich dieser knifflige Roman seiner Fertigstellung näherte, Gelassenheit und Humor entgegensetzte.

Ihnen allen gebührt mein Dank – ohne sie wäre dieses Buch nicht das geworden, was es jetzt ist.

1. KAPITEL
ANKUNFT UND ABREISE

Sergeant Eugene Skinner vom U.S. Marine Corps musterte mißtrauisch seine Abordnung der Ehrenwache. In wenigen Minuten würde ein General durch das SternenTor geschleudert werden, um die Erkundungsstreitmacht auf dem Planeten Abydos zu inspizieren. Und das erste, was er auf dieser Welt zu Gesicht bekommen würde, waren Skinners dreizehn Männer.

Der Sergeant kannte solche Inspektionen, er hatte sie an den ungewöhnlichsten Orten und von den unterschiedlichsten Leuten über sich ergehen lassen. Hier aber war es das erste Mal, daß er auf einem fremden Planeten, in einer von Menschenhand geschaffenen Höhle unterhalb einer hundertfünfzig Meter hohen Pyramide eine Parade durchzuführen hatte. Skinner war fest entschlossen, daß alles wie am Schnürchen laufen sollte.

Seine Marines trugen nicht die blaue Paradeuniform, sondern Kampfanzüge mit Wüstentarnung, braunen und grünen Flecken auf sandfarbenem Untergrund. Unter dem unbestechlichen Blick des Sergeanten hatten die Männer dafür gesorgt, daß sich jeder Ausrüstungsgegenstand, jede Waffe in dem einzig akzeptablen Zustand befanden – daß sie perfekt waren.

Sergeant Skinner mochte keine Überraschungen und versuchte auf alles gefaßt zu sein. Deswegen standen seine Männer bereits lange vor General Wests Ankunft, die um 1100 Uhr erfolgen sollte, in Formation.

»Typisch«, murmelte der Sergeant, als früher als geplant ein tiefer, kaum hörbarer Ton den Beginn einer SternenTor-Übertragung ankündete. »Er will, daß wir schlecht aussehen.«

»Der General wird wahrscheinlich derjenige sein, der schlecht aussieht«, erwiderte ein Corporal mit leiser Stimme. »Den meisten geht's nicht besonders, wenn sie aus dieser Speischleuder ausgeworfen werden.«

Skinner mußte zugeben, daß die flapsige Bezeichnung, die der Marine für die Reise durch das SternenTor parat hatte, den Punkt traf. Die Übertragung, die von Portal zu Portal Millionen von Lichtjahren überwand, war eine Höllenfahrt, die einem nicht nur das Gehirn verbog und verzerrte, sondern den Körper zerstampfte, als mache man einen Trip über die Niagarafälle – allerdings ohne Faß.

Aber gleichgültig, in welchem Zustand sich der General befinden würde, wenn er auftauchte, er würde ein bildschönes Empfangskomitee vorfinden.

Im Fokus des SternenTors von Abydos war nun, von einem dunklen, dumpfen Klang begleitet, das Schimmern der ungeheuren Energie zu sehen, die zu einem leuchtenden Kraftfeld gerann und sich wie ein Strudel aus dem verzierten goldenen Kristalltorus erbrach. Dann stabilisierte sich das Energiefeld in dem strahlend goldenen Ring. Es sah aus, als ob Wasser über eine fünf Meter breite Seifenblase rieselte oder sich kräuselnd darauf spiegelte.

Eine Silhouette verdunkelte das irisierende Energiefeld. Sergeant Skinner war vor seine Männer gesprungen und schrie: »Aaach-tung!«

Die Ehrenwache nahm Hab-Acht-Stellung an und präsentierte die Gewehre. Zu seiner Linken hörte Skinner den örtlichen Befehlshaber Colonel Jack O'Neil jemanden anschnauzen. »Wo zum Teufel steckt Jackson? Er sollte doch hier sein …«

O'Neils Worte wurden von dem Erscheinen des Neuankömmlings unterbrochen. Die bullige Gestalt, die aus der Energielinse hervorbrach, sah nicht wie ein General aus. Sie glich nur entfernt einem Menschen, denn auf ihren Schultern erhob sich eine Falkenmaske aus goldenem Kristall. Die Gestalt griff mit einer waagrecht von sich gestreckten, speerähnlichen Waffe an, dann erschienen im SternenTor vier weitere Maskengestalten.

Skinner riß sein Gewehr von der Schulter, während ihm voll Entsetzen bewußt wurde, daß die Wache nur zur

Zeremonie da war. Um der Verlegenheit vorzubeugen, daß man zufällig einen VIP erschoß, waren die M-16-Gewehre nicht geladen. Verzweifelt riß er ein volles Magazin aus einer Patronentasche und schrie: »Entsichern, laden! Selbständig feuern!«

Ein blendender Energiestrahl blitzte aus der Lanze des Eindringlings auf. Er traf Skinner und zwei seiner Männer, noch bevor sie in Feuerstellung waren.

Bevor Khonsu sich den außerirdischen Pfaden des SternenTors anvertraute, hatte er sich den erforderlichen Muskel- und Atemübungen unterzogen. Jahrtausendelange Erfahrung hatte die Horuswächter gelehrt, wie die unmenschlichen Belastungen, die zwischen den Toren auftraten, vermindert werden konnten.

Khonsu wußte, daß jede Sekunde zählte, wenn sie auf Abydos ankamen. Er und seine Gefährten mußten zum Zeitpunkt ihrer Ankunft kampfbereit sein.

Als Khonsu auf der Abydosseite des SternenTors hervorbrach, war er von Kopf bis Fuß der rächende Horuswächter. Die Wachen auf der anderen Seite waren wie erstarrt, wie Zielscheiben standen sie vor ihm. Seine Strahlenlanze vernichtete drei Männer in der Mitte ihrer Verteidigungslinie, bevor die Erdlinge sich auf sein Erscheinen einstellen konnten. Während er noch feuerte, stürmte er gegen die Krieger vor, die in den Farben von Staub und Dung gekleidet waren. Sie hielten ihre Waffen unschlüssig mal auf Khonsu und mal auf die maskierten Krieger gerichtet, die sich hinter ihm materialisierten.

Dann war Khonsu durch ihre Linie gebrochen und deckte den Eingang zur Kammer ab. Einige der feindlichen Krieger riefen sich in ihrer ungeschlachten Zunge etwas zu, drehten sich um und feuerten. Andere, welche anscheinend das Portal bedienten, sprangen zu ihren Waffen, die sie nutzlos und zu weit von sich entfernt abgelegt hatten. Khonsu ignorierte den Kampflärm und deckte den einzigen Zugang zur Kammer.

Seine Gefährten würden sich um die Wachen kümmern. Seine Aufgabe war es, dafür zu sorgen, daß keine Verstärkung eintraf.

»Paradeeinheiten haben sich noch nie in der Schlacht bewährt.« Diese alte Kasernenweisheit ging Jack O'Neil durch den Kopf, als er sich dem Angriff der Krieger entgegenstellte. Hinter ihm eilte ein Horuswächter vorbei, und O'Neil zog eine 9mm-Beretta-Pistole aus dem Holster.

Er mußte sich zwingen, daß er ihm nicht nachstürzte. Aber in dem Gangkomplex, der zum SternenTor führte, hielten sich andere Wachen auf. Sollten sie sich um ihn kümmern, während er und die Überlebenden hier sich mit den Invasoren beschäftigten.

Bislang waren nur vier weitere Horuswächter aufgetaucht. Aber das SternenTor begann einen neuen Zyklus. O'Neil richtete seine Pistole auf die Gestalt, die sich zu einem schwer gebauten, feistbackigen Mann mittleren Alters in der Uniform eines Generals der U.S. Air Force verdichtete.

Der Colonel schaffte es gerade noch, den Finger vom Abzug zu nehmen, sonst hätte er General West weggeblasen. Der General stolperte und fiel auf sein Gesicht, eine Folge des schwindelerregenden Transits.

Aber Wests ungraziöser Auftritt rettete ihm das Leben. Ein Energiestrahl blitzte dort auf, wo sein Kopf gewesen war, und versengte ihm die Spitze seines Schiffchens.

»General!« schrie O'Neil. Er drehte seine Pistole um und warf sie dem vorgesetzten Offizier zu. »Sie ist feuerbereit«, rief er. »Ich hoffe, Sie wissen noch, wie man damit umgeht!«

Auf Wests Pokergesicht erschien ein finsteres Grinsen, als er die Waffe auffing. Er war ein Veteran in der Schattenwelt der Geheimoperationen. Und während O'Neil zum Gewehr eines toten Marine abtauchte, setzte West ruhig drei Kugeln in den Horuswächter, der ihm diesen herzlichen Empfang bereitet hatte.

»Hat nicht so viel Power wie mein alter Army-Colt«, gab der General von sich und drehte sich, auf der Suche nach neuen Zielen, um.

Aber das außerirdische Angriffsteam war bereits an ihnen vorbei und in der nächsten Kammer verschwunden, nachdem zwei aus ihren Reihen tot auf dem Boden zurückgeblieben waren. O'Neil, das M-16 in der Hand, überlegte für eine Sekunde, ob sie den Überlebenden folgen sollten. Dann schüttelte er den Kopf. In den Korridoren waren genügend Soldaten, die durch den Kampflärm alarmiert wurden.

Es war jetzt nicht die Zeit, das SternenTor unbewacht zu lassen. »Nachladen«, befahl O'Neil den Überlebenden im Raum. Dann wies er den Marines und den Army-Technikern Positionen an, von denen sie alles, was im SternenTor auftauchen mochte, ins Kreuzfeuer nehmen konnten. »Handgrananten bereithalten«, befahl er.

West nickte, dann nahm er seine noch immer kokelnde Mütze vom Kopf. »Hier gibt es keine hohen Tiere«, sagte er. »Nur Soldaten.«

Eine Ewigkeit lang, so schien es Khonsu, hielt er seine Sperrstellung. Er mußte sich zwingen, daß er sich nicht umdrehte, das hätte nur eine tödliche Ablenkung bedeutet. Was hielt den Rest seiner Mannschaft nur auf? Sie hätten mittlerweile alle Fremden längst erledigen müssen!

Der Horuswächter zuckte zusammen, als er nahende Schritte hörte – weitere Wachen, die vom Kampflärm aufgeschreckt worden waren. Eine Hand berührte Khonsus Schulter. Er drehte sich um, und hinter ihm standen sein Kamerad Neb und der Anführer des Überfalls.

Trotz der Maske war Khonsu das Entsetzen im Gesicht

anzusehen. Die Fremden hatten zwei von ihnen getötet – und viel zu viele Torwachen waren noch am Leben.

Mit einer schroffen Handbewegung bedeutete der Anführer – *weiter*! Die drei Überlebenden hasteten von der SternenTor-Halle in eine kryptaartige Kammer. Hier stießen sie auf ein weiteres Hindernis. Der Kurzstreckenmaterietransmitter, mit dem sie sich von ihren Verfolgern hätten absetzen wollen, erwies sich als nutzlos; er war vollständig von Geröll verschüttet. Ohne das geringste Anzeichen von Mutlosigkeit drängte der Anführer sie in die nächstliegende, größere Säulenhalle.

Schreie hallten von den Steinwänden wider, nachdem sie von den Soldaten entdeckt waren. Das seltsame *Brrrrrrrrrp!* ihrer Waffen vermischte sich mit dem donnernden Gegenfeuer aus den Strahlenlanzen der Invasoren.

Neb zielte an die Decke und feuerte auf die plumpen Lampen, die in der Halle aufgehängt waren.

Der riesige Raum lag nun in Dunkelheit, und die Schreie der Feinde wurden lauter. Aber die Lichtverstärker in den Helmmasken der Horuswächter ließen trotz der Dunkelheit ein grünlich unterlegtes Bild erkennen.

Er sah drei Krieger, die sich zwischen den Säulen nähertasteten. Neb zielte, aber sein Führer faßte ihn an den Arm. Khonsu verstand. Der Strahl der Lanze hätte den in der Dunkelheit umherstreifenden Feinden ihre Position verraten.

Khonsu nahm seine Strahlenlanze feuerbereit quer vor die Brust und schritt auf die drei zu. Dann schwang er seine Strahlenwaffe wie einen Stock und traf den ersten Krieger unterhalb des linken Ohrs. Der Mann ging zu Boden, als wäre das Gewicht der gesamten Welt auf ihn niedergegangen. Der nächste Krieger mußte das Handgemenge gehört haben. Mit scharfer Stimme rief er etwas, seine Waffe strich durch die nun verdächtige Dunkelheit.

Khonsu holte mit seiner Strahlenlanze zu einem weiteren Hieb aus und traf den Mann in die Magengrube. Der

Soldat brach zusammen und gab einen Feuerstoß in den Boden ab. Instinktiv kniff Khonsu gegen das schmerzhaft blendende Mündungsfeuer die Augen zusammen, während sich aufgeworfene Felssplitter in seine Beine bohrten. Fast blind schlug er auf den gestaltlosen, grellroten Schein ein, der vor seinen Augen tanzte, und spürte, wie seine Strahlenlanze etwas Weiches traf.

»*Weiter!*« Der Befehl kam durch den Kommunikator seiner Maske. Khonsu rannte, noch immer geblendet, los, fast mechanisch legte er den Weg zum Pyramideneingang zurück. Gerade noch rechtzeitig kam sein Augenlicht wieder, so daß er den Wachtposten erblickte, der am Eingang zurückgelassen worden war.

Ein Fehler, dachte er. Sie versuchen die Maus zu jagen, wenn es doch das beste wäre, das Mauseloch abzuriegeln.

Die einsame Wache rief in die Dunkelheit. Neb gab einen Strahlenstoß auf den Krieger ab. Die Brust des Mannes explodierte, seine Körperflüssigkeiten verdampften, und die Halle durchzog der Geruch verbrannten Fleisches.

Von hinten waren Schreie zu hören, die Luft war mit dem Dröhnen der irdischen Projektilwaffen erfüllt. Die drei Invasoren tauchten aus der Dunkelheit in das fahle Dämmerlicht der Raumschiffnotbeleuchtung ein.

Khonsus Vorbereitung auf diese Mission hatte verschiedene Möglichkeiten durchgespielt. Eine davon sah einen Überfall auf den außer Gefecht gesetzten Kreuzer vor, der auf der SternenTor-Pyramide auf Abydos angedockt hatte.

Das Kriegsschiff *Das Auge des Ra* war auf der Suche nach Ra, dem alterslosen Gott-Herrscher, der über ein weites interstellares Imperium regiert hatte, nach Abydos gekommen. Dort hatte man feststellen müssen, daß Ras Schiff zerstört war und die Bauern auf Abydos sich in offener Rebellion befanden, unterstützt von den Eindringlingen der Erde – der einzigen Welt, der es vor Jahrtausenden gelungen war, Ras Herrschaft abzuschütteln.

Unbarmherzig war Khonsu für den Einsatz gedrillt worden, der Grundriß und die Einrichtungen des Schiffes waren ihm also mehr als vertraut. Daher war er überrascht, am Eingang zur SternenTor-Pyramide und in dem breiten Korridor, der zur Hauptluftschleuse führte, behelfsmäßige Barrikaden vorzufinden. Aber noch mehr schockierte es ihn, als er feststellte, daß diese Barrikaden von bewaffneten Abydos-*fellahin* bewacht wurden.

Natürlich war er über die Truppe, die die rebellischen *fellahin* gegründet hatten, unterrichtet worden. Aber hatte das nicht wie Phantasterei geklungen? Sklaven mit Waffen? Unvorstellbar!

Nun stand er ihnen gegenüber. Doch die Möchtegern-Krieger der *fellahin* waren noch schlechter organisiert als die Erdlinge. Die ehemaligen Sklaven erstarrten, als sie ihre alten Aufseher erblickten, und verharrten bewegungslos wie Nachttiere, die von hellem Lichtschein geblendet werden.

Khonsus Anführer gab ihnen nicht die Zeit, zu sich zu kommen. Eine schlanke Hand schoß vor und berührte die kaum sichtbaren Erhebungen, die in der kristallinen Wand angebracht waren. Die Finger gaben die richtige Kombination ein, und die scheinbar massive Quarzoberfläche wandelte sich und bildete eine Öffnung – eine Zugangsluke für Wartungstechniker.

Der Anführer verschwand in ihr, Neb folgte. Khonsu wartete, bis der erste *fellahin* ihn erreicht hatte. Dann packte er den unglücklichen Abydianer und zerrte ihn in den Wartungsraum. Noch bevor sich die biomorphe Quarzstruktur wieder zur Wand zurückbildete, hatte er dem Schwächling den Hals gebrochen. Khonsu streifte ihm den handgefertigten Umhang ab und kletterte die Pfosten zum nächsten Deck hoch. Auf der darunterliegenden Ebene konnte er das Hämmern wütender Fäuste hören.

Niemand sah sie oben durch die Luke auftauchen. Khonsu ließ seine Maske ins Nackenkollier zurückgleiten, schlüpfte in den erbeuteten Umhang und streifte sich die Kapuze über den Kopf, um seine Gesichtszüge zu verbergen. Er übernahm die Führung, und die Invasoren schritten zur nächsten Treppe.

Als sie den Treppenabsatz erreichten, hörten sie von oben die Schritte zweier Wachen.

»Falkenköpfe!« rief einer in abydianischem Bauernakzent, in der Meinung, er spreche zu einem Gefährten. »Sie sind ins Schiff eingebrochen. Haltet die Augen ...«

Weiter kam er nicht, dann war Khonsu über ihm. Er ließ seine Strahlenlanze fallen. Das hier war Nahkampf, der am besten mit den Händen ausgeführt wurde. Khonsu gab sich keinen Illusionen hin, warum er für diese Mission ausgewählt worden war. Er war Khonsu, der Killer, ausgebildet in den Künsten des lautlosen Todes.

Einer der Wachen lag bereits mit zerdrückter Kehle am Boden. Der andere wich Khonsus Hieb aus und wollte fliehen. Khonsu packte ihn am Kragen seines Umhangs und riß ihn zurück. Der Mann war noch in der Luft, als der Killer ihn am Bein faßte und rücklings über sein linkes Knie krachen ließ. Er verdrehte sich krampfhaft, und die Wirbelsäule knackte. Sicherheitshalber brach Khonsu ihm auch noch das Genick, indem er ihn zu Boden warf. Schnell entkleidete er die toten Abydianer und reichte seinen Gefährten die Umhänge.

Dann kam der schnelle Aufstieg zur Spitze des Pyramidenschiffes – zum Startdeck Vier. Einst hatte es den Hangar für das Udajeet-Kontingent dargestellt, welches das Schlachtschiff mit sich geführt hatte. Aber einer der Antischwerkraftgleiter, der in den Kämpfen gegen die Erdlinge und ihre abydianischen Verbündeten getroffen worden war, war in den offenen Andockraum gekracht und hatte dort ein Chaos angerichtet – und die riesigen Hangartore des Decks in offener Stellung blockiert.

Während Neb und Khonsu Wache hielten, zog ihr Anführer eine Metallspule mit einem fast hauchdünnen Draht hervor. An dem offenen Tor fand sich eine flammengeschwärzte, aber stabil aussehende Rohrleitung.

Die ersten Zentimeter des abgewickelten Drahtes bestanden aus einer vorgefertigten Schlaufe. Ein leichtes Schütteln, und die Schlaufe öffnete sich. Dann führte er die Spule durch die Schlaufe und befestigte sie mit einem einfachen Stich an dem schweren Rohr. Khonsu und Neb taten es genauso. Rückwärts gingen sie zu den geöffneten Hangartoren und wickelten dabei das einfaserige Kabel ab, bis sie vor dem Abgrund standen.

Dann befestigten sie Handgriffe an den Kabelspulen und sprangen nach hinten weg. Khonsu spürte, wie sich seine Spule, häßlich surrend, abwickelte. Er prallte mit den Füßen gegen die goldene Oberfläche des Pyramidenschiffes und betätigte die Bremse an seinem Handgriff. Der Draht vibrierte unter der Belastung, aber er hielt. Khonsu hütete sich davor, den Faden, der sein Gewicht trug, zu berühren. Unter der Spannung würde der dünne Draht wahrscheinlich wie ein Rasiermesser durch Finger und Knochen schneiden.

Aus den Augenwinkeln heraus erhaschte er einen Blick auf Neb, der sich über ihm von der Wand abstieß. Khonsu löste die Spulenbremse und stieß sich ab.

In schnell aufeinanderfolgenden, weiten Sprüngen erreichte das Infiltrationsteam die Basis des gestrandeten Raumschiffs, Sekunden bevor Krieger aus dem Eingangsbogen des Schiffes herausströmten. Khonsu warf die Spule weg und stülpte sich die Kapuze seines groben Umhangs über den Kopf, um sein Jochbeinkollier und die blaue Tätowierung um sein rechtes Auge zu verdekken. Auch einige der *fellahin* trugen Strahlenlanzen, und so verschmolzen er und die anderen Horuswächter mit der wogenden Menge. Der erste Schritt ihrer Mission war vollbracht.

Nun auf zur Stadt Nagada.

2. KAPITEL

STRATEGIE UND TAKTIK

Colonel Jack O'Neil lauschte, wie sich der Tumult draußen vor der Halle des SternenTors legte. Weitere Wachen waren angerückt, um die Verteidigung des interstellaren Tores zu verstärken, so daß O'Neil schließlich aufzubrechen wagte. Begleitet wurde er von seinem Adjutanten Lieutenant Charlton und einem Schatten – General West. Mit Gewehren und Taschenlampen bewaffnet, folgten die Offiziere dem Pfad der Invasoren, bis sie den Zugang zum Raumschiff *Das Auge des Ra* erreichten.

Der Eingang war nicht nur durch eine Barrikade, sondern auch von streitenden Soldaten versperrt – Amerikanern und Abydianern. Dieser Ort war mehr als nur der Übergang vom Tunnel zum Raumschiff; er bezeichnete eine Demarkationslinie. Innerhalb der Pyramide hatte die Erkundungsstreitmacht von der Erde das Sagen. Aber das beschädigte Raumfahrzeug war von der eilig zusammengestellten Truppe der abydianischen Milizionäre übernommen worden; die Abydianer hatten das *Auge des Ra* für sich beansprucht und ihrer Forderung Nachdruck verliehen, indem sie das Schiff besetzten.

In dem Korridor, der nach draußen führte, waren bewaffnete Milizionäre stationiert und an jedem Ende Barrikaden errichtet worden – Verteidigungsstellungen – gegen mögliche Angriffe aus dem SternenTor und dem Basislager der Erdbewohner, das sich auf dem Felsplateau befand, auf dem auch die SternenTor-Pyramide stand. Die Milizgarnison war das greifbare Symbol für die Spannungen, die zwischen den Ältesten von Abydos und der – hier von General W.O. West repräsentierten – U.S.-Regierung herrschten.

Und gerade jetzt schienen die Spannungen kurz vor der Eskalation zu stehen. Die feindlichen Parteien waren leicht zu unterscheiden. Auf der einen Seite O'Neils Männer in Wüstentarnanzügen, auf der anderen die Milizionäre in ihren handgefertigten, bräunlichen Umhängen. Die primitive Kleidung stand in starkem Gegensatz zu den modernen Sturmgewehren der Milizangehörigen – es war derselbe Gegensatz, der schon das Erscheinungsbild der Montagnards in Vietnam oder der Mujahedins in Afghanistan geprägt hatte.

Jedoch nahmen sich die modernen Sturmgewehre richtiggehend primitiv aus gegenüber den Waffen, die einige der Abydianer in der Hand hielten: Lanzen aus goldfarbenem Quarz, die aussahen wie stumpfe Speere. Aber O'Neil hatte Vorführungen gesehen, wie diese Strahlenlanzen Löcher in Panzerplatten rissen. Er selbst hatte mitgeholfen, einige davon zu erbeuten, und hatte sie durch das SternenTor zur Erde geschickt. Die Abydianer aber hatten viel, viel mehr davon, allesamt aus dem funktionsunfähigen Raumschiff geplündert, und setzten nun diese Strahlenlanzen bei der Bewachung des Schiffes ein.

Als sich O'Neil durch seine Marines nach vorne durchgekämpft hatte, wurde er von einem jungen Mann, der den Befehl über die Abydianer hatte, beschimpft.

»Ihr habt Falkenköpfe durchgelassen, damit sie uns angreifen«, klagte ihn der junge Offizier an. »Haben sich einen meiner Männer geschnappt. Haben ihn wahrscheinlich getötet.«

»Wo sind sie hin?« wollte O'Neil wissen.

Zur Antwort bekam er ein Schulterzucken. »In der Wand verschwunden. Habe Männer ausgeschickt, sie suchen ...«

»Ihr habt nicht genügend Leute, um das ganze Raumschiff zu durchsuchen«, sagte der Colonel kategorisch. Das *Auge des Ra* ragte mit der Spitze seines Pyramidenrumpfes über zweihundert Meter hoch empor. An seiner Basis maß jede der vier Seiten fast vierhundert Meter. Lieutenant Charlton hatte ausgerechnet, daß das Schiff wahrscheinlich halb so groß war wie einer der Türme des World Trade Centers.

»Ihr und eure Leute hier nicht reinkommen!« In der

Aufregung verschlechterte sich das Englisch des jungen Abydianers.

O'Neil kletterte einfach über die Barrikade und schritt in den Korridor hinein. Charlton und West folgten ihm.

»Ich werde Skaara holen!« schrie der aufgebrachte junge Mann.

Das war das einzige, womit er drohen konnte. Er wußte, daß er seine Stellung gegen einen entschlossenen Angriff von O'Neils Truppen nicht halten konnte.

Jack O'Neil kannte den Milizführer bereits, als dieser noch ein einfacher Viehhirte war. Nachdem das erste Erkundungsteam auf Abydos angekommen war, hatte sich der Colonel mit dem Jungen angefreundet, und als er und andere Angehörige des Teams von Ra gefangengenommen wurden, hatte Skaara seine Freunde zu einer Milizgruppe zusammengeschweißt und sie befreit. Aus dieser ursprünglichen Widerstandsgruppe war Skaaras Miliz auf Kompaniegröße angewachsen und hatte während und nach dem Angriff durch das *Auge des Ra* fast Frankensteinsche Ausmaße angenommen.

Die beiden Befehlshaber, Erdbewohner und Abydianer, kannten also einander, und O'Neil konnte sich Skaaras Reaktion leicht vorstellen. »Ruft Skaara über Funk«, sagte der Colonel gelassen. »Ich wette, er wird euch sagen, daß ihr uns bei der Suche helfen sollt.«

O'Neil trat ins Freie und sah die Milizionäre wie einen panischen Mob inmitten seines Lagers durcheinanderlaufen. Er konnte nur hoffen, daß die Invasoren noch an Bord waren und sich nicht in dieser wogenden Menge verbargen.

Drei Eindringlinge machten noch keine Invasion aus, aber daß es nur so wenige waren, ließ bei O'Neil sämtliche Alarmglocken schrillen. Verdeckte Operationen waren das, was er in der Vergangenheit gemacht hatte. Und diese Aktion besaß alle Kennzeichen einer Infiltration. Vielleicht suchte Hathor – oder wer immer die Gegenseite anführte – nach Informationen, Aufklärungsdaten; diese drei Horuswächter könnten durchaus das Team eines Aufklärungseinsatzes sein.

Oder sie hatten vor, irgendein tödliches Unheil anzurichten. Unwahrscheinlich schien es, daß drei Agenten – und mochten sie High-tech-Spezialisten sein – ein defektes Raumschiff wieder in Gang brachten. Wenn es so einfach wäre, das *Auge des Ra* zu reparieren, dann hätte das bereits Hathors Mannschaft getan.

Andererseits befanden sich noch unzählige sensible Systeme im Rumpf, technologische Geheimnisse, die Ras Nachfolger nur ungern irdischen Wissenschaftlern überlassen würden. Selektive Sabotage oder vollständige Zerstörung – beides war vorstellbar.

»Charlton, wir brauchen zusätzliche Informationen. Ich will, daß um das Schiff ein Sicherheitskordon errichtet wird. Keiner kommt rein oder raus –«

O'Neil warf einen schnellen Blick zu West, doch der General sagte nichts; er überließ alles O'Neil – den es, wenn nötig, den Kopf kosten konnte.

»Und wir sollten Skaara informieren. Wir werden das Schiff Deck für Deck absuchen müssen, und das will ich nur mit seiner Einwilligung – und, wenn möglich, in seiner Anwesenheit tun.«

Skaara erschien persönlich, lange nachdem das Schiff umstellt und abgeriegelt worden war. Einige Milizoffiziere beklagten sich noch immer über O'Neils Übergriff an Bord ›ihres‹ Schiffes.

»Tut mir leid, Colonel«, entschuldigte sich der junge Mann. »In der Stadt brauen sich ein paar Probleme zusammen, die meine Anwesenheit erforderten.«

Als er die ganze Geschichte über das Eindringen der Horuswächter vernahm, stauchte er seine Leute zusammen und gab das Schiff sofort frei.

»Die Teufel verschwanden direkt hier in der Wand«, erklärte ein Milizionär und zeigte auf die scheinbar spiegelblanke, goldene Kristallwand.

»Das Zeug verändert seine Form«, sagte O'Neil zu Skaara. »Erinnerst du dich, wie wir uns damals zum

Kommandodeck durchkämpften? Jackson traf auf jemanden, der durch ein Tastenfeld eine Wand geöffnet hatte und an einem Stromkreis arbeitete. Vielleicht gibt es das hier auch.«

Charlton sah alles andere als glücklich aus. »Das bedeutet, daß das ganze Schiff von geheimen Gängen durchzogen ist. Die Männer werden in der Nacht nicht ruhig schlafen können, wenn die Eindringlinge dort drinnen herumstreunen, Sir.«

»Wir halten uns zunächst an die normalen Korridore. Aber wir brauchen starke Wachen an den Ausgängen. Außerdem Scheinwerfer und Heckenschützen auf dem offenen Hangardeck oben auf diesem Ding.«

Die erste Durchsuchung hatte kaum begonnen, als auf einer Treppe zwei tote, entkleidete Abydianer gefunden wurden.

»Das ergibt Sinn«, sagte O'Neil grimmig. »Nun können sie sich unter die Feinde mischen – und diese Tätowierungen an ihren Augen verbergen –

»Das Auge des Ra, Sir«, fügte Charlton mit einem Blick auf West eilig hinzu. »Wie der Name des Schiffes.«

»Und es bedeutet, daß jeder, der an Bord dieser Schüssel einen braunen Umhang trägt, uns nicht unbedingt freundlich gesinnt sein muß.« O'Neil wandte sich an seinen Adjutanten. »Stellen Sie sicher, daß niemand, der eine Kapuze übergezogen hat, das Schiff betritt oder verläßt.«

Schließlich erreichte das Suchkommando das zerstörte Hangardeck. Die erste Gruppe allerdings hatte die hauchdünnen Kabel übersehen. Charlton fluchte frustriert, als er den Bericht bekam. »Alles umsonst! Die Scheißkerle waren schon weg, bevor wir überhaupt ankamen!«

»Wir sollten uns nicht so sicher sein«, warnte O'Neil. »Obwohl ich mir nicht vorstellen kann, daß diese Typen herumhängen und auf unsere Suchkommandos warten. Jedenfalls werden wir mit der Durchsuchung fortfahren, für alle Fälle. Dann können wir zumindest sicher sein, daß sie keine Fallen zurückgelassen haben.«

»In den Teilen des Schiffes, die uns zugänglich sind«, fügte Charlton leise hinzu, bevor er die entsprechenden Befehle weitergab.

Skaara traf von den Kontrollpunkten ein, die er errichtet hatte, um die Eindringlinge davon abzuhalten, durch die Linien zu schlüpfen. »Unsere Anstrengungen kamen also zu spät«, sagte er.

»Und unsere Täterbeschreibungen sind nicht unbedingt die besten«, sagte Charlton. »Drei Männer in braunen, handgefertigten Umhängen, wahrscheinlich mit hochgezogenen Kapuzen. Zweifellos werden sie noch ihre Strahlenlanzen tragen.«

»Die Beschreibung trifft auf die meisten meiner Leute zu«, sagte Skaara.

»Und du weißt, wohin sie wahrscheinlich unterwegs sind«, fügte O'Neil an.

»Nagada.« Skaaras Stimme war gepreßt. »Es dürfte ihnen nicht schwer fallen, zwischen all den Menschen in der Stadt unterzutauchen.« Er schüttelte den Kopf, und sein Gesichtsausdruck gab klar zu verstehen, daß ihm das gerade noch gefehlt hatte. »Es reicht ja noch nicht, daß sich die Leute auf den Marktplätzen um Nahrungsmittel prügeln, daß wir die Probleme mit Nakeer und seinen Bauern haben. Jetzt müssen wir uns auch noch mit Spionen herumschlagen.«

Er schüttelte den Kopf. »Meine Leute sind gerade so weit ausgebildet, daß sie kämpfen und Wache schieben können. Aber Agenten jagen, das können wir nicht.«

»Ihr könnt wenigstens die Fremden kontrollieren«, sagte O'Neil.

Skaara stieß ein kurzes, bellendes Lachen aus. »Colonel, Ihr habt Euch schon lange nicht mehr innerhalb der Stadtmauern umgeschaut – sieht man von den Besuchen bei meinem Vater ab. Nagada platzt aus allen Nähten. Die Straßen sind voll mit umherziehenden Bettlern, Menschen, deren Häuser während der Kämpfe zerstört worden sind, Bauern, die die Stadt besuchen. Es gibt viele Fremde, die unter uns weilen. Drei weitere fallen nicht auf.«

»Man kann die Beschreibung ein wenig einengen«, sagte O'Neil. »Drei Männer, die als Gruppe reisen, alle im militärischen Alter, alle gut gebaut – falls ich die Horuswächter richtig einschätze.«

»Und wahrscheinlich alle mit arrogantem Betragen«, stimmte Skaara mit freudlosem Lächeln zu. »Ich fürchte, das ist die einzige Art, wie sie sich verraten könnten.«

O'Neil wandte sich an Lieutenant Charlton. »Vielleicht können wir ein paar Leute mit Spionage- und Abwehrerfahrung abstellen«, sagte er und wartete darauf, daß West dazwischenfuhr und den Deal zunichte machte. »Stellen Sie fest, wer dafür verfügbar ist. Wir versuchen euch zu helfen, Skaara. Aber wir müssen unsere eigene Sicherheitslage verbessern.«

»Wenn das nur die einzige Hilfe wäre, die ich bräuchte!« platzte es aus Skaara heraus. Er blickte zu dem fremden Offizier und hielt inne. Als dann aber West mit Charlton eine Unterredung begann, fuhr der junge Mann fort. »Ich will Euch damit nicht belästigen, Colonel. Aber ich brauche einen Rat, und diejenigen, die ich sonst um ihre Weisheiten angegangen bin, sind fort.«

O'Neil nickte. Skaara spielte auf die Alumni der ersten Abydos-Expedition an, Kawalsky und Feretti. Der Colonel selbst ertappte sich oft dabei, wie er sich wünschte, sie wären noch da. Statt dessen waren sie auf etwas mysteriöse Weise zur Erde versetzt worden. Wenn sie was hatten, dann gute Beziehungen zur lokalen Miliz. Zum Teufel, sie hatten Skaara bei der Ausbildung seiner ersten Streitmacht geholfen.

Ihre Hilfe allerdings war nicht offiziell gewesen – und lag noch vor der Zeit der gespannten Beziehungen, die nun zwischen den Erdlingen und den Abydianern herrschten.

Die Probleme der locker gestrickten, ständig größer werdenden Miliz, die Skaara ansprach, hatte O'Neil kommen sehen. Er runzelte die Stirn, als er Skaara ein Wort aussprechen hörte, das für jeden Militär gefährlich war – »Politik«.

»Es gibt kaum etwas, das ich dir vorschlagen kann, ohne dir Kasuf und mir West auf den Hals zu hetzen«, sagte der Colonel. »Vielleicht gelingt es dir ja, unter deinen Leuten Korpsgeist zu entwickeln, das Gefühl, daß man das gleiche Ziel verfolgt. Vielleicht kann dir Daniel Jackson dabei helfen.«

Was O'Neil an etwas erinnerte – wo zum Teufel steckte der einzige irdische Zivilist auf Abydos?

»Das einzige Ziel, das unsere Leute momentan miteinander verbindet, ist die Frage, wo sie ihre nächste Mahlzeit herbekommen«, antwortete Skaara niedergeschlagen. »Und das andere, wonach sie hungern, sind Waffen. Es gibt noch immer arme Schlucker, die den Sand durchsieben, auf dem eure Leute gegen die Horuswächter gekämpft haben. Sie hoffen, dort auf Waffen zu stoßen, die sie gegen Nahrung eintauschen können.«

»Ich weiß«, sagte O'Neil. »Wir schicken Patrouillen aus und versuchen sie abzuschrecken.«

»Das sind nur die traurigen Fälle«, sagte Skaara. »Irgendwelche Schakale brachen in unsere Waffenlager ein ...«

»Ihr habt Arsenale?« fragte O'Neil überrascht.

»Lieutenant Kawalsky erklärte uns, daß wir unsere Waffen sicher und kampfbereit aufbewahren sollten«, sagte Skaara.

»Es ist immer besser, sie von der Straße fernzuhalten, wo sie nur in falsche Hände fallen können«, stimmte der Colonel zu. »Aber ihr müßt eure Waffen auch schützen. Ich rate dir, eine vierundzwanzigstündige Wache aufzustellen und dafür die verläßlichsten Soldaten zu nehmen, die du hast.«

Skaara seufzte. »Wenn ich die Männer zum Schutz unserer Waffen abstelle, wer soll dann die Straßen schützen?«

Es war fast Mittag, als Daniel Jackson durch die Straßen des irdischen Basislagers schlenderte. Er kam absichtlich zu spät zu General Wests Ankunft. Daniel, der mit dem

Mann früher einmal aneinandergeraten war, mochte ihn nicht. Und wenn er auch mit dem General reden wollte, so beabsichtigte er doch nicht, bereits während der militärischen Inspektion anwesend zu sein. Als überzeugter Zivilist hatte er keine Lust, ›Soldat zu spielen‹, wie er es nannte.

Daniel hatte den Weg von Nagada zu Fuß zurückgelegt, ein staubiger Trip durch die Wüste. Die Kapuze seines einheimischen Überwurfs behielt er über den Kopf gezogen, um seine blasse Haut vor den beiden Sonnen Abydos' zu schützen. Und jetzt, nach dem kühlen Drink, den er sich im Versorgungszelt geschnorrt hatte, sah er auf seine Uhr und beschloß, daß es langsam an der Zeit war, sich sehen zu lassen.

Daniel war es wohl aufgefallen, daß in den Straßen mehr als sonst los war, niemand aber hatte ihn über die Ursache aufgeklärt. Und so erreichte er die freie Fläche vor der Pyramide mit dem gestrandeten Raumschiff und wollte wie gewöhnlich mit einem kurzen Winken an der Marine-Wache vorbei.

»*Halt!*« Der Befehl kam sowohl in Englisch als auch in einem abgeschliffenen Abydianisch.

Keine Zeit für ihre beschissenen infantilen Soldatenspielchen, dachte er sich und tat einen weiteren Schritt.

Ein trockenes *Snick!* und das Klacken des Verschlusses machten Daniel seinen Irrtum deutlich. Er blieb stehen und sah sich um; mindestens vier Gewehre waren auf ihn gerichtet.

»Was, zum Teufel, geht hier vor?« wollte er wissen.

»Besonderer Befehl für Vermummte«, erwiderte ein Marine-Unteroffizier mit unbewegtem Gesichtsausdruck. »Jeder, der hier eindringt, bekommt 'ne Kugel verpaßt.«

»Ja, können's kaum erwarten, die Kerle zu schnappen«, fügte ein anderer Marine an.

»Schaut, ich bin ein wenig in Eile.« Er machte eine schnelle Bewegung, und fast wäre er dafür erschossen worden. Er zügelte sich und zog in Zeitlupentempo seine

Kapuze herab, um ihnen sein Gesicht und sein blondes Haar zu zeigen. »Ich bin mit General West verabredet«, sagte er; daß er zu spät war, erwähnte er nicht.

»Oh, das ist ja *er*«, murmelte einer und verzog das Gesicht.

Das Gesicht des Unteroffiziers zeigte keinerlei Regung. »Holt den Lieutenant«, befahl er, und einer seiner Männer setzte sich in Bewegung.

Wenigstens, stellte Daniel fest, waren ihre Gewehre nun nicht mehr auf ihn gerichtet.

Ein junger Lieutenant namens Charlton, Jack O'Neils Adjutant, sammelte Daniel schließlich auf. »Also, was zum Teufel ist hier los?« fragte der gekränkte Gast auf dem Weg zur Pyramide.

»Hat Ihnen das denn niemand gesagt?« Charlton starrte ihn ungläubig an. »Wir wurden durch das SternenTor angegriffen, genau zu dem Zeitpunkt, als wir General West erwarteten. Horuswächter. Hätten fast den General umgenietet und haben dann mehrere Marines und abydianische Milizionäre getötet. Es besteht die Möglichkeit, daß sie sich noch im Lager aufhalten, sie tragen wahrscheinlich die einheimische Wüstenkleidung.« Er berührte den Ärmel von Daniels Umhang. »Alle Einheimischen mit hochgezogener Kapuze sind verdächtig.«

Daniel, der gerade seine Kapuze wieder hochnehmen wollte, hielt inne. »Oh«, sagte er.

»Ein ziemliches Durcheinander«, fuhr Charlton fort. »Die Suche nach den Typen hat unseren gesamten Zeitplan durcheinander gebracht. Die Truppeninspektion wird jetzt erst beginnen.«

»Verdammt!« rief Daniel aus. Ob er damit den Angriff, die Toten oder die Inspektion meinte, der er nun doch nicht entkam, vermochte nicht einmal er zu sagen.

Während die Suche nach den Eindringlingen mit vermindertem Tempo weiterging, tauchte General West erneut aus dem gestrandeten Raumschiff auf, um in Augenschein zu nehmen, was die Erdbewohner auf dem Planeten Abydos geschaffen hatten. Das terrestrische Basislager war einige Meilen außerhalb der Stadt Nagada und ihren Quarzminen auf einem Felsplateau errichtet worden; hexagonale Erdwälle umgaben die Pyramide, die das SternenTor von Abydos beherbergte. Für West lag der Ort am Ende der Welt, ein gottverlassenes, von rötlich-gelben Sanddünen umgebenes Plateau.

Und Wests Laune besserte sich nicht, als er Lieutenant Charlton erblickte, der in Begleitung von Daniel Jackson, dem einsamen Erdling, der sich auf Abydos niedergelassen hatte, näherkam. Das unbestreitbare Genie des Ägyptologen hatte vielleicht die kryptischen Inschriften entziffert, wodurch es Wests Forschungsteam möglich geworden war, das zehntausend Jahre alte Artefakt, das Jackson auf den Namen SternenTor getauft hatte, wieder in Betrieb zu nehmen. Aber seitdem Jackson sich einen Platz in der Erkundungsmission erschlichen hatte, war er zu einer wandelnden Zeitbombe geworden.

Er hatte sich hier niedergelassen und Sha'uri geheiratet, die Tochter des einheimischen Anführers. Mit der Hilfe von Sha'uris Bruder Skaara hatten die beiden eine wichtige Rolle bei der Vernichtung des halb menschlichen, halb außerirdischen Gott-Königs Ra gespielt. Und dabei fast Wests Vorhaben zunichte gemacht, das seltsame Goldquarz abzubauen, das man hier auf Abydos fand und das die Grundlage für Ras rätselhafte Technologie war.

»General.« Der Zivilist, anscheinend mit einem Bademantel bekleidet, schlurfte näher, um West die Hand zu schütteln. Nach O'Neils militärischer Begrüßung hätte der Gegensatz nicht größer sein können.

Aber West duldete die Vertraulichkeit. »Tut mir leid, daß Sie aufgehalten wurden, Doktor. Aber Sie kommen gerade noch rechtzeitig für unsere Inspektion.«

Jacksons Blick machte deutlich, daß er sich unerträglich langweilte.

West war überaus interessiert zu erfahren, wie die

Erkundungsstreitmacht mit dem letzten Angriff der ehemaligen Herrscher von Abydos zurecht gekommen war. In der vergangenen Woche hatte man die Schäden repariert, welche die Invasion durch das fremde Raumschiff angerichtet hatte. Man hatte neue Zelte aufgestellt, um die nun viel kleinere Streitmacht zu beherbergen, hatte neue Stützpunkte geschaffen, Minenfelder gelegt. Aber noch immer gab es verwüstete Bereiche, die Strahlenwaffen hatten selbst festes Gestein geschmolzen. Die Wracks abgestürzter Udajeets, der Antischwerkraftgleiter des Feindes, wurden noch untersucht und entfernt. Und bei all dem erhob sich über dem gesamten Lager der Rumpf des außer Gefecht gesetzten Raumschiffes wie eine unausgesprochene Drohung.

Als das Schiff niederging, hatte es die Fläche der Abydos-Pyramide um einige Tausend Quadratmeter vergrößert – und dabei ein Viertel des ehemaligen Basislagers ausgelöscht. West vermied es, an die Zelte, die Ausrüstung – und die Männer – zu denken, die unter dem Rumpf des Schiffes verschwunden waren.

Die Besorgnis des Generals, die sich durch den hinterhältigen Überfall, bei dem er fast ums Leben gekommen wäre, noch erhöht hatte, verminderte sich etwas während der Inspektion. Die Moral der gemischten Truppe war hoch – was nicht überraschte, da sie unter dem Kommando von O'Neil stand.

Die Lagerverteidigung, stellte West fest, war eng gezogen, die Ausrüstung tadellos. Mechaniker arbeiteten sogar an Fahrzeugen, die beim Angriff durch Hathors Schiff beschädigt worden waren.

»Lobenswert«, sagte er zu O'Neil. »Sie leisten hier großartige Arbeit, Colonel.«

»Mit dem, was mir zur Verfügung steht«, beendete O'Neil den Satz. »Mir ist bewußt, daß Sie keinen Ersatz schicken wollen. Aber müssen Sie auch noch meine erfahrensten Leute auf Abydos abziehen? Feretti und Kawalsky – ich könnte sie wirklich gut gebrauchen. Nichts gegen Charlton.« Der junge Lieutenant nahm eine strammere Haltung an. »Aber die Leute vom alten Team hatten einfach bessere Beziehungen zur einheimischen Bevölkerung. Seit sie auf die Erde versetzt wurden, sind wir von Dr. Jackson noch abhängiger.«

»Ein Sicherheitsrisiko, das aber gerechtfertigt ist«, erwiderte West. »Glauben Sie mir, die beiden Männer sind dort, wo sie sich gerade aufhalten, wichtiger als hier. Ich kann Ihnen zwar keine Leute geben, aber ich werde Ihnen Ausrüstung schicken. Nach dem Vorfall heute morgen sehe ich deutlicher, mit welchen Gefahren Sie konfrontiert sind.«

Wenn es nach West gegangen wäre, hätte er alle Truppen von Abydos abgezogen, das SternenTor vergraben und auf diese Weise eine gefährliche Einfallschneise für einen Angriff auf die Erde dichtgemacht. Aber das ginge nicht, ohne sein Land – und seine Welt – der technologischen Vorteile zu berauben, die das Quarz von Abydos lieferte. Also ließ er die militärische und auch personelle Gefahrensituation zu.

Der General hatte sich seinen Ruf – und seine Sterne – nicht durch Untätigkeit erworben; er war ein Macher, jemand, der die Dinge ins Rollen brachte. Dadurch schuf man sich nicht unbedingt Freunde. Tatsache war, es gab eine ganze Reihe von Leuten, die sich – bildlich gesprochen – mit Baseballschlägern hinter Büschen versteckten und nur darauf warteten, West eins drüberziehen zu können.

Und möglicherweise war dieses Debakel auf Abydos nur die Gelegenheit, auf die Wests Feinde gewartet hatten. Truppen von der Stärke einer Brigade, die auf die Größe eines schweren Bataillons zusammengeschossen worden waren – und wofür? Für ein ›Raumfahrtprogramm‹, das nur einen Bestimmungsort kannte, welcher selbst aber von mindestens einem – wahrscheinlich mehreren – Planeten angegriffen werden konnte.

West mußte zugeben, daß er die Situation auf Abydos völlig falsch eingeschätzt hatte. Für die Erweiterung der durch abydianische Muskelkraft betriebenen Minen bei

Nagada hatte er ein Konsortium beauftragt, das mit Erfahrungen in der Dritten Welt und in Nachrichtendienstkreisen aufwarten konnte. Das *United Mining Cartel* allerdings hatte den Karren nur weiter in den Dreck gefahren und die Abydianer fast zur Rebellion getrieben, unter der – schwer vorzustellen – Führung von Daniel Jackson!

Der General war sogar gedrängt worden, Jack O'Neil als Befehlshaber auf Abydos abzulösen – UMC hatte sich darüber beschwert, daß O'Neil zu sehr auf Seiten der Einheimischen stand. Aber O'Neils Ablösung, General Francis Keogh, hätte fast einen Krieg vom Zaun gebrochen. In diesem Moment jedoch war das Raumschiff *Das Auge des Ra* aufgetaucht – angeführt von einer weiteren alten ägyptischen Gottheit.

In seinem Übereifer, das Wunderkristall zu bekommen, und weil er gleichzeitig den Feind unterschätzte, hatte West den desaströsen Verlusten auf Abydos Tür und Tor geöffnet. Und die falkengesichtigen Horuswächter waren sogar durch das SternenTor eingefallen und hatten die Erde selbst angegriffen.

Glücklicherweise konnte die Invasion durch die Außerirdischen noch im ehemaligen Raketensilo, in dem sich das irdische SternenTor befand, aufgehalten werden. Schwieriger war es schon, die Verluste zu erklären, die durch das Fiasko auf Abydos entstanden waren – wie konnten Hunderte Soldaten mitten in Friedenszeiten einfach sterben.

Allerdings hatten die Kämpfe dem Planeten Abydos eine neue Schatzkammer beschert – ein beschädigtes Raumschiff, dessen Bewaffnung Panzer zerstören konnte, so wie Menschen Fliegen zerklatschen. Wenn West ein Raumschiff mit nach Hause brachte, und mochte es beschädigt sein, dann würde das seine falschen Berechnungen mehr als wettmachen.

»Haben Sie Fortschritte bei der Entzifferung der Informationen an Bord des Raumschiffs erzielt?« fragte der General.

»Wir haben hier ein Ding vor uns, das so groß ist wie ein hohes Bürogebäude«, erwiderte Jackson. »Und nach den Inschriften zu schließen, ist die Hälfte der Türen mit ›Achtung, Gefahr – Zutritt verboten‹ überschrieben.«

Der junge Lieutenant, O'Neils Adjutant, drückte sich etwas diplomatischer aus. »Sir, Ras Imperium scheint eine Kultur ohne Papier zu sein. Aber wir haben einige Kristallplatten gefunden, zehn mal fünfzehn Zentimeter groß, kaum einen Zentimeter dick, die mit Hieroglyphen bedeckt sind.«

»Wir konnten sie kaum verfehlen, sie glühen im Dunkeln«, fügte Jackson hinzu.

»Es scheint sich dabei um Miniaturcomputer zu handeln«, fuhr Charlton fort. »Dr. Jackson und die Abydianer haben begonnen, sie zu übersetzen.«

»Als erstes beschäftigten wir uns mit den Aufzeichnungen zur Besatzung des Schiffes«, erklärte Jackson. »Sie kennen die Horuswächter? Sie repräsentieren verschiedene ... Fraktionen ist das Wort dafür, denke ich.« Er zuckte mit den Schultern. »Die Führer sind ausnahmslos nach der ägyptischen Mythologie benannt. Sobek – der Krokodilgott. Apis, der Stiergott. Der widderköpfige Chnum.«

»Und die Kommandantin, die sich, wenn ich richtig verstanden habe, mit Ihnen unterhalten hat?«

»Die katzenköpfige Göttin der Wollust und der tödlichen Rache«, sagte Jackson. »Hathor.«

»Eine seltsame Kombination«, bemerkte West.

»In vielen Geschichten, die von Hathor handeln, erscheint sie als schrecklich grausam«, erwiderte Jackson. »Einer Legende zufolge bat Ra sie, einen Aufstand der Sterblichen niederzuschlagen, dabei hätte sie fast die gesamte Menschheit ausgelöscht. Das allerdings scheint auf Tatsachen zu basieren – laut den geheimen Archiven in Nagada war Hathor beauftragt, eine Rebellion auf einer Koloniewelt namens Ombos zu unterwerfen, und ertränkte diese Welt in Blut.«

»Wie reizend.«

»Andererseits gibt es Geschichten, nach denen sie an dem großen Gerichtsfall zwischen dem falkenköpfigen Horus und seinem Onkel Seth beteiligt war.«

»Und welchen Kopf trug Seth?« fragte ein skeptischer West.

»Den Bildern zufolge ist das nicht zu identifizieren. Manche Gelehrte wollen in ihm einen Gazellenkopf sehen. Andere glauben, er gehöre einem Schwein – unreines Fleisch, all das.«

»Eine ziemliche Bandbreite«, warf Jack O'Neil ein.

Jackson zuckte die Achseln. »Deswegen nennen ihn viele auch nur das typhonische Tier. Was es ist, wissen wir nicht. Außerdem ist Seth am ganzen Körper rot behaart – ein Zeichen des Bösen. In der Jahrtausende langen Entwicklung der ägyptischen Kultur wandelte sich Seth von einem tapferen Kriegergott, der Ra verteidigte, zur Verkörperung des Bösen, der gegen Ra kämpfte.«

Er machte eine Handbewegung. »Jedenfalls tötete Seth Horus' Vater und stahl die Krone Ägyptens. Ra sollte über den Fall Gericht halten, wurde jedoch von einem der anderen Götter beleidigt und weigerte sich weiterzumachen. Hathor gelang es, seine Laune zu heben, indem sie ihn unter Drogen setzte, und das Gerichtsverfahren konnte fortgesetzt werden.«

West schüttelte den Kopf. »*Damit* verbringen Sie Ihre Zeit?«

»Ich verbringe meine Zeit damit, dieser Welt wieder Lesen und Schreiben beizubringen – Ra versuchte, alle schriftlichen Aufzeichnungen, die gesamte Geschichte des Volkes auszulöschen. Und ich bringe den Jüngeren Englisch bei, damit sie sich mit Ihnen und Ihren Leuten verständigen können. Sie brauchen jede Hilfe, die sie bekommen können. Die Lage hier auf Abydos ist sehr schwierig ...«

»Darauf kommen wir später zurück«, schnitt ihm West entschieden das Wort ab. »O'Neil, Sie sind an der Reihe. Wie weit können Sie unsere Leute vor dieser nymphomanischen Killerin und den einheimischen Pfadfindern mit ihren Strahlenlanzen schützen?«

»General, vielleicht sollten Sie sich erinnern – diese ›Pfadfinder‹ haben schon einige Male unsere Ärsche gerettet – und Ihnen die Kastanien aus dem Feuer geholt.« Jackson bebte vor Wut.

Er wurde von O'Neil unterbrochen, der endlich seine Wunschliste loswerden wollte. »Wenn Sie mir keine Männer geben können, dann nehme ich Fahrzeuge. Wir müssen unsere Sicherheitszone erweitern. Und ich will Langstreckenpatrouillen einsetzen. Trotz seiner voreingenommenen Ansichten hat Dr. Jackson darauf hingewiesen, wie wenig wir noch immer über diese Welt wissen.«

Der General nickte.

»Ich könnte mehr Humvees gebrauchen«, fuhr O'Neil fort. »Und einige Hubschrauber.« Mit unbewegter Miene blickte er zu West und dessen Pokerface. »General Keoghs Helikopterkontingent wurde vollständig vernichtet. In den umliegenden Wüsten führen wir bereits Patrouillen zu Fuß durch. Wenn wir sie aber erweitern wollen, möchte ich in der Lage sein, sie aus der Luft zu unterstützen.«

»Gibt es einen Grund für diese vielen Patrouillen?«

O'Neil zeigte nach Westen. »Wie Sie wissen, haben wir dort draußen einen größeren Friedhof angelegt.« Sogar seine Stimme verlor nun jeden Ausdruck. »Einige Einheimische haben die Überreste geschändet.«

West fuhr herum. »Kannibalismus?«

»Nein, Sir«, ergriff Lieutenant Charlton das Wort. »Grabräuber. Sie glaubten, wir beerdigen die Toten mitsamt ihrem persönlichen Besitz.«

Der General runzelte die Stirn. Wenn es schon zu derlei Praktiken kam, dann mußte es schlimm stehen in Nagada. Er entschloß sich zu einer Planänderung.

»Dr. Jackson, glauben Sie, es wäre möglich, mit dem Ältestenrat zu sprechen?« fragte er plötzlich. »Ich würde ihnen gerne persönlich ein Angebot unterbreiten.«

»Machen Sie Witze?« erwiderte Jackson. »Es würde sie überaus freuen, wenn sie Sie zu Gesicht bekämen.«

Ein Funkspruch Skaaras versicherte der Humvee-Karawane vom Basislager, daß ihnen in Nagada die lokale Variante des roten Teppichs ausgerollt werde. Die Ältesten der Stadt hatten sich unter dem größten Tor aufgereiht, um den General in Empfang zu nehmen. Kasuf stand ganz vorn, sein graubärtiges Gesicht war regungslos, aber seine Augen blickten scharf wie Messer.

General West und seine Delegation wurden durch die Stadt zur Halle der Ältesten geführt, wo man sich zu einem Festessen niederließ. Sie schnitten sich Fleischscheiben aus irgendeinem gebratenen Tier, das noch Wochen später den General in seinen Alpträumen verfolgen sollte.

Schließlich kam man zum Geschäft.

»Ich habe zwei Anliegen«, begann West. »Das eine betrifft die sinkende Menge an Quarzerz, die durch das SternenTor kommt. Das zweite die Notwendigkeit, qualifizierte Techniker an Bord des beschädigten Raumschiffes zu bringen. Fragen Sie bitte Kasuf, wie wir das erste verbessern und das zweite erreichen können.«

Laut allen verfügbaren Berichten hatte sich dieser Kasuf – Jacksons Schwiegervater – als zäher Verhandlungspartner erwiesen.

Schön, dachte West. *Fangen wir mit dem Verhandeln an.*

Jackson gab Wests Worte weiter, und Kasuf antwortete auf Abydianisch. Je länger er jedoch sprach, um so offensichtlicher wurde seine Verärgerung. Als er geendet hatte, holte er eine Handvoll Silbermünzen hervor und warf sie auf den Boden.

West zog die Brauen hoch, als er die Münzen als Susan-B.-Anthony-Dollars erkannte. Dann erinnerte er sich, daß UMC mit diesen Münzen die Bergleute in Nagada bezahlt hatte.

»Was sagte er?« wollte der General von Daniel Jackson wissen.

»Er sagt, die Quarzmenge, die durch das SternenTor zur Erde geschickt wird, geht deswegen zurück, weil viele Menschen die Stadt Nagada verlassen. Und das hat ironischerweise mit der Flut an Susan-B.-Anthony-Dollars zu tun, die Sie über uns haben hereinbrechen lassen.«

Die Muskeln in Wests Pokergesicht waren so angespannt, daß sie schmerzten. »Erklären Sie das«, sagte er.

»In nur wenigen Monaten haben Sie auf Abydos aus der Sklavenwirtschaft mit Tauschhandel einen freien Markt gemacht, der auf Münzwährung basiert. So begannen die Menschen zu spekulieren – und den größten Markt stellen die Lebensmittel dar. Die Leute kaufen Getreide auf, horten es – und treiben die Preise hoch. Die Stadtbevölkerung verläßt daher die Stadt und begibt sich zu den Enklaven, in denen Landwirtschaft betrieben wird und wo es etwas zu essen gibt.«

»Aber diese Leute hier sind die Regierung des Planeten! Könnten sie nicht die Zahl der Arbeiter regulieren ...«

»Für Menschen, die gerade von der Sklaverei befreit wurden, enthält das einen unangenehmen Beigeschmack«, erwiderte Jackson. Nach einer kurzen Diskussion mit Kasuf wandte er sich wieder an den General. »Aber die Dinge sind nicht so monolithisch, wie sie scheinen. Auf Abydos gibt es zwei Stämme – die Bergleute und die Bauern. Jeder hat seinen eigenen Ältestenrat, außerdem haben die Bauern ihren eigenen Führer – einen Mann namens Nakeer.«

»Nakeer«, wiederholte Kasuf, nickte dazu und sprach dann weiter auf Abydianisch.

»Da die Zeiten in Nagada schlecht sind«, übersetzte Jackson, »beschließen viele Bergleute, Bauern zu werden. Für die wirtschaftlichen Schwierigkeiten machen sie die Intervention der Erde verantwortlich.«

»Aber wir haben ihnen doch geholfen, die Freiheit zu gewinnen, wir haben ihnen die Vorzüge moderner Medizin zukommen lassen ...«, sagte West irritiert.

»Was übersetzt heißt, daß wir ihnen die Freiheit gegeben haben zu verhungern, und unsere moderne Medizin verwirrt sie nur. Steck dir eine Nadel in den Arm, und du wirst nicht krank werden? Ich fürchte, Wundermittel gibt es nicht. Das geschieht nur im Film. Der Abydianer auf der Straße sieht in uns nicht den Zauberer, der Wunder bewirkt.«

»Warten Sie, bis sie sehen, was wir mit dem Quarz in unseren Labors machen«, murmelte West. Er zuckte zusammen und blickte von dem Offizier, der neben ihm saß, zu Jackson. »Vergessen Sie, was ich soeben gesagt habe.«

Der General runzelte die Stirn. »Wir brauchen Wissenschaftler an Bord des Schiffes«, sagte er. »Da ihnen unser Geld nichts hilft, was können wir statt dessen anbieten?«

Jackson gab die Frage weiter. Nun war Kasuf an der Reihe, die Stirn zu runzeln. Er beugte sich von dem Stoß Kissen, auf dem er halb zurückgelehnt saß, vor und begann schnell und mit großer Kraft zu reden.

Egal was er sagt, es muß ihm sehr wichtig sein, dachte West. *Ich hoffe nur nicht, daß er den Deal platzen läßt.*

»Wie Sie hören, will Kasuf eine ganze Menge für sein Volk. Aber im Endeffekt läuft es auf zwei Dinge hinaus. Gesundheitsvorsorge und Unterricht. Und da er sieht, daß immer mehr Maschinen durch das SternenTor kommen, will er, daß die Jugendlichen für die Zukunft ausgebildet werden. Das bedeutet, sie sollen lernen, mit unserer Technologie umzugehen, die Maschinen zu reparieren und – irgendwann einmal – auch zu produzieren.«

»Ich bin bereit, das zu garantieren«, antwortete West prompt.

Jackson übersetzte, und Kasuf und seine Kollegen wechselten zweifelnde Blicke.

Sind sie verärgert, weil sie zu wenig verlangt haben? fragte sich West. *Oder sind sie nur mißtrauisch, weil ich zu schnell eingelenkt habe? Vielleicht hätte ich ein wenig feilschen sollen.*

Einer der Ältesten ergriff das Wort. Der Tonfall seiner Stimme klang nicht freundlich. Und als Daniel Jackson übersetzte, war auch seine Stimme kühl und schneidend. »Der alte Tatjenen dankt Ihnen für die schnelle Zustimmung. Er sagt aber, Worte seien billig zu haben. Aus einer ganzen Reihe von Gründen trauen Ihnen die

Abydianer nicht. Tatsächlich fällt es den Ältesten von Nagada schwer, sich auf das Wort eines Erdbewohners zu verlassen.«

»Aber *Sie* sind doch auch von der Erde«, argumentierte West.

»Und sie wissen, daß ich mich immer klar und ehrlich verhalten habe«, kam es von Jackson. »So wie auch der Colonel hier.«

»Sie haben den Einheimischen doch in den Kopf gesetzt, daß sie UMC nicht trauen können«, fuhr West fort.

»Aber erst, als sie den Menschen hier das Fell über die Ohren gezogen haben«, antwortete Jackson. »Und ich denke, gegenüber den Leuten von UMC war höchstes Mißtrauen angebracht. Schließlich haben sie es geschafft, daß Sie und Keogh ihretwegen fast einen Krieg angezettelt hätten.« Er sah zu West. »Sie können es den Ältesten nicht verdenken, wenn sie Ihrem Angebot nicht trauen.«

»O.k., hier also ein etwas konkreterer Vorschlag«, sagte West gereizt. »Seitdem wir den Erzabbau übernommen haben, haben wir die Arbeitskräfte medizinisch versorgt. Und ich weiß, daß Colonel O'Neil seine Sanitäter in die Stadt schickt. Ich will das ausweiten und ein komplettes Impfprogramm für die Kinder der Stadt anbieten ..«

Jackson schnitt ihm das Wort ab, abydianische Worte flogen zwischen ihm und den Ältesten hin und her. Die alten Männer beäugten West wie hungrige Geier.

»Das ist sehr viel besser als die niemals eingehaltenen Versprechungen von UMC«, sagte Jackson. »Aber ich glaube, Sie müssen Ihr Angebot doch noch ein wenig aufstocken.«

West holte tief Luft. »In Ordnung. Neben Ausbildungsstunden über die Bedienung der Maschinen bin ich bereit, alles Gerät, das sich momentan in der Mine befindet, Kasuf und seinem Volk zu überlassen – wenn sie in der Lage sind, sie zu bedienen. Das dürfte ein wenig mehr sein als die Stahlhämmer und Schaufeln, die unsere Ingenieure herangeschafft haben, um die Kupferhacken zu ersetzen, mit denen früher hier gearbeitet wurde.«

Jackson gab das Angebot weiter, zwischen den Ältesten entspannte sich eine wortreiche Diskussion. West bemerkte, daß sich Jackson daran beteiligte, hin und wieder sogar Argumente einbrachte. Schließlich zuckte der Dolmetscher mit den Achseln. »Eine Woche nach der Impfung werden sie erlauben, daß eine kleine Gruppe – etwa zwölf Personen – die Arbeit aufnimmt. Auch werden wir Dolmetscher stellen, für die Sie natürlich zahlen müssen.«

Nach einigem Hin und Her einigte man sich schließlich auf einen vernünftigen Betrag. Verglichen mit den Löhnen für die Bergwerksarbeiter war er exorbitant hoch, aber West war gewillt, ihn zu zahlen.

»Nebenbei bemerkt«, sagte Jackson, »geht nur ein Teil des Betrages als Lohn an die Dolmetscher. Der Rest des Geldes wird für die Ausweitung unseres Englischunterrichts gebraucht.«

»Wo es gut angelegt ist«, kam es von West.

»Aber Ihre Leute werden nur geduldet«, warnte ihn Jackson. »Die Ältesten diskutieren noch über Ihr Angebot. Das hier ist nur ein Zeichen ihres guten Willens.«

Der General nickte. »Verstanden.« Er sah zur Uhr. »Und wenn Sie ihnen für ihre Aufmerksamkeit danken wollen, dann werde ich nicht mehr länger ihre Zeit in Anspruch nehmen.«

West erhob sich zum formellen Abschied; er war voller Hoffnung, daß die Harmonie nun anhalten würde.

Als er ging, war er ein wenig überrascht, daß Jackson ihn zu dem Humvee-Konvoi begleitete, der sie zum Basislager zurückbringen sollte. »General, ich will Ihre Vorschläge nicht schlecht machen, aber was Sie angeboten haben, ist angesichts der Probleme nur ein Tropfen auf den heißen Stein.«

»Das ist alles, was ich geben kann«, erwiderte West.

»Auch wenn wir ein Geheimprojekt sind, verfüge ich nicht über unendliche Gelder. Wir müssen uns mit einem Kongreß herumschlagen, der alle Ausgaben beschneiden möchte.«

Doch auch während der gesamten Fahrt zum SternenTor setzte der Ägyptologe sich eloquent für sein adoptiertes Volk ein.

»Verstehen Sie doch, Jackson«, sagte West schließlich. »Ich will keine gesellschaftlichen Erschütterungen verursachen. Ich will, daß die Dinge stabil bleiben und wir uns darauf verlassen können, daß wir mit dem Goldquarz beliefert werden. Von uns kommen die Werkzeuge und die Ausbildung für die Menschen auf Abydos. Aber wenn dadurch Probleme entstehen, dann müssen Ihre abydianischen Freunde selber Lösungen finden.«

Und damit wandte er sich an den Techniker, der den Materietransmitter bediente. »Corporal, fahren Sie Ihren magischen Donut hoch. Ich muß noch heute abend in Washington sein.«

3. KAPITEL
HÄUSLICHER UNFRIEDEN

Die Sonne ging bereits unter, als Daniel Jackson vom Basislager zurückkehrte. Die gewundenen Straßen Nagadas lagen im Schatten, aber die Ziegelmauern der Gebäude strahlten eine erstickende Hitze ab.

Ein verschwendeter Tag, dachte Daniel trübsinnig. Das Problem war nur, die meisten Tage schienen verschwendet zu sein – wenn er an den Versammlungen der Ältesten teilnahm oder während des Tages für die Erdlinge dolmetschte. Seinen Hieroglyphenunterricht hatte er an Sha'uri und die intelligentesten der Schüler abgetreten. Er selbst konnte sich nur noch um seinen Englischkurs für Fortgeschrittene kümmern. Und nur manchmal gelang es ihm, einige Minuten für seine Forschungen abzuzweigen.

Für einen Ägyptologen stellte die abydianische Kultur eine wahre Schatzkammer dar. Antike Lebensweisen, antikes Gedankengut waren hier vollständig konserviert worden, wie Insekten in Bernstein. Noch faszinierender, wenngleich erschreckender war Ras Imperium. Die geheimgehaltenen Historien und Legenden enthielten Geschichten von erstaunlichen Persönlichkeiten – von Menschen, die als Götter verehrt wurden. Manche der Erzählungen waren blanke Alpträume, die von Ras Grausamkeiten oder Hathors Massakern handelten. Andere waren verstümmelte Berichte von gewaltigen Bauwerken, die errichtet wurden, oder von den Schlachten zwischen den Göttern.

Für Daniel waren sie alle faszinierend – vorausgesetzt, er konnte sich von seinem dichtgedrängten Zeitplan losreißen. Unglücklicherweise aber schien dieser Zeitplan gerade mit Dingen vollgestopft zu sein, welche die Kultur, die er studieren wollte, veränderten.

So wie heute, als ich den gloriosen Fremdenführer für General West gespielt habe. Oh, natürlich, er war Kasufs Abgeordneter, der seinen Teil für Nagada und Abydos beigetragen hatte, und West hatte den Preis ein wenig erhöht, nicht viel. Aber Daniel fürchtete, daß der schmerzhafte Übergang, den Abydos durchmachen würde, nicht mehr genügend abgefedert werden konnte. Der Tag war doppelt verschwendet: Er war von Dingen abgehalten worden, die wichtiger gewesen wären, und seine Anwesenheit hatte nichts gebracht; was er West erzählt hatte, hatte dieser nicht hören wollen.

Plötzlich fühlte sich Daniel an seine Studentenzeit erinnert, als der Institutsleiter gut betuchte Herrschaften durch Museumsworkshops scheuchte, um Gelder für die nächste Grabung zu bekommen. Das war es, was er heute getan hatte – den Administrator gespielt, den Job, den er schon immer gehaßt hatte.

Er trat um eine Ecke und blieb unvermittelt stehen. An

eine Wand gekauert, mit tief herabhängendem Kopf, saß ein Mann, vor sich eine angeschlagene Schale. Er hatte die Augen geschlossen, Insekten krabbelten über sein Gesicht.

Wie durch einen sechsten Sinn wurde der Mann auf Daniel aufmerksam. »Bitte, Herr, habt eine Münze ...«

Daniel eilte weiter. Niemals hatte es in Nagada Bettler gegeben. Familien sorgten für sich selbst. Oder, dachte er fröstelnd, die Horuswächter eliminierten die Mittellosen.

Überall, wohin er auch sah, schien die alte, vor-revolutionäre Gesellschaft zusammenzubrechen. Die Misere zeigte sich deutlich an den Reparaturen, die nach den Vernichtungsangriffen der Udajeet durchgeführt worden waren. Die neuen Gebäude und geflickten Wände waren schlampig gearbeitet. Warum sollte man sich mit Stolz der Ziegelbauweise hingeben, wenn man die Maschinen der Erdlinge gesehen hatte, die Tonnen von Erde und Sand bewegen konnten?

Daniel fühlte sich erleichtert, als er schließlich zu Hause war. Die Zimmer innerhalb der Lehmziegelmauern waren kühl – und finster.

»Sha'uri?« rief Daniel, obwohl es offensichtlich war, daß seine Ehefrau nicht zu Hause war.

Er tastete umher, fand eine Öllampe und entzündete sie mit dem Feuer aus der Aschenglut. Nun, einfach toll. Hier war er endlich, wieder daheim nach einem harten Tag, der ihm nur auf den Senkel gegangen war, und die Frau des Hauses war nirgends zu finden.

Daniel begab sich zum Küchenbereich und stocherte im Speiseschrank herum, der freilich ziemlich leer war. Und mit dem Zeug, das da war, wußte er nichts anzufangen.

Das Problem war, Daniel hatte den Dreh mit der abydianischen Cuisine nicht heraus. Und auf der Erde hatten seine Mahlzeiten vor allem aus Dosenspaghetti und Mikrowellengerichten bestanden.

Er hatte sich auf Kissen ausgestreckt und versuchte

beim flackernden Licht der Lampe zu lesen, als eine müde wirkende Sha'uri endlich nach Hause kam.

»Es gibt nichts zu essen – zumindest nichts, was ich machen könnte«, sagte er, während er sich erhob. »Also, was ist los? Du kommst ziemlich spät.«

»Vater und das Konzil sind über das Angebot des Generals zu einer Entscheidung gekommen«, verkündete Sha'uri. »Falls du nicht bessere Konditionen aushandeln kannst.«

»Es kümmert West nicht, was hier geschieht, solange er sein Goldquarz bekommt«, sagte Daniel verbittert. Er blickte zu seiner Frau. »Es überrascht mich, daß das Konzil so lange brauchte, um eine Entscheidung zu treffen.«

»Ach, die Entscheidung kam ziemlich schnell«, sagte Sha'uri. »Sie fragten mich, wen wir von unseren Literaturkursen entbehren könnten, damit sie für die Wissenschaftler von der Erde arbeiten können. Für den Job brauchen sie Leute, die sowohl Hieroglyphen lesen als auch Englisch sprechen können. Und natürlich wollten wir nicht, daß dein Englisch-Kurs keinen Lehrer mehr hat ...«

»Einen Moment!« unterbrach Daniel, nachdem er ihre Worte endlich begriffen hatte. »Ich leite diese Kurse. Glaubst du nicht, daß man mich hätte fragen können?«

»Wir wollten so schnell wie möglich anfangen – wie heißt es? –, die Sache ins Rollen bringen?«

Daniel spürte, daß sie nervös war. Gewöhnlich stolperte sie nicht über Redewendungen wie diese.

»Wenn du dich erinnerst, hat Vater erreicht, daß die Dolmetscher gut bezahlt werden«, fuhr Sha'uri fort. »Das Konzil dachte, je balder wir damit fertig sind, desto besser ist es.«

»Es heißt, je schneller desto besser«, sagte Daniel. »Trotzdem möchte ich die Einteilung sehen.«

»Mach das«, erwiderte Sha'uri verärgert. »Immer beschwerst du dich, daß du die Arbeit anderer überprüfen mußt und keine Zeit mehr für deine eigene Arbeit hast. Aber wenn man versucht, dir diese Arbeit abzunehmen, bestehst du darauf, trotzdem den Aufseher zu spielen. Du kannst nicht ...« Sie schnalzte mit den Fingern. »Wie heißt das Wort?«

»Delegieren«, schoß es aus Daniel heraus; sogleich wünschte er sich, er hätte den Mund gehalten.

»Immer mußt du korrigieren! Immer mußt du dich als Aufseher aufspielen!«

Für jemanden, der gerade die Sklaverei hinter sich hatte, war ihre Wortwahl absichtlich provozierend. Daniel hatte die Aufseher bei ihrer Arbeit in den Minen von Nagada gesehen. Ras gewalttätige Horuswächter hatten in der einen Hand eine Strahlenlanze gehalten, in der anderen eine Lederpeitsche.

Er hob eine Hand. »Nur weil ich sichergehen möchte, daß die Dinge richtig gemacht werden ...«

»Glaubst du nicht, daß ich in der Lage bin, die besten Dolmetscher auszuwählen?« fragte Sha'uri. »Muß ich denn ewig deine Studentin sein?«

Daniel seufzte. In letzter Zeit waren ihre Abende immer öfter von Auseinandersetzungen getrübt. Gewöhnlich ging es nur um Kleinigkeiten, aber das änderte nichts daran, daß sie sich wütend schlafen legten.

Die Flitterwochen schienen endgültig vorbei zu sein.

»Sha'uri, ich bin müde. Ich habe den Tag mit einer Beschäftigung verbracht, die mir nicht liegt, und dabei nicht das getan, was ich *wirklich* kann. Wenn ich das, was ich tue, manchmal zu ernst nehme, dann deswegen, weil ich noch nie so viel Verantwortung getragen habe.«

Er fuhr sich mit der Hand übers Gesicht. Es fühlte sich sandig an. »Alles, was ich will, ist ausruhen, etwas essen ..«

Oha. Der Themenwechsel war schlecht gewählt.

»O ja, die ganze Zeit sprichst du davon, daß wir Partner sind – aber dann kommst du nach Hause und erwartest von mir, daß ich dir dein Essen hinstelle. Mein Vater und meine Mutter waren bessere Partner. Sie arbeiteten zusammen in der Mine – und wenn es sein mußte, konnte Vater für Mutter, Skaara und mich etwas zu essen machen.«

»Ich kann kochen – ein wenig. Aber das hier ist nicht das Essen, das ich von zu Hause gewohnt bin.«

»Dein toller Planet Erde, wo alles in kleinen Schachteln ist und die Menschen ein wundervolles Leben führen, neben dem wir wie Wilde erscheinen.« Sha'uri hatte sich nun in Rage geredet. Sie ging in einen anderen Teil der Küche und hatte plötzlich zwei Pakete in der Hand. Daniel erkannte sie sofort, sie stammten vom Marine-Camp: Fertiggerichte.

»Wenn die Erde so wunderbar ist, warum gehst du dann nicht zurück?«

Daniel wurde wütend. Hatte er das nicht schon so oft erklärt? »Das SternenTor auf der Erde ist bewacht. Wenn ich die Erde besuche, kann ich vielleicht nicht mehr zurückkommen.«

»Und warum sollte dich das beunruhigen?«

Sha'uris bittere Worte ließen Daniel innehalten. »Hey, mein Leben ist jetzt hier. Du bist meine Frau ...«

»Bin ich das? Ich habe mich mit einigen von Colonel O'Neils Marines unterhalten. Wir haben nicht nach den Gepflogenheiten deiner Welt geheiratet. Und wenn du mir so ergeben bist, warum ziehst du dann diese kleinen häßlichen Tütchen über, wenn wir uns lieben?«

Daniel errötete. Es war schon schlimm genug gewesen, sich von den Soldaten veräppeln zu lassen, als er damals um Kondome nachgefragt hatte. Nun wurde er für seine Vorsichtsmaßnahmen auch noch kritisiert ...

»Sha'uri, ich hab' dir gesagt, das ist zu deinem Schutz. Wir leben in verrückten Zeiten. Keiner von uns beiden will doch mit einem Baby belastet werden.«

Als er die Tränen auf ihren Wangen sah, wünschte er sich, er hätte sein Argument etwas sanfter vorgetragen. »Wir haben doch darüber gesprochen. Du willst doch momentan kein Baby.« Er schluckte. »Oder?«

»Ja – nein! Du verstehst nicht, wie es ist!« Sha'uris Stimme war heiser, als sie unter Tränen weitersprach. »Früher, in den Zeiten unter Ra, wußte niemand, wie lange er zu leben hatte. Kinder waren die einzige Möglichkeit, eine Zukunft zu haben. Natürlich hatte Ra eine grausamere Sicht der Dinge. Die Horuswächter sagten immer: ›Werft früh und werft oft – dann gibt es mehr Arbeiter für Ra.‹«

Mit geröteten Augen starrte sie Daniel an. »Vielleicht haben sich die Dinge geändert, aber die alten Sitten sind geblieben. Manche von uns – die Jüngeren wie Skaara – sehen ein, daß die neuen Zeiten neue Gebräuche erfordern. Aber es war leichter, die Herrschaft Ras abzuwerfen, als unsere Denkweise zu ändern. Mein Vater erwartet noch immer Enkelkinder – je früher, desto besser. Ständig spielt er darauf an, fragt nach und gibt keine Ruhe ...«

»Dann müssen wir ihm sagen, daß er sich gedulden muß«, sagte Daniel.

Sha'uris Augen füllten sich mit neuen Tränen. »Es gibt noch eine andere Antwort«, schluchzte sie. »Vielleicht kann ich mich auch nicht von den alten Denkweisen lösen.«

Daniel versuchte logisch zu sein, versuchte auf die Beschwernisse und Probleme hinzuweisen, die eine Schwangerschaft mit sich bringen würde. Seine noch junge Akademie würde mit Sha'uri eine Lehrerin und Übersetzerin verlieren. Sie erwiderte, daß die Frauen auf Abydos bis kurz vor der Niederkunft in den Minen arbeiteten. Sicherlich könnte sie so lange auch ihre sitzende Tätigkeit ausüben.

Dann spielte Daniel die medizinische Karte aus. Er würde es vorziehen, so lange zu warten, bis Ärzte und Mediziner von der Erde verfügbar sein würden.

»Aber die kommen doch nun, als Teil der Übereinkunft mit dem General«, sagte Sha'uri.

Schließlich blieb ihm nur noch ein Argument übrig, eines, das er allerdings nicht einsetzen wollte. Daniel Jackson hatte riesigen Bammel vor der Vaterschaft. »Ich bin dir ergeben«, beharrte er. »Ich liebe dich, ich will, daß wir zusammenbleiben. Wir sollten diese Zeit genießen. Um ein Kind in die Welt zu setzen – ist es, denke ich, noch zu früh.«

Von da an ging die Diskussion den Bach runter. Sie endete damit, daß Daniel den vollständigen Rückzug antrat und durch die Tür hinausstürmte.

Ich hätte die Fertigmahlzeit mitnehmen sollen, dachte er, während er durch die dunklen Straßen schlenderte. Sein Magen schmerzte vor Anspannung. Als das schließlich nachließ, spürte er den Hunger um so mehr.

Daniel schlug den Weg zum Gebäude ein, in dem sich der Ältestenrat befand. Mit einigem Glück konnte er dort eine Mahlzeit auftreiben – und auf Regierungskosten speisen. Vielleicht konnte er Kasuf zur Seite nehmen und ihn bitten, mäßigend auf Sha'uri einzuwirken.

Der kleine Platz vor der Lehmziegelhalle war voller Menschen. Sie schrien, manche hatten die Fäuste in die Luft gereckt. Daniel war lange genug auf Abydos, um ihren Akzent zu erkennen. Nach ihrer Sprache zu urteilen gehörten sie zu den Bauernclans außerhalb von Nagada.

»Wir sind viele Meilen gereist, um unsere Petition vorzubringen!« rief ein Bauer. »Warum wollen uns die Ältesten von Nagada nicht anhören? Wir können nicht einen weiteren Tag warten. Laßt uns jetzt zu ihnen!«

Ein anderer schlug härtere Töne an. »Diese Ältesten werden auf den Werkzeugen und Münzen fett, die sie von den Ört-Bewohnern bekommen!«

Der Linguist in Daniel fragte sich, wo der Kerl das Wort ›Erdbewohner‹ aufgeschnappt hatte. Ganz offensichtlich handelte es sich hier um Straßenjargon, um einen Ausdruck, der von Mund zu Mund weitergegeben wurde. Pidgin-Englisch hatte Abydos erreicht.

Und mit ihm anscheinend auch der Protest der Habenichtse gegen diejenigen, die angeblich alles oder vieles hatten.

Daniel fühlte sich in mancher Hinsicht an seine Collegezeit erinnert. Auch dort hatte es einige wenige Wortführer gegeben, die einer großen Menge gegenübergestanden hatten, die darauf wartete, was passieren würde. Hier jedoch ging es nicht um Campuspolitik.

Hier waren Menschen, denen es todernst war, die vor ihre Regierung traten, um angehört zu werden und – hoffentlich – Gerechtigkeit zu erfahren. Gemäß abydianischer Tradition hatten sie das Recht, Eingaben an die Ältesten zu machen.

Sie hatten sich einen verdammt schlechten Tag ausgesucht, dachte Daniel. Kasuf und seine Mitbrüder hatten seit dem Morgen getagt, hatten sich General Wests Angebot angehört, mit ihm verhandelt, die Vorschläge debattiert und versucht, trotz knapper Ressourcen ihr Verhandlungsziel zu erreichen.

Und nun waren die alten Männer müde und hatten Ruhe nötig, keine weiteren Auseinandersetzungen.

Die Bauern allerdings befürchteten, daß geheime Abkommen geschlossen wurden, die die Nagadianer reicher machten – und die Bauernclans ärmer.

Die wortführende Minderheit ließ die Menge gegen die Tore vordringen, um ihr Anliegen mit Gewalt durchzusetzen.

Die Tore öffneten sich, und die Milizionäre marschierten heraus. Die von Sha'uris Bruder Skaara organisierte abydianische Miliz verfügte nicht über hochglänzende Uniformen, sondern trug gewöhnliche Straßenkleidung, bräunliche, handgefertigte Umhänge. Alles, was auf militärische Organisation schließen ließ, war ihre Schlagkraft – Skaara setzte sie einem gnadenlosen Drill aus – und die Waffen, die sie trugen.

Die Einheit, die dem Mob den Weg abschneiden sollte, war mit M-16-Gewehren bewaffnet, die von den Schlachtfeldern um Nagada stammten. Und sie besaßen ein weiteres militärisches Beutestück – die neuen Kevlar-Helme, die an die amerikanischen Truppen ausgegeben wurden. Auf dem von Fackeln erleuchteten Platz sahen sie aus wie Nazi-Truppen, die in Helmen und weiten Umhängen in die Schlacht zogen.

Die Konfrontation führte schnell zu blutigen Ausschreitungen. Die Führer des Protests versuchten durchzubrechen und wurden mit Gewehrkolben zurückgeschlagen. Die Milizionäre hatten anscheinend den Befehl, nicht zu schießen. Um so zahlreicher waren die Kopfverletzungen und blutigen Gesichter.

Unbarmherzig trieb die Miliz die wütenden Bauern über die Hälfte des Platzes zurück. Dann verstärkte sich noch einmal der Widerstand der zusammengetriebenen Demonstranten.

Die Miliz jedoch zog sich überraschend zurück. Die Bauern formierten sich zum nächsten Vorstoß, als ein einzelner Gewehrschuß über den Platz hallte.

Das Geräusch war von oben gekommen. Die Demonstranten blickten auf. Eine Reihe von Milizionären stand auf dem Dach des Ratsgebäudes. Sie lehnten an der hüfthohen Brüstung und zielten mit ihren Gewehren in die Menge. Die Drohung zeigte Wirkung. Als der Milizoffizier unten auf dem Platz den Bauern befahl, sich zu zerstreuen, begann die Menge sich aufzulösen.

Die Unbeteiligten gingen als erste. Sie mußten vor Sonnenaufgang auf ihren Höfen sein, um den neuen Arbeitstag auf den Feldern zu beginnen. Immer mehr Demonstranten zogen sich zurück, bis nur noch die wirklichen Feuerköpfe übrig blieben – und all diejenigen, die zu sehr mitgenommen waren und sich nicht so rasch entziehen konnten.

Blieb nur noch ein letztes Aufräumen. Die behelmte Miliz rückte wieder vor und trieb die übrigen Demonstranten auseinander. Wenigstens machten sie nun von ihren Gewehrkolben weniger Gebrauch.

Daniel starrte wie gebannt auf das unerfreuliche Schauspiel, so daß er den Milizionär, der auf ihn zukam, erst bemerkte, als es fast schon zu spät war.

»Setz dich in Bewegung, Abschaum!« Der finster dreinblickende Soldat holte mit dem Gewehr aus. Instinktiv stürzte sich Daniel auf ihn und verwickelte ihn in ein Handgemenge. Eine verschwommen aus den Augenwinkeln wahrgenommene Bewegung ließ Daniel einen Moment lang innehalten. Er drehte sich und wich einem zweiten Milizionär aus, der kurz davor war, ihm mit dem Gewehrkolben das Gesicht zu zerschmettern.

Das Gesicht unter dem Helm kam Daniel irgendwie bekannt vor. Und deutlich war darin das Entsetzen abzulesen, als dieser Daniel schließlich erkannte. Er warf sich dazwischen und riß seinen zähnefletschenden Kameraden zurück.

»Er gehört nicht zu den Unruhestiftern«, sagte er. »Schau, sein gelbes Haar. Er ist der Schwiegersohn des obersten Vorsitzenden!«

Der Milizionär ließ sein Gewehr sinken und bedachte Daniel mit dem angewiderten Gesichtsausdruck, der überall auf der Welt für die Unschuldigen reserviert ist, die sich in Polizeiaktionen einmischen.

Daniel fühlte sich ein wenig außer Atem, und er bat darum, ihn doch sicher über den Platz zum Ältestengebäude zu führen.

Die Hängebrücke unter Skaaras Füßen schaukelte leicht im Wind. Er stand genau in der Mitte zwischen den Wachtürmen, die das Haupttor von Nagada flankierten. Aus dieser Höhe konnte er deutlich erkennen, was sich sowohl in der Stadt als auch außerhalb der Mauern abspielte. Er ließ das Fernglas sinken, das er auf den zentralen Platz gerichtet hatte. »Sie ziehen ab«, sagte er. »Wir haben gewonnen.«

Baki, der junge Krieger neben ihm, rief zu den Boten hinunter, die sich am Tor versammelt hatten. »Sie lösen sich auf. Aber haltet euch weiterhin bereit. Vielleicht müssen wir noch weitere Männer benachrichtigen.«

»Ich glaube nicht«, sagte Skaara. »Sie scheinen vom Kampf genug zu haben.«

Das Feldfunkgerät in Bakis Händen erwachte knisternd zum Leben und berichtete vom Rückzug der Unruhestifter. Skaara seufzte. »Und du hast mir gesagt, ich sei verrückt, die Truppe für diese Art des Kampfes auszubilden.«

»Ich glaubte einfach nicht, daß du unsere Männer davon überzeugen könntest, nicht als erste zu schießen«, erwiderte Baki. »Ein, zwei Salven, und die Menge wäre sehr viel schneller und mit weit weniger Aufwand zerstreut worden.«

»Aber zu einem viel zu hohen Preis«, sagte Skaara.

»So knapp sind unsere Munitionsvorräte nicht«, widersprach der Lieutenant.

»Darum geht es nicht.« Skaara beobachtete mit grimmigem Gesicht den Platz. Seine Männer hatten ihn fast ganz geräumt. »Wenn du jemandem einen Schlag auf den Kopf verpaßt, steht er wieder auf und fürchtet dich vielleicht. Aber wenn du ihn umbringst, dann löst du damit eine Fehde mit seinen Verwandten aus.«

»Das stimmt«, mußte Baki zugeben. »Aber warum sind wir hier oben und führen die Truppen durch Laufboten und über Funk? Hast du Angst, daß man dir die Schuld gibt, wenn es schiefläuft? Schließlich ist dein Vater doch in der Halle ...«

»Eben deswegen kann ich nicht dort sein«, schnitt ihm Skaara das Wort ab. »Diese Menschen sind hier, um sich bei Kasuf zu beschweren – um gegen ihn zu protestieren. Wie würden sie reagieren, wenn plötzlich Kasufs Sohn vor sie tritt, um sie zu vertreiben?«

Baki ließ ihm ein beredtes Schulterzucken zuteil werden. »Das ist Politik, nicht Krieg.«

»Falsch«, sagte Skaara. »Politik *ist* Krieg – sie geht nur langsamer vonstatten. Merk dir meine Worte, Baki. Jetzt in diesem Moment führen wir Krieg.«

Er spürte den unangenehmen Blick seines Untergebenen, auch wenn Baki nichts sagte.

Der gute alte Baki. Er war seit den Anfängen der Miliz dabei. Sie hatten zusammen Mastadges gehütet. Baki war einer der Jungen gewesen, die sich Ra in den Weg gestellt und gekämpft hatten, um die Erdbewohner zu retten. Die Hälfte dieser jungen Rebellen war unter den Strahlenstößen der Horuswächter und der Udajeet getötet worden. Skaara hatte ihn in der vergrößerten Miliz zum Kommandanten eines eigenen Truppenkontingents befördert und vertraute ihm. Er war sein wichtigster Adjutant.

Dennoch verstand Baki nichts von dem Kampf, dessen Zeuge sie soeben geworden waren.

Skaara hatte aus zwei Gründen die Miliz gebildet. Zuerst und vor allem wollte er seine Heimat und seine Familie schützen. Beide hatten sich als so schrecklich verwundbar gezeigt, als Ras Zorn über Nagada gekommen war.

Aber dann hatte er auch den Traum, seine tapferen Streitkräfte durch das SternenTor zu führen, um den anderen Welten unter Ras Herrschaft die Revolution von Abydos zu bringen.

Diesen Traum hatte er zurückgestellt, als er die Miliz verstärken und vergrößern mußte, um sich gegen die Habgier der Minengesellschaft zur Wehr zu setzen. Für Skaara war es ein Schock gewesen festzustellen, daß nicht alle Verbündeten notwendigerweise auch Freunde waren. Diejenigen, die ursprünglich mit Colonel O'Neil kamen – Lieutenant Kawalsky, der kleine Feretti, Daniel, der seine Schwester geheiratet hatte –, sie hatten sich als Freunde erwiesen. Feretti und Kawalsky hatten ihm beim Aufbau seiner Miliz geholfen, und sogar der große O'Neil hatte ihm manchen Ratschlag gegeben.

Aber auch sie wären fast gegen ihn in den Krieg gezogen. Nur durch die Ankunft des Schlachtschiffs aus Ras Imperium war der Konflikt vermieden worden.

Doch der Sieg hatte noch mehr Probleme aufgeworfen. Neue Freiwillige ließen die Reihen der Miliz anschwellen, manche von ihnen waren noch auf dem Schlachtfeld beigetreten, als sie nach Waffen suchten. Als Soldaten genossen sie ein gewisses Ansehen. Anderen ging es um die Macht. Wieder andere wollten alte Rechnungen begleichen, und viel zu viele, sowohl in Nagada wie auf dem umliegenden Land, wollten Waffen zu eigenen Zwecken besitzen.

Der Zustrom an neuen Soldaten war zu groß gewesen für Skaaras ausgebildete Kader. Es gab nun Einheiten, die von Männern befehligt wurden, die niemals Skaaras Traum geteilt hatten. Selbst unter denen, denen er trauen konnte – Baki, die Truppen auf dem Platz – war die Hoffnung, die Freiheit weiterzutragen, erst einmal aufgeschoben worden.

Welche Ironie, dachte Skaara. *Mein Traum hat dazu beigetragen, eine mächtige Waffe zu schaffen. Aber diese Waffe zerfällt mir vielleicht unter den Händen und zerstört den Traum, der sie erst geschaffen hat.*

4. KAPITEL
EIN NEUER TON AUF DEM PLANETEN

Daniel Jackson stand mit hochgezogener Kapuze in der brütenden Sonne. In wenigen Minuten würde er an einer der größten Versammlungen teilnehmen, die Abydos jemals erlebt hatte. Seine Hand kroch in den Umhang und berührte den Riegel hitzeresistenter Schokolade, den er heute morgen in seiner Kleidung gefunden hatte – er konnte nur aus Sha'uris Paket mit Fertignahrung von jener schrecklichen Nacht stammen. Sie hatte sich bereits auf den Weg zu ihrer Arbeit gemacht, um sich auf die Wissenschaftler von der Erde vorzubereiten.

Wenigstens hatte er nun, da er sich zum Begrüßungskomitee der ersten Gipfelkonferenz auf Abydos gesellte, ein Friedensangebot von ihr in Händen. Sha'uri wußte, daß er ganz versessen war auf Schokolade.

In der Ferne erblickte Daniel eine Mastadge-Karawane, die sich langsam über die Dünen schleppte. Kurz vorher hatten sie die entsprechende Meldung von den Wachtürmen Nagadas vernommen. Kasuf und die Honoratioren der Stadt stellten sich auf, um die Ankunft der Ältesten aus den Bauerngemeinschaften zu begrüßen.

Dies war das erfreulichste Ergebnis der gewalttätigen Auseinandersetzung auf dem Marktplatz vor vier Tagen. Nachdem Skaaras Milizionäre die Demonstranten auseinandergetrieben hatten, hatten die Ältesten von

Nagada beschlossen, sich mit ihren Kollegen von den Bauernstämmen zu Gesprächen zusammenzusetzen. Boten waren an die umliegenden Bauernenklaven geschickt worden mit der Einladung zu einer gemeinsamen Aussprache über die Probleme der Bauern.

Glücklicherweise war Nakeer, Ältester des Bauernstammes, nicht allzu weit entfernt, als die Einladung ausgesprochen wurde, denn als oberster Ältester verbrachte er – ähnlich der alten Richter, die ihren Bezirk abreisten – seine Zeit damit, von Bauerngemeinschaft zu Bauerngemeinschaft zu reisen.

Als er von Kasufs Aufruf vernahm, versammelte er alle verfügbaren Ältesten um sich und begab sich auf die Reise nach Nagada. Nach den örtlichen Gepflogenheiten zu urteilen, würde er, wenn sie ankamen, seine Positionen fertig ausgearbeitet und seine Leute in Stellung gebracht haben.

Die Mastadge-Karawane schien es nicht besonders eilig zu haben. Daniel hatte viel Zeit, auf Einzelheiten zu achten, während er den gemächlichen Marsch der riesigen Tiere mit Pallankinen auf den Rücken beobachtete.

Die Mastadges der Bauern schienen sich kaum von den großen, stapfenden Viechern zu unterscheiden, die einst von Skaara und seinen Freunden gehütet worden waren. Ihre buckligen Körper sahen aus wie eine Kreuzung zwischen Moschusochse und Bison, dazu besaßen sie spindeldürre Beine. Die Natur hatte sie mit einem Gesicht ausgestattet, das man eher bei einem Brontosaurus erwarten könnte – und sie mit einem Bart versehen.

Um diese elefantengroßen Tiere zu reiten, brauchte man eine Mischung aus Sattel und Stuhl mit einem Sonnendach darüber. Diejenigen, die am Rand der Karawane ritten, hatten Sonnendächer, die aussahen wie mottenzerfressene Armeedecken. Die Dächer der VIPs in der Mitte des Zuges besaßen Seidenbahnen mit Troddeln, um die Sonne abzuhalten. Wie immer gingen mit dem Rang Privilegien einher.

Aber was wirklich Daniels Aufmerksamkeit auf sich

zog, waren die Waffen, die manche der Karawanenreiter in den Armen schwenkten. Diese Kerle hatten M-16-Gewehre!

Kasuf neben ihm erblickte die Gewehre ebenfalls und zuckte in seinem Ornat zusammen. Noch bevor Nakeer überhaupt angekommen war, machte er deutlich, wo es seiner Meinung nach langging.

Die Karawane teilte sich, und die Ältesten ritten durch das Tor. Ihr Führer brachte sein Mastadge vor Kasuf und seinem Gefolge zum Stehen.

»Willkommen in Nagada, Nakeer, Führer der Bauerngemeinschaften«, intonierte Kasuf.

»Gegrüßt seien unsere Brüder in den Minen von Nagada.« Der Reiter war eine etwas schurkisch aussehende Person mit schwarzem Bart, der an einer Seite weiß gefleckt war. Nakeer schien jünger zu sein als Kasuf, sein Gesicht jedoch war von den jahrelangen Ritten unter der Wüstensonne gezeichnet.

»Wir haben ein Begrüßungsfest vorbereitet«, sagte Kasuf, als die Führer der Bauernclans von ihren Tieren stiegen. Jungfrauen der Stadt mit Kürbisflaschen voll Wasser traten näher.

»Wie erfrischend«, sagte Nakeer, als er die Flüssigkeit kostete. »Aber ich würde mir gerne auch den Staub der Reise vom Körper waschen, bevor ich mich zum Essen niederlasse. Vielleicht wollt Ihr mich dabei begleiten, Kasuf, während die anderen bereits vorangehen.«

Von Kasuf und Daniel begleitet, wandte sich Nakeer von der vorbereiteten Willkommensfeier ab. »Gleich in der Nähe gibt es eine Badehalle«, sagte Kasuf.

»Verzeiht die List, Kasuf«, sagte Nakeer, als sie eintraten. »Aber ich wollte mit Euch sprechen – ohne, daß die Ohren der Menge mithören.«

Starren Blicks stand der Bauernführer da, als Daniel seine Kapuze abstreifte und sein blondes Haar zum Vorschein kam. »Und das muß einer der Ört-Männer sein«, sagte er.

»Erd-Bewohner«, korrigierte Daniel. »Im Singular und Plural gleich.«

»Ob Singular oder Plural, Ihr habt vieles auf dieser Welt verändert.« In Nakeers Stimme lag ein fast anklagender Tonfall.

»Sie halfen uns, der Sklaverei zu entkommen – und Ra zu töten«, protestierte Kasuf.

»Und dabei zerschnitten sie die Bande, die unsere Stämme zusammenhielten, seit unser Volk nach Abydos gebracht wurde«, sagte Nakeer. »Früher hat unser Volk immer gewußt, was es zu tun hatte. Nun verlassen meine Leute ihre Felder. Sie kommen nach Nagada, wo, wie sie hören, die Straßen mit diesen Dingern gepflastert sind.«

Dabei holte er aus seiner Robe einen Susan-B.-Anthony-Dollar und hielt ihn hoch. »Üble Dinge sind das. Sie machen mein Volk verrückt. In den Tagen unter Ra versorgten wir Nagada, weil wir vor den Horuswächtern Angst hatten. Wenn zwischen der Ernte und unseren Abgaben Unstimmigkeiten auftraten, war immer eine Einigung gefunden worden. Und selbst dann gelang es uns meistens, ein wenig von den besten Dingen für uns selbst zurückzubehalten.«

Nakeers Blick verfinsterte sich; er glich dem Schurken in diesem Film über die Fremdenlegion. »Dann kamen die Fremden durch das SternenTor und boten diese Münzen an. Statt Nagada zu versorgen, verkauften die umliegenden Bauern ihr Getreide und kauften dann von den weiter draußen liegenden Gemeinschaften. Fahrende Händler aus Nagada erschienen, und auch sie hatten diese Münzen. Sie kauften noch mehr Getreide auf. Wir verkauften alles, auch das, was wir sonst zurückgelegt oder zwangsweise abgeführt hätten. Und nun gibt es Städte, in denen die Menschen verhungern, weil sie ihre ganze Nahrung verkauft haben – sogar ihre persönlichen Vorräte.«

Nakeers Blick durchbohrte Kasuf, dann fuhr er fort: »Und trotz dieser großen Menge an verkauften Nahrungsmitteln werden unsere Gemeinschaften mit umherziehenden Menschen aus Nagada überschwemmt. Sie sagen, sie wären verhungert, wenn sie sich nicht auf Wanderschaft begeben hätten, um Nahrung zu finden. Wohin geht unser Getreide, Kasuf von Nagada?«

»Eure Ernten landeten nicht in den Speichern des Konzils, soviel ist gewiß«, begann Kasuf. »Diese Händler, von denen Ihr gesprochen habt – sie versuchen, aus den Münzen, die unsere Freunde von der Erde gebracht haben, Kapital zu schlagen. Sie kommen zu Euren Gemeinschaften, um billig Nahrungsmittel zu kaufen, die sie dann teuer in Nagada verkaufen. Sie horten das Getreide, um Eure Preise niedrig und unsere hoch zu halten.«

Er zuckte die Achseln. »Ich sprach mit den anderen Ältesten, aber aus verschiedenen Gründen konnten wir uns nicht einigen, wie wir dagegen vorgehen sollten.«

Nakeer nickte finster. »Die gleichen Probleme habe ich mit meinen Brüdern. Die Ältesten, deren Städte fett werden von diesem Handel, weigern sich, dagegen etwas zu unternehmen. Und ich hege nicht den Wunsch, eine Lösung herbeizuführen, indem ich diese Städte vernichte.«

»Das gleiche gilt für Nagada«, bekannte Kasuf. »Ich denke, unser neues, freies Leben erfordert andere Handlungsweisen – wie zum Beispiel das Geschäftemachen mit den neuen Münzen. Dennoch fürchte ich, daß unsere neue Lebensweise zu Uneinigkeit im Volk führt und in Kampf enden wird.«

»Bislang ist es uns gelungen, den Frieden zu bewahren«, sagte Nakeer. »Aber nicht alle, die die Stadt verlassen, gehen mit uns auf die Felder. Manche schleichen im toten Land umher und greifen sich, was sie gerade finden. Karawanen sind in der Wüste überfallen und ihrer Ladung beraubt worden.«

Er wandte sich an Daniel. »Und einige von ihnen trugen die Waffen Eures Volkes.«

»Aber das ist nicht unsere Schuld«, widersprach Daniel. »Das Schlachtfeld ist voller Waffen, die verloren gingen und die sich nun jeder aneignen kann.«

»Aber die meisten Waffen sind doch nach Nagada gebracht worden«, sagte Nakeer. »Skaara, der Sohn von Kasuf, hat seine eigene kleine Armee aufgebaut ..«

»Um für alle, die auf Abydos leben, zu kämpfen!« brauste Kasuf auf. »So wie wir gegen Ra und Hathor gekämpft haben, als sie versuchten, uns zu unterdrükken. Ihr selbst gebt zu, daß die Bauern in der Lage waren, etwas für sich selbst zurückzuhalten. Aber an jedem Kristall-*khar*, den wir ausgruben, klebte unser Blut. Wir waren die Zielscheiben der Udajeets – unser Volk kämpfte gegen die Horuswächter.«

»Eine schöne Rede«, gab Nakeer zurück. »Aber es gab viele Bauern, die zur Arbeit in den Minen gezwungen wurden. Auch sie haben gekämpft und sind gestorben. Und ihr Tod soll nicht dazu beitragen, daß Nagada mit den Waffen und der Hilfe der Ört – *Erdbewohner* unsere Zukunft diktiert. Wir haben gekämpft, damit wir nicht mehr die Sklaven Ras sind. Noch wollen wir die Sklaven Nagadas werden.«

Kasuf runzelte die Stirn. »Ich brauche keine Sklaven. Was wollt Ihr, Nakeer?«

»Mein Volk braucht die neuen Waffen. Und wir müssen in der Lage sein, uns mit den Fremden vom Tor zu verständigen.« Nakeer sprach mit flacher Stimme, als er seine Verhandlungsposition umriß.

Kasuf wurde nachdenklich. »Skaara hat davon gesprochen, daß seine neuen Rekruten ausgebildet werden müssen. Wenn sie als Wachen Eure Karawanen begleiten würden ...«

»Er muß auch von meinem Volk rekrutieren«, unterbrach ihn Nakeer. »Auch wir müssen die Zunge der Erdbewohner erlernen – statt immer nur zufällig verstümmelte Worte aufzuschnappen.«

»Da ich für den Englischunterricht zuständig bin, denke ich, kann ich dazu etwas sagen«, sprach Daniel. »Schickt uns die besten und hellsten Köpfe – Männer *und* Frauen. Meine Frau ist meine beste Studentin.«

Nakeer sah von dem Erdbewohner zu dessen Schwiegervater. Langsam erschien ein Lächeln auf seinem verhärmten Gesicht. »Dem können wir zustimmen. Und ich glaube, auch die anderen werden dem zustimmen.«

Vielleicht sind sie hier noch immer in der Bronzezeit, dachte Daniel. *Trotzdem wissen sie, daß Politik die Kunst des Möglichen ist.*

Er konnte die nächste Verhandlungsrunde kaum erwarten.

Barbara Shore stieß einen lange zurückgehaltenen Seufzer aus, als sie aus dem Energiefeld trat, dem Zielpunkt ihrer SternenTor-Reise. Fast schien es, als wäre ihr auf einen Schlag bewußt geworden, welche Entfernung sie zurückgelegt hatte – vielleicht waren es aber auch nur die Nachwehen dieser wilden, holprigen Reise. Plötzlich schienen ihre Beine den Rest ihres kurvenreichen Körpers nicht mehr tragen zu wollen.

Sie stolperte, und der junge Marine-Lieutenant, der sie erwartete, streckte ihr beflissen die Hand entgegen. Aber Barbara wich ihm aus und nahm Ziel auf den strammen Gunnery-Sergeant, der neben dem Lieutenant stand.

»Tut mir leid, Darlin'«, sagte Barbara in ihrem breiten, genuschelten texanischen Dialekt, »aber wenn ich schon jemandem in die Arme falle, dann suche ich mir den hübschesten Kerl aus.«

Das unterdrückte Gelächter der Wachabordnung wurde von einem tödlichen Blick des jungen Offiziers, der hochrot angelaufen war, unterbunden. Auch das Gesicht des armen Gunny war gerötet, und er hatte fast Hab-Acht-Stellung angenommen, während er die Astrophysikerin stützte. Barbara grinste nur und kicherte, dann fand sie ihr Gleichgewicht wieder. Die Reaktion des Unteroffiziers war ihr nichts Neues. Selbst äußerst qualifizierte Männer – Sportler, Wissenschaftler ... und auch ein paar Marines – kamen ziemlich ins Trudeln, wenn sie einen Arm um sie legen durften.

Barbara löste sich von dem Sergeant und tat versuchsweise ein paar Schritte. »Sieht fast so aus, als könnte ich es jetzt wieder alleine. Aber es hat Spaß gemacht.«

Damit tätschelte sie dem Unteroffizier den Hintern und wandte sich an den jungen Offizier. »Wohin jetzt, Krieger? Soll ich mein Zeug erst auf meinem Quartier abladen oder kann das warten, bis mir Colonel O'Neil das endgültige Okay gegeben hat?«

»Dr. Shore, ich habe bereits angeordnet, daß man sich um Ihr Gepäck kümmert«, sagte der Lieutenant, nachdem er sich geräuspert hatte. »Der Colonel kann es kaum erwarten, Sie kennenzulernen.«

»Na, wenn Sie das sagen, Sportsfreund«, erwiderte Barbara, während sie sich auf den Weg machten und die Steinhallen durchschritten, die noch immer mit den Kabeln der Notbeleuchtung geschmückt waren. In der Ferne hörte sie das widerhallende Geknatter eines Generators.

Du bist nervös, sagte sie sich. Sie schritten nun durch einen Säulengang, der, wie es schien, einen größeren Raum einschloß. Du reißt immer den Mund auf, wenn du nervös bist, und seitdem du hier an diesem verrückten Ort angekommen bist, hast du nichts anderes getan.

Wenn ihr jemand vor sechs Monaten gesagt hätte, daß sie wirklich durch das SternenTor treten und auf einer fremden Welt landen würde, hätte Barbara den Gedanken als pure Phantasie abgetan. In diesen dunklen Zeiten war das SternenTor noch ein rätselhaftes Portal gewesen, das sich allen Bemühungen, es zu öffnen, verweigert hatte. Dann war der clevere, irgendwie verrückte Dr. Daniel Jackson aufgetaucht und hatte den Schlüssel gefunden.

Das SternenTor funktionierte wirklich! Sie hatten einen Roboter durch diesen wabernden Lichtteich geschickt und Informationen über einen anderen Planeten erhalten! Sofort wurde das Projekt von Colonel O'Neil und seinem Boß, General West, unter strengste Geheimhaltung gestellt und alle Zivilangestellten gefeuert. Monatelang war Barbara von dem Raketensilo, der das SternenTor beherbergte, abgeschnitten. Dann, eines Tages, nahmen die Schattengestalten des Generals Kontakt zu ihr auf, und hier war sie nun, auf der anderen Seite des interstellaren Portals.

Es fühlte sich ungefähr so wirklich an wie eine Reise nach Oz.

Der junge Lieutenant jedoch hatte ihr versprochen, daß sie O'Neil sehen würde, und das war nur allzu wirklich. Barbara war hin- und hergerissen. Einerseits wollte sie dem Colonel in den Arsch treten, weil er sie unbefriedigt gelassen hatte wie kein Mann zuvor. Andererseits war sie gewillt, ihm dasselbe Körperteil zu küssen, wenn er sie nur mit dem SternenTor spielen ließ.

Sie erreichten das Ende des grobgehauenen, aus dem Stein herausgeschlagenen Ganges. Barbara erblickte das Licht am Ende des Tunnels. Aber der nächste Abschnitt ihrer Reise führte sie durch eine Halle mit goldenen Wänden, die mindestens einen Straßenblock lang war. Nein, das war kein Gold, bemerkte Barbara. Es war das gleiche glasige, golden-opalisierende Material, aus dem auch das SternenTor bestand.

Sie erblickte Korridore, die von dem Gang, den sie entlangging, abzweigten. Barrikaden waren in ihnen errichtet worden, und junge Männer in bräunlicher Kleidung standen ganz offensichtlich Wache. Und genauso offensichtlich war, daß es sich bei ihnen um keine Marines handelte. Als sie Barbara erblickten, warfen sie sich Satzfetzen zu, die entfernt an Arabisch erinnerten, aber nicht arabisch waren.

Barbara kam aus dem Gleichschritt, als ihr mit einem Schlag bewußt wurde: Sie hatten hier nicht nur einen Planeten gefunden, sie hatten ein ganzes Volk entdeckt!

Dann waren sie draußen, und die Hitze der beiden hochstehenden Sonnen legte sich auf sie wie eine trokkene und sehr schwere Decke. Barbara trug einen himmelblauen Overall. Ihr gefiel die Funktionalität dieses Kleidungsstücks. Außerdem wurde dadurch der rhythmische Schwung ihres Hinterns verstärkt. Aber sie hatten kaum ein paar Schritte zurückgelegt, als sie merkte, daß Schweißflecken ihren Rücken und die Achseln verunzierten.

»Das ist ja schlimmer als der Sommer in West Virginia«, nörgelte sie. »Ihr hättet mir wenigstens eine Warnung zukommen lassen können, wie das Wetter hier ist. Meine halbe Garderobe ist hier völlig sinnlos.«

»Oh, warten Sie, wenn Sie erst die Nächte erleben«, sagte der junge Lieutenant. »Dann fallen die Temperaturen bis zum Gefrierpunkt.«

Sie bahnten sich ihren Weg durch das organisierte Chaos eines Militärlagers. Barbara schien es, als würden sich die uniformierten Männer gerade aus den Überresten eines Sandsturms schaufeln. Schließlich kamen sie an ein größeres Zelt. Der Lieutenant wies sie nach drinnen.

Colonel Jack O'Neil saß hinter einem simplen Campingtisch. Er deutete auf die einzige freie Sitzmöglichkeit im Zelt – einen Klappstuhl. »Es freut mich sehr, Sie wieder zu sehen, Doktor.«

»Zum Teufel«, nuschelte Barbara, entschlossen, ihm nicht einen Zentimeter entgegenzukommen. »Ich dachte, ich wäre die erste Frau, die durch das SternenTor kommt. Aber es sieht so aus, als hätten Sie bereits Ihre Sekretärin mitgebracht.«

O'Neil ging auf die Provokation nicht ein. Er stellte die beiden Frauen einander vor. »Dr. Barbara Shore, ich möchte Sie mit Sha'uri bekanntmachen, die natürlich nicht meine Sekretärin ist. Sha'uri lebt auf Abydos und wird Ihnen und Ihrem Team als Hauptdolmetscherin zur Verfügung stehen.« Er hielt eine Sekunde inne – das erste Mal, daß Barbara überhaupt sah, daß er zögerte. »Sie wurde für diesen Posten von ihrem Ehemann vorgeschlagen – Dr. Daniel Jackson.«

»Wirklich?« sagte Barbara und reichte ihr die Hand. »Wissen Sie, ich hab' selber mal ein Auge auf diesen kleinen, blonden Schnuckel geworfen. Aber er schien sich mehr für Hieroglyphen als für Frauen zu interessieren.«

Vorsicht, warnte sich Barbara. Du läßt deine schlechte Laune an dieser Frau aus, heb sie dir lieber für O'Neil auf.

»Also, Colonel«, sagte sie und wandte sich wieder ihrem Hauptziel zu. »Ich soll also ein Team leiten! Und was sollen wir hier tun? Wests Leute waren nicht besonders mitteilsam, als sie mich kontaktierten.«

»Man sagte mir, Sie waren an keinen anderen wissenschaftlichen Projekten beteiligt«, erwiderte O'Neil.

»Schon komisch, wie schwer es ist, einen Job zu bekommen, wenn die öffentlichen Gelder gekürzt werden und die letzte Stelle, die man hatte, ein geheimes Regierungsprojekt war«, sagte Barbara. »Und es macht die Sache ja auch nicht gerade einfacher, wenn man kein Wort darüber verlieren darf, was man getan hat, während man unter Geheimhaltung stand. Nicht, daß ich darüber reden wollte. Ich kann mir gut die Reaktion des Personalchefs vorstellen, dem ich erzähle, daß ich bei meinem letzten Job ein roboterhaftes Postwägelchen gesehen habe, das in einer höllischen Lightshow verschwand. Damit würde ich mich höchstens für einen Posten in der Gummizelle qualifizieren.«

»Ihre Position hier beinhaltet eine etwas verantwortungsvollere Aufgabe«, versicherte ihr O'Neil trocken.

»Schön – aber ich laß mich nicht so schnell über den Tisch ziehen wie die ehemalige Leiterin des SternenTor-Teams«, sagte Barbara. »Sie fragte mich, ob ich irgend etwas über das Projekt gehört hätte.«

Plötzlich sah O'Neil sie an, als wären seine Augen zwei radargesteuerte Lenkwaffen. »Sie haben mit Catherine Langford gesprochen?«

Barbara zuckte die Achseln. »Nur ein kleines Pläuschchen, wie geht's, wie steht's – jedenfalls genug, um zu wissen, daß sie von West nicht kontaktiert wurde. Und meiner Meinung nach stinkt das zum Himmel, Colonel. Die Frau hat ihr ganzes Leben damit zugebracht, das Rätsel des SternenTors zu lösen. Ihr bleibt nicht mehr viel Zeit – und Sie wollen sie im Dunkeln lassen.«

Barbara warf einen kurzen Blick zu Sha'uri. Sie sah, daß das Mädchen von Abydos nicht alles verstand, was gesprochen wurde. Aber so wie es aussah, hegte sie ein gesundes Mißtrauen gegenüber General West. Das war ein gutes Zeichen. Hmmmm. Eigentlich war sie recht hübsch – wie eine zierliche, zart modellierte ägyptische Statue.

O'Neil jedenfalls schien den Schlag erst verdauen zu müssen. Er ließ sich eine Weile Zeit, bis er ihr antwortete. »Ms. Langfords Organisationstalent ist bestimmt beachtlich, bei diesem Projekt allerdings sind andere Kriterien gefragt«, sagte er schließlich.

»Sie hätte sowieso nicht kommen können«, antwortete Barbara. »Sie hat sich die Hüfte gebrochen und fürchtet nun, daß sie aus dem Pflegeheim nicht mehr rauskommt. Aber sie tat etwas sehr Seltsames, Colonel. Sie gab mir ein Geschenk für Daniel Jackson mit – als hätte sie gewußt, daß ich ihn sehen würde.«

Barbara griff in eine Tasche ihres Overalls und holte eine Goldkette mit einem bronzenen Medaillon hervor. In das schwere Medaillon war vor Jahrtausenden ein Symbol eingraviert worden, ein Vogelkörper, der mit einem riesigen Auge verschmolz – das Auge des Ra.

Sie ließ es auf den Tisch fallen. »Nachdem ich es nun überbracht habe, könnten Sie mir ein paar Gründe nennen, warum ich bleiben sollte.«

»Sie haben die Pyramide gesehen, die über das SternenTor auf dieser Welt gebaut ist.« O'Neil wählte seine Worte sorgfältig.

»Ja«, erwiderte sie. »Die Fassade ist ein wenig protziger als bei den Kalksteindingern auf der Erde. Erinnert mich an Las Vegas.«

O'Neil ging auf ihre Sticheleien nicht ein. »Zweifellos haben Sie bemerkt, daß die ›Fassade‹, wie Sie sie genannt haben, ziemlich dick ist.«

»Ich hab' schon kleinere Dinge gesehen«, mußte Barbara zugestehen.

»Als mein erstes Erkundungsteam nach Abydos kam, war sie noch nicht da«, fuhr O'Neil fort.

»Einen Moment«, unterbrach ihn Barbara. In ihrer Stimme lag ein scharfer Tonfall. »Sie wollen mir doch nicht erzählen, daß die ganze Pyramide ...«

»Oh, die Pyramide war da«, sagte O'Neil, »aber nicht die sogenannte Fassade. Die Steinkonstruktion ist in Wirklichkeit eine Andockstation. Aber alles andere – der Teil, der aus dem Quarzmaterial besteht –, ist ein Raumschiff. Momentan funktioniert es nicht, leider. Und Ihr Job«, seine Mundwinkel gingen zu einem andeutungsweisen Lächeln nach oben, »– sollten Sie ihn denn annehmen – besteht nun darin, die Bordsysteme zu untersuchen. Finden Sie heraus, wie sie funktionieren. Wir haben einige funktionstüchtige Mikrocomputer an Bord entdeckt. Von ihnen können Sie Informationen erhalten. Sha'uri und ihre Assistenten werden Ihnen bei den Übersetzungen helfen. Von besonderem Interesse sind natürlich der Generator und die Antriebsaggregate.«

O'Neil lehnte sich in seinen Stuhl zurück und musterte Barbara eindringlich. »Das SternenTor ist ein faszinierendes Artefakt, aber wenn wir es zerlegen, weil wir herausfinden wollen, wie es funktioniert, dann zerstören wir es vielleicht. Dieses Raumschiff enthält einen kompletten, wenngleich funktionsuntüchtigen Antrieb für interstellare Flüge. Wenn Sie die Funktionsweise bestimmen können ...«

»Dann wird die NASA in den nächsten Jahren sehr viel weiter fliegen als nur bis zum Mars.« Barbara mußte an die Stuhlkante greifen, um zu verhindern, daß sich der Raum zu drehen begann. »Ein richtiges, wirkliches Sternenschiff. Warum – was ...?«

»In diesem Fall, Doktor, lautet die einzig relevante Frage: ›Wie funktioniert es?‹« Der Colonel schaute auf seine Uhr. »Ihr Team sollte innerhalb der nächsten Stunde hier ankommen. Meinen Adjutanten, Lieutenant Charlton, haben Sie ja bereits kennengelernt. Er wird als Ihr Verbindungsmann dienen.« Und für eine Sekunde wirkte O'Neil fast menschlich. »Ich kann nachvollziehen, daß hier vieles auf Sie zukommt. Lieutenant Charlton wird Sie mit Ihrem Quartier vertraut machen, Sha'uri wird Ihnen einiges über die örtlichen Gegebenheiten erzählen. Viel Glück, Doktor. Ich erwarte, daß Sie sich schnell einleben.«

Seine Augen wurden wieder unnahbar. »Und nun, wenn Sie mich entschuldigen wollen ...«

Barbara fand sich wieder in der Obhut des jungen Lieutenants. Er führte sie und Sha'uri zu einem anderen Zelt, das im Schatten der glasig-goldenen Pyramide lag – des Raumschiffs, korrigierte sich Barbara.

»Ich werde mich noch um die Unterkünfte für Ihr Team kümmern, Doktor«, sagte Charlton. »Wünschen Sie vorher noch in gewisse Dinge eingeführt zu werden ...?«

»Eigentlich wünsche ich momentan nur, mich aus gewissen Dingen auszuführen«, sagte Barbara und zog an ihrem verschwitzten Overall. Entschuldigend sah sie zu dem jungen Mann. »Schauen Sie, Lieutenant. Sie haben noch ein paar Dinge zu erledigen, und wenn die anderen hier sind, werden wir uns erst mal um sie kümmern müssen. Was halten Sie davon, wenn Sie mich etwa fünf Minuten, bevor die anderen ankommen, hier wieder abholen?«

»Ja, Ma'am.« Wenigstens salutierte der junge Schnösel nicht.

Barbara trat in das Zelt und winkte Sha'uri nach drinnen. Ihre Taschen waren sauber auf der einzigen Pritsche aufgereiht. »Als erstes will ich aus diesem Anzug raus und was anziehen, das mehr zu diesem Wetter paßt. Ich schwitze wie ein Schwein.«

Sie öffnete den Reißverschluß und schälte sich aus dem Anzug, bis sie Sha'uris Gesichtsausdruck wahrnahm. »Ich mach dich doch nicht verlegen, Kleines?«

»N-nein«, sagte Sha'uri und wirkte verlegen. »Es ist nur, Ihr seid so ..«

»›Direkt‹ ist das Wort, nach dem du wohl suchst«, sagte Barbara und wühlte in ihren Taschen. »Verletzt es irgendwelche Tabus, wenn ich das hier anziehe?« fragte sie und hielt Shorts und ein T-Shirt hoch.

»Nur das?« sagte Sha'uri und sah dabei sehr jung aus.

»Ich sehe schon, ihr habt normalerweise ein wenig mehr an«, kam es von Barbara, die nun das handgefertigte Kleid und den Schal begutachtete. »Aber ich werde den Teufel tun, wenn ich mich hier rösten lasse, solange es nicht nötig ist. Schämt ihr euch denn eurer Körper?«

»Schämen? Nein.« Sha'uri zeigte mit der Hand nach oben. »Es ist nur – die Sonnen...«

»Ah, richtig«, sagte Barbara. »Wüstenbewohner haben für Sonnenbäder nicht viel übrig.«

»Baden? In der Sonne?« Sha'uri war verwirrt.

»Ich nehme an, das ist ein Ausdruck, den dich Daniel nicht gelehrt hat.«

»Ein Idiom«, artikulierte Sha'uri vorsichtig.

Barbara grinste. »Ja, ich bin voller Idiome. Wir baden nicht wirklich in der Sonne. Wir legen uns nur in die Sonnenstrahlen – um braun zu werden. Aber ich denke, unter diesen beiden Babies dort oben holt man sich einen höllischen Sonnenbrand – oder einen Hitzschlag. Deswegen hältst du deine zarte Haut bedeckt. Immer noch Probleme, mir zu folgen?«

»Eure Worte – sie klingen so anders ...«

»Weil ich aus einem anderen Landesteil komme als Daniel. Ich hab' 'nen texanischen Akzent, Darlin'.«

»›Darlin'‹«, wiederholte Sha'uri. »Nicht ›Darling‹?«

»Da, wo ich herkomme, verschluckt man manchmal die letzten Konsonanten«, sagte Barbara. »Und *Darlin'* bedeutet wahrscheinlich auch was anderes, als wenn Daniel es zu dir sagt.«

Sha'uris Gesichtsausdruck zeigte keinerlei Regung, aber sie errötete.

»Also, wie hast du's geschafft, dir den alten Jungen zu angeln? Er war doch immer so schüchtern.«

»Hätte man versucht, ihn sich zu ›angeln‹, wäre er wahrscheinlich zu Tode erschrocken«, antwortete Sha'uri lächelnd.

Barbara lachte laut auf. Sie begann Sha'uri zu mögen. »Wie seid ihr beiden zusammengekommen?«

»Zum ersten Mal sah ich ihn in den Minen außerhalb unserer Stadt Nagada.« Und als Sha'uri mit ihrer Geschichte über Götter, Krieger und Rettungsaktionen fortfuhr, gingen Barbaras Augenbrauen immer weiter nach oben. »Ich sehe, es gibt 'ne ganze Menge, das mir der gute Colonel nicht erzählt hat«, sagte sie. »Ra hat also sein Volk auf der Stufe des Analphabetentums gehalten? Und Daniel hat euch dann nicht nur in Englisch, sondern auch in Hieroglyphen unterrichtet?«

»Das ist richtig«, antwortete Sha'uri.

»Und warum schmeißt Daniel hier nicht den Laden als Dolmetscher?«

Doch bevor Sha'uri etwas erwidern konnte, fuhr Barbara schon fort. »Ich will dich nicht kränken, Sha'uri, aber sogar Sternenschüler sind nicht so gut wie der Lehrer. Wir brauchen hier einen Experten auf dem Gebiet altertümlicher Hieroglyphen – vor allem, wenn wir Hieroglyphen zu entziffern haben, die High-tech-Prozesse beschreiben.« Barbara erinnerte sich, mit welcher Geschwindigkeit Daniel die Proto-Hieroglyphen auf dem Deckstein des SternenTors übersetzt hatte. »Ich wünschte, dein Ehemann würde bei uns arbeiten.«

Sha'uri lächelte unglücklich. »Das wünsche ich mir auch, Barbara, glaubt mir.«

Dann erklärte die abydianische Frau die strikte Besitzaufteilung, die nach der Eroberung des Raumschiffs zwischen den Erdbewohnern und den Abydianern stattgefunden hatte.

»West hat uns die Sterne versprochen, wenn wir Euch Zugang zum *Auge des Ra* gewähren«, sagte Sha'uri gerade, als sie draußen vor dem Zelt ein Räuspern vernahmen. »Ich hoffe, er meint damit – ach, hallo, Lieutenant.«

»Ladies«, grüßte sie der junge Offizier. Er wandte sich an Barbara. In seinen Augen lag ein interessiertes Funkeln, als er sie in den engen Shorts und dem T-Shirt erblickte. »Der Rest des Technischen Teams sollte in Kürze durch das SternenTor kommen.«

»Wunderbar, Krieger«, sagte Barbara und schritt auf den Ausgang des Zeltes zu. Charlton beeilte sich, ihr wie ein Gentleman die Plane aufzuhalten.

»Bevor wir in die Pyramide zurückgehen, möchte ich am Sanitätszelt vorbeischauen«, sagte Barbara, während sie eine Sonnenbrille aufsetzte.

Charlton wirkte alarmiert. »Sie fühlen sich doch nicht krank, Doktor?«

Sie schüttelte den Kopf. »Will nur mal versuchen, ob ich denen nicht einen Laborkittel abschwatzen kann. Die sind weit und weiß und helfen gegen die Wüstensonne. Und«, fügte sie grinsend hinzu und fuhr sich mit der Hand über ihre nackten Oberschenkel, »darin sehe ich ein wenig professioneller aus, wenn ich die Truppen zu empfangen habe.«

Der kleinste Laborkittel, der aufzutreiben war, umflatterte gewaltig Barbaras wohlgestaltete Figur – anscheinend war bei der Army die Größe S gleichbedeutend mit der Größe ML.

Aber Barbara knöpfte ein paar Knöpfe zu und rollte die Ärmel hoch und besaß damit ein Kleidungsstück, das an einen Kaftan erinnerte. Dann machten sie sich – sie, Sha'uri und Charlton – auf den Weg zur Pyramide.

»Notieren Sie – wir brauchen für alle solche Mäntel«, sagte sie dem Lieutenant. »Und Kopfbedeckungen. Ich will nicht, daß die Leute einen Hitzschlag erleiden, nur weil sie nichts auf dem Kopf haben.«

»Fünfzehn Kopfbedeckungen«, murmelte Charlton, während er mitschrieb.

»Unser Team besteht also aus fünfzehn Leuten?« sagte Barbara. »Bin ich da schon dabei?«

»Ja, Doktor, Sie eingeschlossen«, erwiderte der Lieutenant. »Nicht aber die abydianischen Dolmetscher.«

Sha'uri hatte sich gegen die stechenden Sonnen den Schal über den Kopf gezogen.

»Richtig.« Barbara lächelte der jungen Frau zu. »Sie wissen, wie man sich hier zu verhalten hat. Oh, und Sonnenbrillen«, fügte sie plötzlich an. »Wir müssen sicherstellen, daß meine Leute Sonnenbrillen haben.«

Ihre eigene Brille mußte sie abnehmen, als sie das Raumschiff betraten. Nach dem gnadenlos grellen Licht draußen wirkte die fahle Beleuchtung an Bord der *Auge des Ra* äußerst düster.

»Als wir das Schiff eroberten«, sagte Sha'uri, »war es noch schlimmer. Die Beleuchtung funktionierte kaum, dann fiel sie ganz aus. Seitdem mußten wir mit dieser fahlen Funzel auskommen. Nach allem, was wir aus den Computerplatten erfahren haben, ist das hier die Notbeleuchtung.«

Barbara sah zu der jungen Frau; sie war beeindruckt. »Ihr wart also – mit Daniels Hilfe – in der Lage, einige Reparaturen durchzuführen?«

Sha'uri schüttelte den Kopf. »Wir nehmen an, daß sich einige Kreisläufe selbst reparieren. In einigen der Dateien, zu denen wir Zugang finden konnten, fanden sich Hinweise darauf ...«

Barbara schritt in Gedanken versunken weiter. Kreisläufe, die sich selbst reparierten? Der Sternenantrieb war wahrscheinlich noch das wenigste, was sie an Bord dieser Schüssel entdecken konnten.

Sie verließen das Schiff und betraten die ursprüngliche Pyramide. Die Metallampen, die man an den Steinwänden und Säulen angebracht hatte, wirkten wie ungeschlachte, häßliche Fremdkörper – es mangelte ihnen sowohl an der Eleganz der High-tech-Einrichtungen des Schiffes wie an der klaren Linienführung der alten Steinmetzarbeiten.

Ein tiefer, dröhnender Ton schien durch die Gänge zu hallen. »Das SternenTor wärmt sich auf«, sagte Charlton. »Ladies, wir sollten uns besser beeilen.«

Barbara wollte die Show keinesfalls verpassen. Sie erreichten die SternenTor-Halle gerade in dem Augenblick, als der Energierückstrom aus dem aufgeladenen Torus wogte, ein morgenrötlicher Lichtstrudel, der sich zu verflüssigen schien.

Das Feld stabilisierte sich zu einer wellenförmig gekräuselten Lichtlinse, ein runder Swimming-pool, der irgendwie senkrecht zur Schwerkraft stand. Dann brach die Wasserfläche auf, als wäre jemand eingetaucht. Eine Silhouette erschien in dem schimmernden Feld, wurde zu einer menschlichen Gestalt in silbrigem Flachrelief, schließlich trat der ganze Mensch hervor, und der Raumreisende tat seinen letzten Schritt auf dem Weg nach Abydos.

»Wow, ziemlich beeindruckend«, sagte der junge bärtige Mann, während er trunken herausstolperte und versuchte, die Nachwirkungen der Reise loszuwerden. Mit seinem Barett, das schief auf seinem Kopf hing, sah er aus wie Che Guevara.

»Storey!« brach es aus Barbara heraus, und sie rannte auf ihn zu und umarmte ihn. Sie hatte mehrere Monate lang mit Mitch Storey, einem Steuerungs- und Regeltechniker, zusammengearbeitet und dabei seinen Humor und seine Sachkenntnis auf den Gebieten der Elektronik und der Steuerkreisläufe schätzen gelernt.

Er grinste. »Wenn ich gewußt hätte, daß man mir einen solchen Empfang bereitet, hätte ich mich freiwillig gemeldet, um gleich noch mal als erster durchzukommen.«

In der schimmernden SternenTor-Linse bildete sich eine weitere Gestalt, die sich zu einem Gesicht und einem Körper auswuchs, die Barbara unbekannt waren. Ihm gelang ein unsicheres Lächeln, als er sah, daß Barbara Storey umarmte. »Und wer begrüßt mich?« sagte er.

»Dr. Barbara Shore, das ist Pete Auchinloss. Oder sollte ich sagen, Professor Peter –«

»Ich weiß, wer Professor Auchinloss ist«, sagte Barbara. »Einer der tollsten Hechte in der Welt der Computertechnik.«

Weitere Männer und Frauen kamen durch, ein Dutzend Experten, von Technikern bis zu Erfindern exotischer Waffensysteme.

»Einen Moment«, sagte Barbara, als sie die Leute durchzählte. »Fehlt da nicht noch einer?«

»Ihr Übersetzungsexperte«, sagte Charlton.

»Ja, er war ein wenig nervös, als er hörte, daß er sich dem SternenTor anvertrauen sollte«, sagte Storey mit einem Grinsen im Gesicht. »Aber hier, hier kommt er ja schon.«

Eine wuchtige Gestalt erschien in der blendenden Helligkeit des SternenTors. Sie löste sich zu einem großen, untersetzten Mann mit schweren Gesichtszügen und einem Oliver-North-Haarschnitt auf. Sofort erkannte Barbara in ihm den aufgeblasenen Dr. Gary Meyers, der, eine Leihgabe von Harvard, schon am ursprünglichen SternenTor-Projekt beteiligt gewesen war. Damals glaubte Barbara, daß Harvard Meyers nur deshalb der Regierung zur Verfügung gestellt hatte, weil sie ihn endlich los werden wollten.

Aber diesmal, wahrscheinlich zum ersten Mal, deutete nichts an dem Professor auf sein sonst übliches selbstzufriedenes und herablassend-gönnerhaftes Wesen hin. Meyers schluckte, machte dann einige wankende Schritte und übergab sich auf den Boden.

»Danke, Gary«, sagte Barbara, als sie zur Seite sprang. »Schön dich wiederzusehen.«

5. KAPITEL
FUNDE UND VERHANDLUNGEN

In dem Raum war es finster und muffig. Gerekh saß auf einem Hocker hinter dem leeren Ladentisch. Die meisten Kaufleute in Nagada tätigten ihre Geschäfte unter Planen auf dem Marktplatz. Die Geschäfte allerdings, die Gerekh betrieb, konnten nicht im Freien durchgeführt werden.

Gerekh war leicht überrascht, als sein stämmiger Türwächter drei Kunden hereinführte. Sie blinzelten, als sie aus der stechenden Sonne ins Haus traten. Fast ungewollt glitt die Hand des Kaufmanns zum Kolben der

Handfeuerwaffe, die er unter dem Ladentisch aufbewahrte.

Dann erkannte er seine Gäste – eine Familie, angeführt von seinem alten Freund Ipy. Vor nicht allzu langer Zeit hatten Gerekh und Ipy noch in den Minen von Nagada gearbeitet, hatten dort die goldenen Kristallklumpen aus dem umliegenden Fels geschlagen. Sie hatten für Ra den Frondienst verrichtet und dann für die Erdbewohner gearbeitet. Doch nach der großen Schlacht, nachdem überall in der Wüste Ausrüstungsgegenstände herumlagen, hatten beide gedacht, daß es einen einfacheren Weg geben mußte, um seinen Lebensunterhalt zu verdienen.

Beide hatten sie die gleiche Ausgangsbasis, und Ipy glaubte, daß sie noch immer auf der gleichen Stufe stünden – daß sie unabhängige Geschäftsleute seien. Gerekh jedoch hielt Ipy für einen Dummkopf. Zu Beginn ihrer Suche, als noch das meiste Geld zu machen war, hatte Ipy seine Funde den Ältesten und den Erdbewohnern übergeben und dafür eine bescheidene Prämie kassiert.

Gerekh hatte andere Käufer gefunden, die haufenweise mit den glänzenden Silbermünzen zahlten, welche die Fremden nach Abydos gebracht hatten. Er hatte seine Reichtümer in den Karawanenhandel investiert und dabei noch mehr Gewinn gemacht und war dann zu dem Händlerkonsortium übergewechselt, das von den Bauernclans Nahrungsmittel aufkaufte. Sein Geschäft boomte. Der Nahrungsmittelhandel vergrößerte nicht nur seinen Reichtum, er erlaubte ihm auch, sein Silber aufzusparen und mit den noch verbliebenen Waffenschürfern zu handeln – Nahrung gegen ausgegrabene Gewehre.

Ipy hatte sich seit der Zeit in der Mine verändert, und nicht zum Besseren. Er war schon immer mager gewesen, nun allerdings war er fast nur noch ein Skelett, seine Haut war fast schwarz von der Sonne. Und auch die Frau des Schürfers sah halb verhungert aus. Am wohlgenährtesten war noch ihr zwölf Jahre alter Sohn, der lediglich knochig und ausgehungert wirkte.

Mit glänzenden Augen trat Ipy näher, in seinen Armen ein langes Bündel, um das die verschlissenen Fetzen eines Umhangs gewickelt waren. »Alle sagen, dort, wo Hathor die großen Kisten, die sich bewegten, vernichtete, sei nichts mehr zu finden«, sprach Ipy mit Stolz in der Stimme. »Doch hin und wieder haben sie unrecht, also habe ich dort gesucht und mir gedacht, ›Wenn ich was finde, dann bringe ich es meinem guten Freund Gerekh ...‹«

Gerekh unterband seinen Redefluß, der aus Selbstbeweihräucherung und Schmeichelei bestand. »Was hast du gefunden?«

»Das hier!« Ipy setzte das Bündel mit einem metallischen Klappern auf dem Ladentisch ab. Er wickelte das fadenscheinige Tuch ab, und zum Vorschein kamen ein leichtes Maschinengewehr M 249 komplett mit Zweibein und ein M-16-Gewehr, dessen Kolben verkohlt und angesengt war.

Mit einem Stirnrunzeln schob Gerekh das Maschinengewehr zur Seite. »Dafür finde ich, wenn überhaupt, nur wenige Käufer. Es frißt die Patronen nur so weg, und wer kann sich schon leisten, dieses Ding zu füttern, außer den Erdbewohnern?«

»Ich habe auch Menschen zu füttern«, sagte der verzweifelte Ipy.

»Wir werden sehen, was sich tun läßt«, erwiderte Gerekh und untersuchte die andere Waffe. »Sie ist mit Sand vollgestopft – der ganze Lauf ist dicht.« Wenigstens hatte er seinen Schürfern beigebracht, daß sie ihre Funde unberührt ließen. Manchen Idioten wie Ipy war es doch glatt gelungen, wertvolle Waffen zu zerstören, weil sie versucht hatten, sie zu reinigen, um einen besseren Preis zu erzielen.

Gerekh faßte unter den Ladentisch und holte einen alten Brotlaib, einen kleinen Sack Getreide, einen kleineren Sack mit Mehl und einige Bohnen hervor. Wahrscheinlich genug, um eine dreiköpfige Familie ein paar Tage lang über Wasser zu halten. Ipy und seine Frau tauschten angespannte Blicke aus.

»Und für das nutzlose Maschinengewehr ...« Gerekh fügte einige Handvoll Bohnen und einige überreife Früchte hinzu. Innerlich tadelte er sich, weil er einem alten Freund einen Gefallen tat.

Ipy raffte die armseligen Lebensmittel zusammen – auch das hatte Gerekh seinen Schürfern beigebracht. Anders als die meisten anderen Kaufleute feilschte er nicht.

Dann hob Gerekh die Hand, um der Dankesrede zuvorzukommen, die Ipy bereits auf den Lippen saß, und sagte: »Es macht mir immer wieder Freude, mit einem alten Freund Geschäfte zu machen.«

»Und wir werden nächste Woche wieder hier sein!« versicherte ihm Ipy. Gerekh unterdrückte einen Schauder bei dem Gedanken, daß die ganze Familie so lange von den wenigen Lebensmitteln lebte.

»Vielleicht lächelt dir das Glück«, sagte er dem armen, betrogenen Schürfer. »Und wenn du eine Waffe der Horuswächter findest, dann komm sofort zu mir. Ich kann sehr großzügig sein.«

In der Tat, für eine funktionierende Strahlenlanze konnte er ihm Nahrungsmittel für zwei bis drei Wochen geben.

Obwohl Daniel Jackson Lehrer war, überkam ihn immer, wenn er zum ersten Mal vor eine Klasse trat, ein seltsames Gefühl, das ihn an seine eigene Schulzeit erinnerte. Er war noch vor Sonnenaufgang aus seinem Abschlußexamen-Alptraum erwacht – einem absurden Traum, in dem er mit Gewalt zum College zurückgebracht wurde, um sich in einem Fach, von dem er noch nie etwas gehört hatte, einer Abschlußprüfung zu unterziehen.

Daniel führte den Alptraum auf das Abendessen zurück, das er in der Nacht zuvor gekocht hatte – in der Absicht, damit den häuslichen Frieden wiederherzustellen. Die Bohnen- und Zwiebelpampe war nur dadurch eßbar geworden, daß man sie mit der Tabasco-Sauce zuschüttete, die er von der Marine-Basis hatte mitgehen lassen. Genug, so nahm er an, um einen in Alpträume zu stürzen.

In den letzten Tagen waren von den weit abgelegenen Bauerngemeinschaften die ersten neuen Studenten eingetroffen. Es ging ein wenig chaotisch zu, als man versuchte, für alle eine Unterkunft zu finden, denn zwischen der erwarteten Anzahl und den tatsächlich angekommenen Studenten klaffte eine ziemliche Lücke.

Das Klassenzimmer zeugte von der Improvisationskunst, die bei dem Programm bislang nötig gewesen war. Es befand sich im Freien, eine große Plane schützte vor den Sonnen. Die Stuhl- und Tischreihen sowie die tragbare Tafel stammten von den Überresten der Übersetzerschule von UMC. Sogar einige Schulbücher waren gerettet worden.

Als sich der Klassenraum füllte, nahm Daniel seinen Platz an der Tafel ein. Nakeer hatte sich ganz offensichtlich Daniels Worte zu Herzen genommen – die Studenten gehörten beiden Geschlechtern an und kamen aus allen Altersgruppen. Sogar einige der Ältesten schienen anwesend zu sein, um die neue Sprache zu lernen – oder ein Auge auf ihre Gefährten zu werfen.

Das übliche Gemurmel verstummte, und Daniel atmete tief durch. »Willkommen. Wir werden heute mit dem Studium der englischen Sprache beginnen – einer der vielen Sprachen, die es auf der Welt gibt, von der ich komme ...«

Seine vorbereitete Rede kam zu einem stotternden Ende, als eine junge Frau unter der Plane hereingeeilt kam. Für eine Abydianerin war sie sehr groß und bewegte sich mit einer angeborenen Grazie, die zu betrachten ein wahres Vergnügen war. Mit ihren großen, dunklen Augen blickte sie sich verzweifelt nach einem freien Platz um. Das Mädchen – denn irgendwie wirkte sie auf Daniel mädchenhaft – besaß hellbraune Haut und ein erstaunlich hübsches Gesicht, auch wenn sie sich, wie sie es nun tat, auf die volle Oberlippe biß. Ihre katzenhaften Gesichtszüge kamen dem Bildhauerideal nahe, waren aber mit so viel mehr Leben erfüllt – sie sah aus wie eine lebendig gewordene Statue, der gerade bewußt wurde, daß sie nackt war.

»Äs tut mär leid, Dan-yer«, sagte die junge Frau. Ihre musikalische Stimme ließ ihren schweren Akzent fast vergessen. Dann wechselte sie in den abydianischen Bauerndialekt über und entschuldigte sich erneut. »Ich wollte nicht zu spät kommen, aber es gibt hier so viele Straßen ...« Sie machte eine hilflose Geste.

»Nun weißt du ja, wie du hierher findest.« Fragend zog Daniel die Augenbrauen nach oben.

Das Mädchen nannte seinen Namen. »Faizah.«

»Hier ist noch ein freier Platz, Faizah. Setz dich, und dann können wir anfangen.« Daniel zeigte auf einen Platz in der ersten Reihe, wo sie Platz nahm.

Nun gut, jetzt sitzt sie ganz vorne, dachte Daniel. *Die Hälfte der männlichen Schüler wird sowieso die ganze Zeit in ihre Richtung linsen.*

Er beschloß, den verbliebenen Rest seiner Einführungsrede zu streichen und sich sofort an die Arbeit zu machen. »Mal sehen, wie viele von uns bereits verstehen, was Faizah bei ihrer Ankunft gesagt hat ...«

Still vor sich hin pfeifend, wickelte Gerekh einen Stofflappen um das Ende eines langen, dünnen Holzstocks. Dann rammte er den Lappen in den mit Sand gefüllten Lauf des M-16, das Ipy gefunden hatte.

Gerekh war mittlerweile sehr geschickt beim Zerlegen und Reinigen alter Waffen. Er hatte sich das einiges kosten lassen und seinen Lehrer, einen der ersten Freiwilligen in der Miliz, die noch von Skaara und den außerirdischen Kriegern ausgebildet worden waren, großzügig bezahlt.

Er spitzte die Lippen und spähte im fahlen Licht einer kleinen Öllampe in den Gewehrlauf. Der Grad der Reinheit hätte wahrscheinlich der Musterung durch einen

Marine nicht standgehalten, für Verkaufszwecke allerdings reichte es allemal.

Hastig räumte Gerekh sein Putzwerkzeug zur Seite, als sein Türsteher einen Kunden ankündigte. Der Neuankömmling besaß ein hartes, von der Sonne verbranntes Gesicht und das Blinzeln eines Mannes, der es gewohnt war, über die nächste Düne hinauszublicken. Ein Karawanenführer, höchstwahrscheinlich.

»Ich bin Menna«, sagte der Mann abrupt. »Meine Mastadges durchreisen die Wüsten zu den schwarzen Landstrichen der fernen Bauern. Man sagte mir, daß Ihr ...«

Seine Stimme brach ab, als er sah, wie Gerekhs geschickte Finger das Gewehr wieder zusammenbauten. »Ja. Ihr handelt mit den Waren, die ich zu erwerben trachte.«

Der reisende Kaufmann war ein übler Feilscher. Aber letztendlich mußte er für das Gewehr und zwei 30er-Magazine mit Munition Silbermünzen auf den Tisch legen. Der Betrag hätte Ipy und seiner Familie mehr als einen Monat lang ein luxuriöses Leben ermöglicht.

Gerekh holte die andere Waffe hervor, die er erhalten hatte, das leichte Maschinengewehr. Er hatte es noch nicht geputzt und bislang nur das Zweibein vom Lauf entfernt.

»Noch einer dieser Todesstecken?« fragte Menna.

»Der hier ist nicht so nützlich«, warnte ihn Gerekh. »Es speit die Patronen zu schnell aus – *brrrrrrp!*« imitierte er den Lärm der automatischen Waffe. »Sie zu füttern können sich nur die Örtmänner leisten. Ich glaube nicht, daß es sich für mich lohnt, sie zu putzen und wieder herzurichten. Aber von der Ferne aus gesehen, in den Händen eines Mannes auf dem Rücken eines Mastadges, sieht es aus, als hätte die Karawane doppelt so viele Waffen – auch wenn sie nicht geladen ist.«

Menna runzelte die Stirn. »Der Kauf der Waffe, die funktioniert, hat bereits ein großes Loch in mein Silber gerissen.«

Es folgte eine neue Runde des Feilschens. Schließlich stimmte Gerekh zu, die Waffe herzugeben – nicht für Silber, sondern für einen Teil der Ladung, wenn die Karawane nach Nagada zurückkehrte.

Gerekh verbeugte sich und verabschiedete den Karawanenführer mit einem kostenlosen Ratschlag. »In Skaaras Miliz ist ein junger Krieger namens Sek. Für einen bescheidenen Betrag wird er Euch zeigen, wie man die Waffe bedient.«

Sek war ein nützlicher Kontakt. Manchmal schickte er Gerekh Munition. Der Waffenhändler lächelte. Auf Sek konnte er sich auch verlassen, wenn es darum ging, einen Teil seiner Ausbildungskosten zurückzuerhalten.

Auf dem ehemaligen Kommandodeck des Raumschiffs *Das Auge des Ra* stützte sich Barbara Shore mit den Ellbogen auf ihren Schreibtisch – eine Holzplatte auf zwei Sägeböcken – und seufzte. Eine Woche arbeitete sie nun hier, und was war dabei herausgekommen? Sie blätterte durch den dicken Papierstoß, der ihre Schachtel mit den Eingängen dekorierte. Den Hieroglyphenzeilen folgte jeweils eine Zeile mit einzelnen englischen Wörtern – dann die Linearübersetzung aus der Feder von Dr. Gary Meyers.

»Was soll dieser Mist?« fragte Barbara. »Ich schicke Gary Meyers eine Datei aus einer dieser Computerplatten – von der wir annehmen, daß sie den Regenerationsprozeß der Energiekreisläufe an Bord dieser zu groß geratenen Schüssel beschreibt. Und seine Übersetzung handelt ausschließlich vom Zauber Ras und einigen sexuellen Anspielungen.«

Sha'uri sah von einem ähnlich behelfsmäßigen Tisch auf und nickte verlegen. »Ich habe Teile seiner Übersetzung gesehen, als er an der Kopiermaschine stand. Als ich sie in Frage stellte, sah er mich an wie ein Ältester, der einen falschen Schritt im Mastadge-Feld getan hat. ›Junge Frau‹«, begann sie und senkte ihre Stimme und ihr Kinn, um den guten Doktor nachzuahmen, »›ich besitze mehrere Universitätsgrade auf diesem Gebiet. Diese Passage ist gemäß den allgemein akzeptierten Bedeutungen der fraglichen Symbole übertragen worden.‹«

»Mit anderen Worten, er übersetzt die Dateien in den Priesterjargon und weist den Hieroglyphen eine Bedeutung zu, die sie erst Jahrhunderte später angenommen haben«, sagte Barbara ein wenig angewidert. Sie sah zu ihrer Chefdolmetscherin. »Kannst du diese Datei übernehmen? Wir werden versuchen, Herrn Professor Meyers mit etwas weniger anspruchsvollen Dingen zu beschäftigen.«

»Was ist mit dem hier?« Sha'uri deutete auf einen Stapel Photographien, die jeweils eine neue ›Seite‹ der Computerplatten zeigten. »Mitch Storey sagt, sie scheinen von der Funktionsweise der Toiletten bei Null-G zu handeln«, sagte sie, während sie die an das oberste Photo geheftete Notiz ablas. »Manchmal frage ich mich, wie gut *ich* als Übersetzerin bin. Ich weiß, was eine Toilette ist. Ich weiß, Null ist eine Zahl und G ein Buchstabe. Numerieren wir nun die Schiffsdecks auf eine neue Art und Weise, von der mir bislang niemand etwas gesagt hat?«

»Null-G bedeutet Schwerelosigkeit. Ich nehme an, die Datei behandelt Notfallsituationen, wenn die künstliche Schwerkr ...« Barbara unterbrach sich, als sie Sha'uris Gesichtsausdruck wahrnahm. Verzweifelt versuchte die Abydianerin zu verstehen, wovon Barbara sprach. Doch fehlte ein gemeinsames Vokabular und ein gleicher Wissensstand.

Wir versuchen diesen Leuten beizubringen, Nach-Einsteinsche-Physik zu übersetzen, und dabei haben sie noch nicht einmal von den Gesetzen Newtons gehört, dachte Barbara leicht fröstelnd.

»Okay. Schwerkraft ist die Anziehung zwischen zwei Körpern – wow, jetzt klinge *ich*, als ob ich sexuelle Anspielungen mache. Hast du dich jemals gefragt, warum Dinge nach unten fallen? Einer unserer großen Denker sagt, es gibt eine Kraft, welche die Dinge sich gegenseitig anziehen läßt. Ein großes Objekt, ein Planet zum Beispiel, neigt dazu, kleinere Objekte anzuziehen. Diese Anziehung nennen wir Schwerkraft.«

Sha'uri nickte. »Und wenn es keine Schwerkraft gäbe, gäbe es auch keinen Grund, warum die Dinge nach unten fallen sollten ...« Auf ihrem Gesicht leuchtete Verständnis auf. »Ich verstehe, warum man sich über Toiletten Gedanken machen muß.«

»Würde es dir was ausmachen, diese Bilder Gary zu bringen?« fragte Barbara.

Sha'uris Gesichtszüge verfinsterten sich. »Wenn es sein muß.«

Barbara zog die Augenbrauen zusammen. »Also, was ist mit dem schrecklichen Gary? Los, raus mit der Sprache.«

Sha'uri zögerte einen Moment, dann sagte sie: »Erinnerst du dich noch daran, was du über Daniel gesagt hast? Daß er immer alle wie seine Schüler behandelt? Manchmal beschwere ich mich bei Daniel darüber. Aber bei Dr. Meyers – sind wir nicht nur Schüler, sondern Dummköpfe. Er hat mich gebeten, alle Übersetzungen erst ihm zu zeigen – damit er sie korrigieren kann!«

»Das hat er getan?« fauchte Barbara. »Und was hast du geantwortet?«

»Ich sagte, das müßte ich erst mit dir besprechen.«

»Genau die richtige Antwort!« Barbara nickte zustimmend. »Der gute alte Gary kann sich nicht beschweren, daß du ihm sein kleines Machtspielchen ruiniert hast. Und zu mir wird er nicht kommen, dazu ist ihm seine Haut zu kostbar.«

»Seine Haut?« Sha'uri schluckte.

»Nur ein Idiom, Darlin'«, versicherte Barbara der jungen Frau. »Obwohl sich Dr. Meyers dessen nicht so sicher sein sollte.« Fragend sah sie zu Sha'uri. »Ist das alles?«

Die junge Abydianerin wirkte verlegen. »Es ist schon schlimm genug, daß Dr. Meyers uns alle herablassend behandelt. Aber für die weiblichen Übersetzer ...«

»Er ist doch kein Grapscher, oder? Sonst brech' ich ihm die Arme.«

Sha'uri schüttelte den Kopf. »Es ist nur, er spürt immer eine gewisse – Anziehungskraft. Wenn er mir noch einmal sagt, welch glücklicher Mann Daniel doch ist ...!«

»Ich nehme an, er versucht auf altmodische Weise galant zu sein.« Barbara verzog das Gesicht. »Zu schade, daß wir ihn nicht mit ein wenig Sex ablenken können. Das würde ihn ein bißchen menschlicher machen.«

Entschuldigend sah sie zu Sha'uri. »Tut mir leid. Manchmal bin ich einfach zu offen und derb. Das ist das Problem, wenn man von einem freien und lockeren Planeten kommt.«

»Ah«, sagte Sha'uri. »Das scheint mir auch so.«

Halbausgebildete Soldaten auf einer scheinbar ungefährlichen Wache – eine gefährliche Kombination, dachte Sek, während er an einem großen Tongefäß lehnte, das drei M-16-Gewehre enthielt. Die versiegelten Urnen dienten als Lagerraum für die Waffen der Miliz, die sie auf dem Schlachtfeld gefunden hatten – Pistolen, Granaten ... Munition.

Die Männer, die nun im Lichtkreis der einzigen Lampe im Raum knieten, waren den Horuswächtern und Ra selbst gegenübergetreten. Sie hatten gekämpft und überaus mutig ihr Leben aufs Spiel gesetzt.

Aber ohne Feind ... wurde ihnen langweilig. Deswegen vertrieben sich diese tapferen Milizionäre ihre Zeit mit Knöchelchenwerfen.

Sek konnte sie verstehen. Als Hathor angriff, war er selbst Skaara und seiner Miliz auf das Schlachtfeld gefolgt, hatte ein Gewehr gefunden und selber mitgekämpft.

Aber als sein Eifer nachließ, hatte er sich einige Gewehre beschafft und sie verkauft.

Skaara war viel daran gelegen, daß seine Miliz allen auf Abydos zugute kam. Sek achtete auch darauf, daß sie ihm zugute kam.

Das Knöchelchen-Spiel endete mit einer Reihe von Verwünschungen, die dem Fluchenden den sofortigen Tod durch die Götter in Ras Pantheon eingetragen hätten – und das nicht nur wegen der dabei zum Ausdruck gebrachten Blasphemie, sondern wegen anatomisch unmöglicher Blasphemie.

Die originellsten und herzhaftesten Flüche kamen vom jungen Aha. Der Neue in der Kompanie hatte, wie Sek gehofft hatte, verloren – viel verloren.

»Weißt du, Bürschchen, in dieser Kompanie muß ein Mann für seine Verluste geradestehen – wir zahlen in Silber«, sagte einer der Alten.

»Silber?« wiederholte der junge Soldat erstaunt, dem erst jetzt, nachdem der Spielrausch allmählich nachließ, bewußt wurde, wieviel er verloren hatte. Er würde wochenlang in den Minen schuften müssen, um die Summe zu verdienen, die seine Kameraden verlangten.

»Und wir wollen morgen bezahlt werden«, fügte ein anderer Milizionär an.

Entsetzen und Verzweiflung legten sich auf Ahas Gesicht.

Sek trat dazwischen. »Haltet euch zurück, ihr Söhne von Mastadges! Ich bin mir sicher, Aha wird alles begleichen.« Er nahm den dankbaren Jungen zur Seite und zog ihn zu den gelagerten Waffen.

»Danke, Sek«, sagte Aha nervös. »Ich habe nicht diese Art von Geld, die die anderen haben wollen. Es sei denn«, sprach er voller Hoffnung, »das Ältestenkonzil beschließt, daß sie die Miliz mit den Einnahmen der Mine bezahlen wollen.«

Sek schüttelte den Kopf. »Nach allem, was ich gehört habe, Bürschchen, zahlen sie uns nur in Nahrungsmitteln. Das reicht, wird aber unsere Kameraden nicht befriedigen.« Er hob seine Hand. »Und schau nicht mich an. Ich habe nicht diese Münzen. Aber ich kenne jemanden, der sie hat.«

»Er würde mir so viel Silber leihen?« fragte Aha ungläubig.

»Nein, aber er ist ein Händler, der alte Gerekh. Er handelt mit Waffen – Munition. Und hier, hier befinden wir uns inmitten von Urnen, die allesamt mit Patronen gefüllt sind. Eine Handvoll aus jedem Behälter, einige Steine unten auf den Boden ...«

Vieldeutig zog er die Augenbrauen hoch. »Möglicherweise findest du am Boden bereits einige Steine. Es gab eine Zeit, in der dieses Pack hier auch kein Silber zum Verwetten hatte.«

Mehr sagte Sek nicht, er ließ Aha seine eigenen Schlußfolgerungen ziehen. Aber er hoffte, daß Gerekh ihm den üblichen Finderlohn ausbezahlte.

Schließlich hatte es mit den übrigen in der Kompanie auch geklappt ...

»Ich nehme an, manche haben einfach eine phänomenale Begabung für Sprachen.« Daniel Jackson war so begeistert, daß er ohne Klage aß, was er gekocht hatte. »Als ich sah, welche Fortschritte Faizah im Englischen erzielt, wollte ich sie sofort in den Fortgeschrittenenkurs versetzen.«

»Ist sie wirklich so gut?« fragte Sha'uri ungläubig.

»Besser«, versicherte Daniel. »Aber Faizah bat mich um einen Platz in der Hieroglyphenklasse – auch dort ragt sie heraus.« Er lächelte selbstzufrieden. »Du solltest ihre Arbeiten sehen. Als wüßte sie instinktiv, wie die Symbole zusammengesetzt werden.«

Sha'uri rollte mit den Augen. In den vergangenen Wochen hatte sie sich daran gewöhnt, von Daniel über seine Musterschülerin auf dem laufenden gehalten zu werden. Nachdem sie seit einigen Tagen nichts gehört hatte, wußte sie, daß es nun wieder an der Zeit war.

»Und was hat dein Primus nun wieder getan?« fragte sie.

»Dein Wortschatz vergrößert sich«, lobte Daniel sie.

Sha'uri zuckte die Achseln. »Wenn ich mit Barbara Shore zusammenarbeite, höre ich die seltsamsten Dinge. Da fällt mir ein. Was ist eine Testosteronvergiftung?«

Daniels letzter Bissen kam ihm fast durch die Nase wieder heraus. »Wo hast du das aufgeschnappt?«

»Barbara erwähnte es im Zusammenhang mit Dr. Meyers. Aber es klang nicht so, als wäre er ernsthaft krank.«

»Das ist er auch nicht«, lachte Daniel. »Das ist nur eine Phrase, die weibliche Erdbewohner benutzen, wenn ein Mann sich wie ein Narr aufführt.«

»Wie ein Wichser?«

»Äh – ja.« Daniel blinzelte. Sha'uri schnappte ziemlich viel von der Physikerin und ihrem losen Mundwerk auf.

»Also, was hat die fabelhafte Faizah getan?«

Daniels Lächeln kehrte zurück. »In der letzten Woche hat sie die dreifache Stoffmenge bewältigt – die Englischklasse, die Hieroglyphen ... und meinen Englischkurs für Fortgeschrittene.«

Sha'uris Augenbrauen gingen nach oben. Sie wußte nicht, ob sie selbst diese Stoffmenge bewältigen konnte. »Und wie lautet das Urteil?«

»Heute haben wir entschieden, es mit einem zusätzlichen Projekt zu versuchen. Ab morgen wird Faizah einen Teil ihrer Zeit mit deinem Übersetzungsprojekt verbringen.«

Nun war es Sha'uri, die blinzeln mußte. Eigentlich hätte sie froh sein müssen, daß ihr Ehemann weniger Zeit mit einem hübschen Mädchen verbrachte, die auch noch einen außergewöhnlichen Verstand besaß.

Aber sie war sich nicht sicher, ob sie für die fabelhafte Faizah verantwortlich sein wollte.

»Daniel«, fragte sie und wechselte das Thema. »Warum nennst du mich nicht mehr Darling?«

6. KAPITEL
DIE ZWIETRACHT WÄCHST

Die Mastadges schritten mit ihrem seltsam schlendernden Gang in langer Kolonne voran. Die meisten dieser haarigen, dünnbeinigen Tiere trugen Ballen auf ihrem Rücken – die Nahrungsmittelladung der Karawane. Aber auch Reiter und Karawanenbegleiter saßen auf ihnen. Vorne beugte sich der Karawanenführer Menna in seiner von vielen Reisen abgenutzten *howdah* vor und spähte über die Dünen, die vor ihm lagen.

Die Bauernenklaven, wo sie ihre Ladung aufgenommen hatten, lagen nun weit hinter ihnen. Die Karawane befand sich inmitten der Wüste, dort, wo sich seit einiger Zeit menschlicher Abschaum herumtrieb – Banditen, die es auf Nahrung abgesehen hatten.

Menna verlagerte das Gewehr, das er gegen seine Hüfte stützte. Er hoffte, die funktionierende Waffe und die Attrappe, die sein Sohn am Ende der Karawane mit sich führte, reichten aus, um mögliche Angreifer abzuschrecken. Wenn nicht, dann hatte er zwei Magazine voll mit Munition – sechzig Schüsse.

Im Kopf ging er alles durch, was ihm der Krieger Sek beim Trockenfeuern der M-16 gezeigt hatte. Er wünschte, er hätte die Waffe wirklich abfeuern können, doch jede Patrone war Silber wert. Er hatte sich damit zufriedengeben müssen.

Menna rutschte in seinem Sitz hin und her. Seine Augen, die wie immer über die Dünen strichen, hatten das Aufblitzen von Metall wahrgenommen – eine gezogene Klinge, dachte er.

»Beta«, rief er seinen Sohn, »komm mit der anderen Waffe. Und ihr, Söhne der Mastadges, versammelt euch um uns. Zeigt euch kampfbereit.«

Die Reiter bildeten eine Linie und zogen ihre Stöcke und Messer, die sie für den Ernstfall mit sich führten. Bei einigem Glück würden sie den Drückebergern in den

Dünen schon zeigen, daß mit ihnen nicht zu spaßen war. Wer immer für das Aufblitzen verantwortlich war, er würde sich nach leichterer Beute umsehen müssen.

Menna wollte seine Waffe entsichern. »Beim Arsche Ras!« fluchte er, als er statt dessen das Magazin löste.

Er griff nach dem anderen Magazin, setzte es flink ein, aber führte keine Patrone in die Kammer. In diesem Moment blitzte zwischen den Dünen ein Strahlenstoß auf. Er traf Menna in die Brust und ließ seine Körperflüssigkeit verdampfen.

Der Karawanenführer explodierte buchstäblich.

Mit Schrecken sah Mennas Sohn Beta, wie sich die Verteidigungslinie der Karawane auflöste. Männer und Mastadges stürzten davon, weg von dem schrecklichen Klumpen, der nur Augenblicke vorher noch ihr Boß gewesen war.

Zwischen den Dünen tauchten andere Gestalten auf – die Angreifer, die sich die Früchte ihres Hinterhalts holen wollten.

Beta warf seine nutzlose Waffe weg und drängte sein Mastadge zum Tier seines Vaters, das wie angewurzelt dastand und erschreckt vom Geruch des verbrannten Fleisches röhrte.

Das M-16 lag quer über dem Pallankin. Beta schnappte sich die Waffe und zielte auf den Haufen, der auf ihn zukam. Ihr Anführer schwang eine furchterregende Lanze.

Als er vergeblich den Abzug durchzog, feuerte die Strahlenlanze zwischen den Dünen erneut.

Betas Tier wich auf seinen spindeldürren Beinen zurück. Aus der *howdah* fiel eine leblose Gestalt, das Gewehr hielt sie noch immer umfaßt.

Pa'aken hatte den Weg der Karawane von Sanddüne zu Sanddüne verfolgt und sie mit den Sehgeräten beobachtet, die die Ört-Männer nach Abydos gebracht hatten. Er hatte das Gerät einem toten Army-Offizier auf den

Schlachtfeldern außerhalb von Nagada abgenommen. Aber damals war er zu spät gekommen, um sich noch eine dieser Wunderwaffen zu sichern.

Als Pa'aken auf dem Schlachtfeld eintraf, waren die Krieger der Ört-Männer bereits wieder zurückgekehrt und hatten die Verwundeten von den Toten getrennt und sich jenen unternehmungslustigen Seelen in den Weg gestellt, die versuchten, die ausgebrannten Mannschaftstransporter zu plündern.

Pa'aken konnte damals gerade noch das Fernglas unter seinem Umhang verbergen, bevor man ihn fortwies. Noch immer fühlte er sich ein wenig zurückgesetzt. Da nahm er an der größten Schlacht in der Geschichte von Nagada teil, und alles, was er vorweisen konnte, war ein Fernglas!

Das kann sich heute ändern, dachte er gierig, als er die Kolonne der bepackten Lasttiere näherkommen sah. *Sie haben zwei Gewehre dabei*.

Normalerweise würde seine Bande niemals auch nur daran denken, eine so schwer bewaffnete Karawane anzugreifen. Aber heute hatte er eine ganz besondere Lanze in seinem Ärmel ...

Hay, der neben Pa'aken kauerte, führte sein Messer über einen Wetzstein. Das monotone *Skrap-skrap-skrap* begann Pa'aken auf die Nerven zu gehen. Hier in der Wüste war jedes Geräusch lauter als anderswo – etwas, dessen sich Stadtmenschen niemals bewußt zu sein schienen.

»Hör auf damit!« zischte er schließlich.

»Wie Ihr wünscht, Herr«, erwiderte Hay in sarkastischem Tonfall und gebrauchte dabei die Anrede, die sonst nur den Horuswächtern zustand. Er hielt die Klinge in das Sonnenlicht und betrachtete sie kritisch. »Scheint mir scharf genug zu sein ...«

Pa'aken packte ihn am Arm. »Welcher Idiot hält bei einem Hinterhalt sein Messer in die Sonne?« fuhr er ihn an.

Ein Blick durch das Fernglas zeigte, daß Hay sie verraten hatte. Der Karawanenführer brachte seine Leute in Verteidigungsposition. Nun konnte es gefährlich werden ...

Plötzlich blitzte ein Strahlenstoß auf. Der Karawanenführer war erledigt. Pa'aken erhob sich. Nun lag es nicht mehr in ihren Händen. »Auf! Los! Auf sie!«

Die Mitglieder der Bande erhoben sich aus dem Sand und stürzten sich auf die sich auflösende Formation. Pa'aken umfaßte seinen Stab, während er die Düne hinunterstürmte. Mit Langstecken hatte er schon immer besonders gut umzugehen vermocht, und sie waren sehr hilfreich gegen berittene Gegner.

Hay führte ihren Trupp an, in seiner Hand schwenkte er das verdammte Messer.

Eine Gestalt auf einem Mastadge zielte mit einem Gewehr auf sie, und die Strahlenlanze flammte erneut. Dann war keine Zeit mehr, um noch weitere Schüsse abzugeben. Sie befanden sich inmitten des Feindes und kämpften Mann gegen Mann.

Metall blitzte auf und fuhr über Pa'akens Gesicht, er drehte sich zur Seite und spürte den Schmerz auf seiner klaffenden Wange, dann das langsame Herabsickern von Blut. Noch während er sich bewegte, zerschlug sein Stab den Arm, der das Messer gehalten hatte. In schneller Folge verlor der Reiter seine Waffe, seinen Sitz und sein Leben, als ihn Pa'aken zu Boden warf und ihn dann zu Tode prügelte.

Der Anführer der Banditen, eine Hand am blutenden Gesicht, ließ seinen Blick über das Feld schweifen. Die Karawane war erledigt. Die meisten von ihnen lagen im Sand, nur einige wenige ritten um ihr Leben.

Ein paar seiner Männer waren verwundet oder bluteten. Hays Messer schimmerte im Sand, nicht weit davon lag seine ausgestreckte Hand und sein lebloser Körper mit zertrümmertem Schädel.

Nichts anderes hat er verdient, dachte Pa'aken. Er beugte sich hinab, hob das Gewehr des Karawanenführers auf und schüttelte den Sand aus dem Lauf. Er mußte den

Boden sorgfältig absuchen. Irgendwo mußten noch mehr Patronen herumliegen.

Als sich Pa'aken erhob, kam eine weitere Gestalt über den Sand auf sie zugeschritten. Der Neuankömmling hatte seine Kapuze über den Kopf gezogen, seine ganze Gestalt schien in der flirrenden Hitze, die über dem Sand lag, zu schimmern. Die Waffe, die er bei sich trug, war so lang wie Pa'akens Stab. Aber im brennenden Sonnenlicht glänzte sie golden.

»War mein Beitrag die Belohnung wert?« fragte der Spätankömmling mit ruhiger Stimme.

Mit nackter Gier sah Pa'aken zur Strahlenlanze. Aber der Fremde hatte sich als zu wichtig erwiesen, als daß nur daran zu denken war, ihm diese Waffe zu stehlen.

Mit einem kurzen, scharfen Befehl gebot er seinen Männern Einhalt, die bereits die Ladung der Packtiere durchwühlten.

»Wie wir vereinbart haben«, sagte er zu seinem mächtigen neuen Verbündeten. »Ihr dürft Euch als erster von der Beute nehmen, Khonsu.«

Lieutenant Charlton sah nicht glücklich aus, als er Jack O'Neil seinen Bericht ablieferte. »Unsere Leute von der Fernaufklärung sind erneut auf eine überfallene Karawane gestoßen.«

Der Colonel runzelte die Stirn. Die Überfälle in der Wüste wurden mittlerweile so schlimm, daß sie Auswirkungen hatten auf die Wirtschaft Nagadas – und die Versorgungslage seiner eigenen Truppe.

Doch Charlton hatte mit noch schlimmeren Neuigkeiten aufzuwarten. »Sechs Einheimische getötet, ihre Leichname waren einfach den Tieren zum Fraß hingeworfen worden. Und dann stellten unsere Jungs von der Aufklärung fest, daß zwei der Toten durch Strahlenlanzen umgekommen sind.«

»Ein-fach toll.« O'Neil betonte jede Silbe einzeln. Banditen mit Ras Technologie stellten eine neue Stufe in der Wüstenkriegszone dar, die sich in den letzten Wochen gebildet hatte. Regelmäßige Patrouillen durch die Miliz und O'Neils Streitkräfte hatten bislang sichergestellt, daß die Gebiete um das Basislager, die Stadt und die Mine relativ sicher waren. In der Stadt selbst sah es anders aus. Trotz der Anstrengungen Skaaras verwandelte sich Nagada langsam in ein Dodge City. In den überall in der Stadt ausbrechenden Bandenkämpfen wurden geplünderte Armeewaffen eingesetzt.

»Und was kommt als nächstes?« stöhnte er. »Schießereien und Duelle auf Mastadges?«

»Ich vermag es nicht zu sagen, Sir«, antwortete Charlton gekünstelt. »Aber Skaara ist hier und will Sie sprechen.«

O'Neil amüsierte sich heimlich über das leichte Gequältsein des Lieutenants. Charlton hatte versucht, dem Führer der abydianischen Miliz einen richtigen militärischen Rang aufzudrängen. Doch Skaara hatte der Versuchung widerstanden, sich als Generalissimo oder auch nur als stellvertretenden Colonel bezeichnen zu lassen. Er hielt es für besser, keinen Rang zu haben. O'Neil hoffte, daß sein junger Freund auch weiterhin standhaft blieb.

Dennoch ließ Skaara dem Colonel seinen üblichen zakkigen Gruß zuteil werden, als er das Büro betrat. Als ihm O'Neil jedoch von dem Aufklärungsbericht erzählte, wurde er blaß. »Wenn der Abschaum im Sand Waffen wie diese besitzt, dann haben wir wirklich Probleme.«

Er seufzte. »Und ich dachte, ich hätte gute Neuigkeiten zu melden. Meine Leute haben eine Karawane geschnappt, die versuchte, zwei Strahlenlanzen aus der Stadt zu schmuggeln.«

»Wohin wollten sie?« fragte Charlton.

»Zu den Bauern.« Wie Skaara das Wort aussprach, klang es wie ein Fluch.

»Ich dachte, du würdest ein paar von Nakeers Leuten in die Miliz eingliedern«, sagte O'Neil. Das Abkommen zwischen den beiden Ältesten war einer der wenigen hellen Flecken in der gegenwärtigen politischen Landschaft.

»Oh, manche der Bauern sind gute Leute«, bekannte Skaara. »Aber auch wenn ich Nakeer trauen könnte – was nicht notwendigerweise der Fall sein muß –, so sind doch seine Leute in genauso viele Fraktionen zerspalten wie meine. Ich weiß, es waren Bauern in der Stadt, die große Mengen an Nahrungsmitteln boten, wenn sie nur ein Gewehr – Pardon, eine Waffe – dafür bekommen konnten.«

Auf seinem Gesicht lag ein säuerliches Lächeln. »Gewisse Kaufleute waren darüber ziemlich verärgert – die Bauern haben die Preise nach oben getrieben.«

»Woher stammten die Strahlenlanzen?« wollte O'Neil wissen.

»Wahrscheinlich kamen sie von abgeschossenen Udajeets auf dem Schlachtfeld«, antwortete Skaara. »Wenigstens gehörten sie nicht der Miliz. Ich habe sowohl unsere Lager hier am Schiff als auch unsere Waffenkammern überprüft.«

Er sah aus, als hätte er gerade auf eine verfaulte Frucht gebissen. »Aber es fehlten Gewehre und Granaten. Munitionsurnen waren nur noch mit Steinen gefüllt. Meine Leute haben sie an die Bauern und an die Fraktionen in der Stadt verkauft – Ra soll sie verdammen, manche von ihnen *gehören* wahrscheinlich sogar den Fraktionen an.«

»Wir hörten, daß es in der Stadt zu Kämpfen gekommen ist«, sagte O'Neil diplomatisch.

»Ja, und sie kämpfen um Waffen«, brach es aus Skaara heraus. »Das einzig Gute dabei ist nur, daß wir durch die Kämpfe auf die Schlupflöcher der Banden stoßen. Nach einem Feuergefecht gab es eine Explosion in einem Ruinengebäude. Wir fanden dort mehrere Leichen, Granatwerfer und die Überreste einer weiteren Strahlenlanze.«

Hilflos sah er zu seinem ehemaligen Mentor. »Aber wir können nicht jedes Mastadge, das die Stadt verläßt, nach Konterbande durchsuchen – oder jedes Haus niederbrennen, in dem Waffen versteckt sein könnten.«

»Aber genau das wirst du vielleicht zu tun haben«, sagte O'Neil alles andere als glücklich.

»Die Ältesten würden dem niemals zustimmen.«

Übersetzt bedeutete dies, Skaara würde sich nicht über seinen Vater oder den Vertrag mit Nakeer hinwegsetzen.

»Dann mußt du alles tun, um die Waffen, für die du verantwortlich bist, besser zu schützen«, sagte O'Neil. »Mach die Waffenkammern dicht. Leg die Gewehre und die Munition nur noch in die Hände derer, denen du wirklich vertraust. Die Strahlenlanzen hier sind einigermaßen sicher – sie können nicht durch unser Lager hindurchgeschmuggelt werden. In der Stadt müßtest du die Strahlenlanzen in deinem Hauptquartier aufbewahren.«

O'Neil trat an eine Truhe, die auf dem Boden stand, wühlte darin eine Weile herum und zog schließlich ein schweres Vorhängeschloß samt Schlüssel heraus. »Befestige das an der Tür. Und dann stell ein paar Leute, denen du absolut vertrauen kannst, vor die Tür.«

»Was ist nur in Gary Meyers gefahren?« fragte Barbara Shore, als sie durch die neuesten Übersetzungen blätterte, die auf ihrem Schreibtisch lagen. Eine wahre Flut an Material war über die Übersetzer hereingebrochen, nachdem es Pete Auchinloss gelungen war, die Computer an Bord des Raumschiffs zu knacken. Sogar Gary Meyers war wieder in den Dienst gepreßt. »Das Zeug sieht ziemlich ... kohärent aus!«

»Liegt wahrscheinlich nur an Garys verändertem Umfeld«, erwiderte Mitch Storey vieldeutig.

»Los, raus mit der Sprache«, sagte Barbara. »Vielleicht können wir das auch den anderen Mitarbeitern zukommen lassen.«

Der bärtige Techniker schüttelte den Kopf und biß sich auf die Lippen. »Nur dummes Geschwätz. Ich hätte erst gar nicht damit anfangen sollen.«

Barbara sagte nichts, sondern starrte ihn nur mit ihren braunen, durchdringenden Augen an.

»Okay. Es ist dieses neue Mädchen, Faizah. Ich habe gehört, Meyers ist hin und weg.«

»Höre ich hier das männliche Ego heraus, Darlin'?« fragte Barbara mit zuckersüßer Stimme.

»Das verletzte männliche Ego«, bekannte Mitch. »Hey, ich hab' sie mir angesehen. Als Faizah an Bord kam, mußten wir fast den Notstand ausrufen. Entweder hat sich Meyers ihrer beruflich angenommen – oder sie hat mit ihm was Privates am laufen. Ich hab' gehört, sie wickelt ihn um ihren kleinen Finger.«

»Gut«, sagte Barbara. »Gary braucht jemanden, der ihm den Ständer in der Hose lockert.«

Storey sah sie alarmiert an. »Aber wenn sie mit ihm schläft ...«

»Sie machen zusammen wunderbare Übersetzungen«, unterbrach ihn Barbara. »Das Zeug hier ist klar, präzise, und vor allem ergibt es für mich als Wissenschaftlerin Sinn. Beim nächsten Packen von Auchinloss werden wir ihr was alleine zur Bearbeitung geben. Und wenn sie so arbeitet, wie ich mir das vorstelle – dann haben wir eine neue Starübersetzerin!«

Sha'uri schritt leise die Treppe vom Kommandodeck hinunter. Sie haßte sich dafür, daß sie dort gestanden und der Unterhaltung zwischen den beiden Erdbewohnern gelauscht hatte, vor allem, weil sie und Barbara sich angefreundet hatten. Aber auch wenn sie nicht alles verstanden hatte, schienen doch zwei Dinge klar zu sein. Erdbewohner hatten eine erschreckend ungezwungene Einstellung zu Sex und Beziehungen. Und Faizah schien diese Haltung zu ihren Gunsten auszunutzen.

Die unbequeme Frage war nur – hatte sie das bereits vorher getan?

Und hatte sie es mit Daniel getan?

»Bist du verrückt!« Daniel Jackson bog sich vor Lachen. »Faizah und Gary Meyers!«

Langsam ließ sein Gelächter nach, und er versuchte zu

verstehen, was Sha'uri so beunruhigte. Denn irgend etwas war doch.

»Was stimmt mit Dr. Meyers nicht?« fragte Sha'uri. »Du hast doch gesagt, daß er auf seinem Gebiet sehr angesehen ist, mehr als du.«

»Der Kerl ist ein verknöcherter Dummkopf!« brach es aus Daniel heraus. »Faizah hätte es viel besser treffen können.«

Hätte sie das? dachte Sha'uri. *Und mit wem?*

Daniel kaute auf einem Brotkanten herum und starrte seine Frau an. *Sie kann doch nicht auf Faizah und ihre Arbeit eifersüchtig sein.* Er versuchte das Thema zu umgehen. »Ich denke, es war richtig von mir, sie für dieses Projekt abzustellen. Ich habe gehört, daß Faizah mitgeholfen hat, die technologischen Hieroglyphen zu entwirren.«

»Ja. Auch Dr. Meyers hat eine sehr hohe Meinung von ihr.«

Daniel schluckte ein wenig zu hart. Warum hält ihm Sha'uri ständig diese alte Stinkmorchel vor? »Was soll das heißen?«

»Es ist nur interessant, wie viele Männer Faizah für eine ganz außerordentliche Person halten. Vor allem die Männer von der Erde, auf der jeder mit jedem ins Bett zu gehen scheint, wenn er gerade Lust dazu hat!«

»Barbara Shore ist gewiß kein Mann. Und sie hält Faizah ebenfalls für eine hervorragende Übersetzerin«, versuchte Daniel vernünftig zu bleiben.

Vielleicht wäre es besser gewesen, wenn er sich nicht auf eine Frau berufen hätte, die ihm zugegebenermaßen auf der Erde nachgestellt hatte.

Denn die Diskussion, die folgte, war alles andere als vernünftig.

Sie war ziemlich hitzig.

Faizah sah ihren Lehrer mit großen Augen an. »Aber warum soll ich nicht zu Gary freundlich sein?« fragte sie erstaunt.

»Weil dadurch ein falscher Eindruck entsteht«, sagte Daniel und fühlte sich dabei überhaupt nicht wohl. »Du arbeitest unter ihm ...«

Er biß sich auf die Lippen und verschluckte den Satz. O Junge!

Faizah stand die Verwirrung ins Gesicht geschrieben. »Aber ich nenne dich doch auch Daniel und lerne unter dir.«

Daniel war sehr froh, daß Sha'uri das nicht gehört hatte.

Er zog sich auf sein sicheres pädagogisches Terrain zurück. »Ich hätte den Satz nicht so beginnen sollen«, sagte er ein wenig steif. »Man sagt zwar, daß man unter einem anderen arbeitet, aber dieser Ausdruck ist zweideutig ...«

Faizahs ausdrucksstarken Gesichtszügen war abzulesen, daß sie das schlüpfrige Wortspiel verstand. »O ja, das haben wir doch auch. Wir nennen es ›angenehme Arbeit‹!«

Als er ihre lachenden Augen sah, mußte sich Daniel eingestehen, daß Bauern oftmals eine sehr bodenständige Einstellung zu den Dingen hatten, die die Fortpflanzung betrafen.

»Aber wer sollte da etwas dagegen haben – oh, Sha'uri, nicht wahr?«

Wieder mußte Daniel dem scharfen Verstand seiner Musterschülerin Respekt zollen.

»Zwischen euch wird es nicht besser, oder?« sagte sie.

»Die Auseinandersetzungen werden nur heftiger und schlimmer«, bekannte Daniel.

Je schwieriger es für ihn wurde, mit Sha'uri zu reden, um so verständnisvoller, schien es, wurde Faizah. Anfangs hatte Daniel nur ganz allgemein von seiner Beziehung gesprochen; er wollte die Meinung einer Frau hören, die im selben Alter war und demselben Kulturkreis entstammte. Aber seltsamerweise waren ihre Gespräche immer spezifischer und persönlicher geworden und hatten sich manchmal zu gesellschaftlichen und politischen Diskussionen ausgeweitet.

»Ich habe darüber nachgedacht, warum Sha'uri sich Sorgen macht«, sagte Faizah in dem Tonfall, der, eine Mischung aus Unschuld und Ehrlichkeit, Daniel an die mitternächtlichen Partygespräche während seiner Universitätszeit erinnerte.

»Sie gehörte zu denjenigen, die am meisten zu verlieren hatten, als sich diese Welt veränderte«, sagte Faizah. »Denk mal darüber nach. Sie war eine der wenigen Privilegierten. Während der Abwesenheit von Ra oder den Horuswächtern war ihr Vater der eigentliche Herrscher von Nagada.«

Das Mädchen schüttelte den Kopf. »Ich denke, in jedem von uns steckt ein kleiner Ra. Wenn Menschen Macht haben, wollen sie sie behalten. Ich sehe das bei Gary. Er muß einfach der Boß sein. Vielleicht ist es hier ähnlich. Kasuf herrscht – mit deiner Hilfe – noch immer über Nagada. Skaara führt die Krieger an. Und Sha'uri ... hat dich gefunden.«

»Ich – äh, denke, daß du das zu einfach siehst«, sagte Daniel mit einem Kloß im Hals. Seine Ehe hatte er immer als einen Glücksfall empfunden, wie er nur in Hollywood möglich schien – das Ende des Films, wo der Held die Tochter des Häuptlings heiratet.

Aber was war geschehen, daß Sha'uri hier nun nicht mehr mitspielte?

Faizah redete weiter. »Ich nehme an, es ist nicht leicht, auf dem neuen Abydos zurechtzukommen, wenn man noch den alten Werten verhaftet ist. Wenn man zum Beispiel Kinder will. Alte Knacker« – sie lächelte über den Ausdruck – »sagen mir, daß ich längst verheiratet sein und Kinder haben sollte. Das ist einer der Gründe, warum ich froh bin, daß ich nicht mehr zu Hause bin. Wie froh, kann ich dir gar nicht sagen. Aber hier kann ich eine Zukunft für meine Kinder schaffen, die ich einmal haben werde – statt Kinder für eine Zukunft, die vielleicht niemals eintritt.«

Sie war nun sehr ernst. »Ich meine, Kinder kann ich noch immer bekommen. Angesichts der Arbeit, die wir nun für Abydos leisten – wenn ich jetzt damit aufhöre, wäre das gleichbedeutend mit – mit Hochverrat.«

»Das ist starker Tobak, junge Frau«, sagte Daniel. »Wir haben uns ein wenig unterhalten, wie die Dinge auf meiner Welt und wie sie hier funktionieren. Aber wovon du sprichst, klingt ganz nach dem, was wir auf der Erde Politik nennen.«

»›Politik.‹« Faizah wiederholte das Wort, als wolle sie es auskosten. »Wenn das bedeutet, wie diese Welt meiner Ansicht nach aussehen sollte – dann, nun ja, wird dir das wahrscheinlich nicht gefallen.«

»Solange das Programm nicht beinhaltet, alle Erdbewohner zusammenzutreiben und umzubringen, glaube ich, kann ich mich damit anfreunden.« Daniel lächelte.

»Ich gehöre einer Gruppe namens Freiheit an«, sagte Faizah. »Einige der extremistischen Mitglieder würden an dieser Idee Gefallen finden.«

Daniels Lächeln schwand. »Ich habe gehört, daß dieses Fraktionsunwesen aus dem Ruder läuft.«

»Aber – aber –!« Faizah stolperte über ihre eigenen Worten. »Wir danken euch, was ihr für uns getan habt. Ohne die Erdbewohner wären wir noch immer ein versklavter Planet. Aber unsere Dankbarkeit geht nicht so weit, daß wir jedem Befehl – oder Vorschlag –, der durch das SternenTor kommt, Folge leisten.«

Angesichts der bitteren Auseinandersetzungen mit dem *United Mining Cartel* mußte Daniel zugeben, daß die junge Frau recht hatte.

»Wir können nicht an den alten Stammestraditionen festhalten«, fuhr Faizah fort. »Sonst wäre ich noch immer zu Hause, würde die Felder bepflanzen – und selber mit Babies bepflanzt werden. Es ist gut, Lesen und Schreiben zu lernen. Jeder auf Abydos sollte das können, und sei es nur, um die geheimen Geschichten zu lesen. Wenn wir erst alle wissen, woher wir kommen, können wir auch das Schicksal dieser Welt bestimmen.«

»Und wie soll das deiner Meinung nach aussehen?« fragte Daniel.

Faizah zuckte bezaubernd die Schultern. »Ehrlich gesagt – ich weiß es nicht. Aber ich habe das Gefühl, daß die Menschen auf der Erde richtig handelten, als sie das SternenTor im Boden vergruben.«

Beschwichtigend hob sie die Hand, als sie seinen schockierten Gesichtsausdruck sah. »Ich meine nicht, für Tausende von Jahren – vielleicht ein Jahrhundert lang oder so.« Sie lächelte. »Damit sich die Menschen auf Abydos ihre eigene Welt aufbauen können – ungestört.«

Daniel mußte über die Unverfrorenheit seiner Schülerin lächeln. *Wie würde General West darauf reagieren,* fragte er sich. *Wenn ihm seine kalte, zugige Tür zum Unbekannten von der anderen Seite zugeschlagen würde!*

Und dann war Faizahs Plan plötzlich überhaupt nicht mehr komisch. Wie würde West auf eine Bewegung reagieren, die ihm seinen einzigen Nachschubweg von Ras Wundererz kappen wollte.

7. KAPITEL
LÄNDLICHE ANGELEGENHEITEN

»Sir, die Instandsetzung hat gerade die letzte Humvee-Lieferung, die durch das SternenTor kam, abgesegnet«, meldete Lieutenant Charlton dem Colonel Jack O'Neil.

»Keine lästigen Unachtsamkeiten wie Überdruck in den Reifen, die in der Hitze dann explodieren?« wollte der Colonel wissen.

»Sir, ich glaube, die Instandsetzung wird sich das noch eine geraume Weile anhören müssen.« Charlton lächelte. Einige der Soldaten wurden noch immer als ›Wüstenhasen‹ bezeichnet, weil sie geglaubt hatten, sie wären unter Beschuß.

»Die Nachricht kommt zum besten Zeitpunkt«, verkündete O'Neil und hielt ein Stück Papier hoch. »Wir haben gerade eine Notiz von Daniel Jackson bekommen, der als einziger so etwas wie das abydianische Außenministerium darstellt. Alle Parteien – Kasuf, Skaara *und* Nakeer – haben sich für die Ausweitung der motorisierten Patrouillen ausgesprochen.«

»Sie haben alle zugestimmt?« sagte Charlton beeindruckt.

»Sie haben schon genug Probleme mit der eigenen Bevölkerung«, sagte O'Neil. »Keiner von ihnen kann es sich leisten, Leute für die Wüste abzustellen. Außerdem sind Humvees schneller und haben eine größere Reichweite als Mastadges – und verfügen über mehr Feuerkraft.«

Sein Gesicht wurde hart. »Ich will, daß diesen Sandratten, die die Karawanen überfallen, so hart wie möglich zugesetzt wird«, sprach er. »Und noch was anderes. Von den Horuswächtern, die durch das SternenTor eingedrungen sind, fehlt nach wie vor jede Spur – sieht man einmal davon ab, daß in der Wüste die Hölle losgebrochen ist. Wenn es dort draußen etwas zu finden gibt, dann will ich, daß es gefunden wird.«

Charlton antwortete mit einem enthusiastischen Salut. »Kein Problem, Sir.«

»Ich weiß nicht, wie ich mich dazu überreden lassen konnte«, rief Daniel Jackson Faizah zu; ihm war mehr als erbärmlich zumute, während er sich an die *howdah* seines Mastadges klammerte. Er hatte auf den Rücken dieser seltsamen Tiere kürzere Reisen unternommen – das war, als würde man auf einem riesigen, lebendigen Staubmop reiten, der sich in einer höchst seltsamen Gangart vorwärtsbewegte. Längere Reisen führten bei ihm jedoch zu Übelkeit und Schmerzen in den Hüften und im Hintern.

Aber es gab noch etwas Schlimmeres. Seit dem Tod seiner Eltern, die bei einem schrecklichen Flugzeugabsturz ums Leben gekommen waren, litt Daniel an Hodophobie, einer psychosomatischen Störung, die auch ›Reiseallergie‹ genannt wurde. Wenn er nur ans Reisen dachte, fing seine Nase an zu laufen. Die Zeit vor seiner ersten Reise nach Abydos war eine jämmerliche, tröpfelnde Angelegenheit gewesen – denn allein schon der Gedanke an einen fremden Planeten reichte aus, um die Allergie auszulösen.

Der Mastadge-Ausflug quer über das Land hatte seine Hodophobie in voller Stärke ausbrechen lassen. Daniels Nase lief wie ein Wasserhahn. Sein Taschentuch war seit Stunden durchtränkt, darüber hatte sich ein feiner Staubfilm gelegt, den die Tiere aufgewirbelt hatten. Wenn er sich die Nase putzte, fühlte es sich an, als würde er sie mit Sandpapier abreiben.

Und nun, um sein Leiden noch zu verschlimmern, verursachte der tapsende, stelzenbeinige Gang der Mastadges bei ihm auch noch Übelkeit.

Klar – kotz alles voll – das würde Faizah wirklich beeindrukken, dachte er. Wie hatte er es nur zulassen können, daß sie ihn zu diesem Ausflug überredete?

Faizah hatte kaum glauben können, daß er noch nie eine Bauernenklave gesehen hatte. Mit der für sie typischen Tatkraft hatte sie die Vorbereitungen in die Hand genommen. Sie hätte ihm gerne ihre Heimatstadt gezeigt, aber diese war zu weit entfernt. Statt dessen hatten sie sich zum nächsten landwirtschaftlichen Gebiet auf den Weg gemacht. Das war vor gut zwei Tagen gewesen, und nun war Daniel am Ende seiner Kräfte angelangt.

Faizah sah auf ihrem Mastadge so frisch aus wie an dem Morgen, als sie das haarige Tier bestiegen hatte. »Ach, komm schon, Daniel. Wir sind doch fast da. Schau, wie sich die Mastadges aufführen.«

In der Tat, die beiden Tiere hatten die bärtigen, stummelförmigen Köpfe gereckt, die Nüstern gebläht und blökten wie Sirenen.

»Sie wittern Wasser«, erklärte Faizah.

Die Karawane erklomm die nächste Düne – und die Wüste hörte abrupt auf. Als hätte ein Riese eine Linie gezogen. Auf der einen Seite erstreckte sich lebloser

Sand. Auf der anderen das rankende Wirrwarr grünen Wachstums, durchzogen von glitzernden Bewässerungskanälen.

Der plötzliche Wechsel der Landschaft traf Daniel fast wie ein Keulenschlag. Sogar seine Nase hörte auf zu laufen.

Auf Befehl des Karawanenführers schwenkte die Mastadgekolonne ab und ging nun parallel zu den Feldern. Anscheinend war den Tieren in Getreidefeldern nicht zu trauen. Daniel ließ sich durchrütteln und beobachtete das Bauernvolk bei der Arbeit. Einige von ihnen hielten inne und winkten den Fremden zu. Daniel fühlte sich wie ein Tourist und winkte zurück.

Jeder Quadratzentimeter bewässerbaren Landes wurde anscheinend intensiv genutzt. Schließlich erreichten sie eine felsige Anhöhe, die einen Flußlauf überblickte. Sie wurde von der Stadt Ezer gekrönt.

Daniel war verblüfft. Die Wälle umfaßten einen Bereich, der so groß war wie Nagada. »Wie viele Menschen leben hier?« fragte er Faizah.

»Nicht viele«, erwiderte sie. »Die meisten Gebäude dienen als Kornspeicher.« Sie warf ihm einen Blick zu. »Ezer ist von Minenarbeitern erbaut worden. Es war das Nagada seiner Zeit. Westlich der Stadt gibt es leere Minengruben.«

Weißt du denn überhaupt nichts? schien ihr Blick sagen zu wollen. »Bauerngemeinschaften übernahmen den Ort, als die Minenarbeiter abzogen. Erst als das Goldquarz erschöpft war, konnte man hier Landwirtschaft betreiben.«

Die Karawane erstieg einen ausgetretenen Pfad, der zu den Stadttoren führte. Als sie näher kamen, sahen sie, daß die meisten Gebäude halbe Ruinen waren und als Steinbrüche für die Häuser und Kornspeicher der Bauern dienten. Die Wälle der Stadt allerdings waren in ausgezeichnetem Zustand. Sie boten Schutz vor den Sandstürmen und – in den heutigen Zeiten – gegen die Überfälle der Banditen.

Am Tor wurden sie von Wachen empfangen. Die meisten trugen lange Stäbe, Messergriffe waren zu sehen, aber ein paar besaßen auch Gewehre.

Es gab eine kurze Willkommenszeremonie. Die Tochter des örtlichen Ältesten, ein freundliches, hausbackenes Mädchen, überreichte Daniel eine Kürbisflasche mit Wasser. Eine Führung durch die Stadt schloß sich an. Daniel war überrascht, als er auf dem Marktplatz einen Humvee stehen sah. Ein Sanitäterteam untersuchte Kinder und behandelte Krankheiten.

»Wußte nicht, daß ihr Hausbesuche macht«, sagte Daniel, als man ihn vorgestellt hatte.

Der Marine zuckte nur mit den Schultern. »Der Colonel schickt uns ganz schön in der Gegend rum.«

Sehnsüchtig blickte Daniel auf das große, vierradangetriebene Fahrzeug. Wahrscheinlich schaffte es die Strecke nach Nagada viermal schneller, als er hierher gebraucht hatte. Aber seine Hoffnung, von ihnen mitgenommen zu werden, löste sich schnell auf, als der Sanitäter das nächste Ziel nannte – eine Enklave, die noch weiter entfernt lag.

In der Stadt gab es nicht viel zu sehen. Zur leichten Verlegenheit des örtlichen Ältesten waren die Kornspeicher alle leer. Ezer war bereits früh von den Susan-B.-Anthony-Dollars, die von Nagada kamen, überrollt worden. Aber den Leuten schien es gut zu gehen, und die Kinder schienen weniger Not zu leiden als ihre Altersgenossen in der großen Stadt.

Faizah führte Daniel wieder an die Stadttore, und sie blickten über die Getreidefelder und den Flußlauf im Tal.

»Ezer ist die Sammelstelle für das Getreide, das flußaufwärts und flußabwärts angebaut wird«, sagte sie. »Es wird mit Kähnen hier angeliefert und dann für die Karawanen, die nach Nagada gehen, eingelagert.«

»Genau wie im alten Ägypten«, sagte Daniel. »Sogar die Stadt ist auf unfruchtbarem Boden errichtet.«

Die Bauerntochter sah ihn entsetzt an. »Warum sollte man fruchtbaren Boden verschwenden und ein Haus darauf bauen?«

Dann wollte Faizah Daniel die Felder zeigen. Der Älteste ließ sie gehen. Ein Feld war schließlich nur ein Feld.

Daniel hätte nichts gegen ein kleines Willkommensfest gehabt, und er hätte sich gern den Wüstenstaub vom Körper gewaschen. Aber er folgte Faizah auf dem staubigen Pfad hinunter zum Fluß. Und bald waren sie in den grünen, kopfhohen Getreidepflanzen verschwunden.

Faizah seufzte, warf ihre Sandalen von den Füßen und grub ihre Zehen in die weiche, dunkle Erde. »Das habe ich vermißt«, bekannte sie mit einem verlegenen Lächeln.

Sie wanderten inmitten des üppigen Wachstums umher, bis Daniel sich sorgte, sie könnten sich verlaufen.

Faizah lachte ihn nur aus. »Das kann nicht passieren«, versicherte sie. »Man muß nur den Bewässerungskanälen folgen, entweder führen sie zum Fluß oder zum Rand der Felder.«

Sie mußten sich daher nahe am Fluß befinden, denn die Bewässerungsgräben wurden breiter und breiter, bis sie sich am Ufer eines richtigen Kanals wiederfanden.

Faizah sah sich in dem grünen Feld um. Seit mehr als einer Meile war ihnen niemand mehr begegnet. »Und das habe ich auch vermißt«, sagte sie mit einem Funkeln in den Augen.

Sie hob die Schultern, und ihr Schal rutschte herab. Daniel, immer ein Gentleman, bückte sich, um ihn aufzuheben. Seine Hand berührte das Kleidungsstück, da fiel auch Faizahs Umhang zu ihren Knöcheln herab.

Daniel sprang so schnell zurück, daß er fast durch einige Getreidereihen gekracht wäre. »Fai – Faizah«, stotterte er. Er mußte sich zusammenreißen, um nicht das goldenfarbene Mädchen anzustarren, das einen Schritt nach vorne tat und eine Zehe in das Wasser streckte, um die Temperatur zu prüfen. Von hinten war ihr Körper eine einzige Symphonie aus straffen Flächen und weichen Kurven.

Was wieder eine Theorie beweist, dachte Daniel wie gelähmt. *Die alten Ägypter benutzten keine Badeanzüge.*

»Mmmmmm, genau richtig«, sagte sie und blickte schelmisch über die Schultern.

Plötzlich wurde Daniel bewußt, daß das lauteste Geräusch in der Umgebung sein Atem war.

Mit einer weichen, geschmeidigen Bewegung tauchte Faizah ins Wasser ein.

Sie verschwand unter der Wasseroberfläche, tauchte auf und räkelte sich auf dem Rücken. Und grinste wie ein ungezogenes Kind, während ihr Körper immer wieder für kurze Augenblicke über die Oberfläche kam und dann wieder verschwand.

Daniel blieb die Luft im Halse weg.

Koboldhaft tauchte sie wieder unter und offenbarte ihm für einen kurzen Moment ihren köstlichen Hintern. Am Rande des Kanals, direkt zu seinen Füßen, erschien sie wieder. Ihr kurzes, schwarzes und jetzt nasses Haar lag wie ein Seehundfell an ihrem Kopf an. Mit den Füßen plätscherte sie im Wasser. Ihre dunklen Brustwarzen schienen auf dem Wasser zu treiben und hoben sich von ihrer olivbraunen Haut ab, die vor Nässe schimmerte.

»Im Wasser ist es viel angenehmer«, sagte sie. »Scheint mir, du schwitzt dort oben.«

»Ach«, sagte Daniel scharfsinnig. Seine Zunge schien plötzlich zu groß für seinen Mund zu sein, was seltsam war, denn seine Haut war ihm einige Nummern zu klein. Er spürte jedes Sandkorn, das er während des Trecks durch die Wüste aufgeschnappt hatte. Vielleicht war das hier ein Fall von unvermitteltem Hitzschlag. Daniel war heiß, sehr heiß.

Die nackte, im Wasser planschende Faizah verzog ihren Mund zu einer hänselnden Schnute. »Komm schon«, lud sie ein. »Es wird dir gefallen, wenn du erst einmal hier drin bist.«

Sie lächelte – wie ein junges Tier, das sich wohl fühlt in seinem Element. Ihre Lippen schienen ein wenig voller zu werden und sich zu einem unausgesprochenen Versprechen zu runden. *Leg die Karten auf den Tisch, Zuchtbulle ...*

Daniel hatte mit einer ganzen Reihe irrelevanter Gedanken zu kämpfen. *Sha'uri.* Alle Witze über Bauerntöchter, die er jemals gehört hatte, gingen ihm durch den Kopf. *Okay, ich ›geh mit ihr rein‹, und einen Augenblick später kommt der Bauer mit seiner Mistgabel.*

Schließlich gelang es ihm, sich ein paar Worte abzuringen. »Äh, danke für die Einladung, Faizah. Aber ich glaube, ich komme lieber nicht rein. In unserer Sprache gibt es einen Ausdruck – sich über Wasser halten. Das sagt man, wenn man Schwierigkeiten gerade noch vermeiden kann. Ich glaube, das trifft auf mich jetzt zu.« Seine Stimme war noch immer heiser.

»Okay.« Faizah zuckte verführerisch mit den Schultern und reckte ein Bein. Wieder verschwand sie unter der Wasseroberfläche, kletterte dann aus dem Kanal und schüttelte sich kräftig.

Schnell griff sich Daniel ihren Umhang und hielt ihn ihr hin.

»Ah, hat das gut getan!« sagte seine Schülerin mit ihrem unschuldigsten Lächeln. »Du weißt nicht, was du verpaßt hast!«

»Wahrscheinlich hast du recht«, stimmte ihr Daniel zu und reichte ihr den Schal.

Faizahs Haar war bereits trocken, als sie wieder zur Stadt hochstiegen. Die Nacht verbrachte sie bei der hausbackenen Tochter des Ältesten.

Die Karawane nach Nagada brach am nächsten Morgen auf. Daniel und Faizah schlossen sich auf ihren Mastadges der Gruppe an. Bald darauf schaukelte Daniel über die Dünen, als wären die grünen Felder – und Faizahs Avancen – nichts anderes gewesen als ein Traum.

Die Welt bestand wieder aus Sandstaub, einer triefenden Nase und der Drohung, den Rest seines Lebens mit krummen Beinen verbringen zu müssen. Dann, um das Maß voll zu machen, erhob sich aus der Richtung, auf die sie zumarschierten, eine riesige Staubwolke.

Toll, dachte Daniel. *Ein Sandsturm hat uns gerade noch gefehlt.*

Sein Mastadge scheute und brach aus der Kolonne aus, und dann, als seine weniger sensiblen Ohren den Lärm wahrnahmen, wußte er auch warum. Über die Dünen in der Ferne kam ein tiefes Wummern. Die meisten Abydianer hatten so etwas noch nie gehört. Aber Daniel erkannte die Dieselaggregate – *große* Dieselaggregate.

Der aufgewirbelte Sand kam nicht von einem Sturm, sondern gehörte zu einer schweren Patrouille.

Daniels Vermutung wurde einen Augenblick später bestätigt. In der Ferne flog ein Apache-Helikopter vorüber.

Die drei Mitglieder aus Skaaras Miliz, die die Karawane begleiteten, hatten sich mit fragenden Gesichtern zusammengestellt und ihre M-16 gegen die drohende Gefahr erhoben. Aber sie hatten bereits früher Kampfhubschrauber gesehen und entspannten sich wieder.

Der Großteil der Karawane hatte sich jedoch zerstreut; wahrscheinlich dachten sie, daß Ra höchstpersönlich in einem seiner Udajeet zurückgekommen sei.

Während sie darauf warteten, daß sich die Kolonne wieder formierte, unterhielten sich Daniel und Faizah über die amerikanischen Soldaten. »O'Neil handelt schnell«, sagte Daniel. »Kaum hat er das Okay für diese Patrouillen, schon schickt er seine Männer raus.«

Gemäß ihrer Überzeugung fand Faizah allerdings keinen Gefallen an der Aktion, die für sie nichts anderes als eine Einmischung in innere Angelegenheiten war.

»Jemand muß doch was gegen die Überfälle in der Wüste unternehmen«, antwortete Daniel.

»Ja, aber das sollten Abydianer sein«, erwiderte Faizah. »Wir sollten uns nicht von Colonel O'Neil abhängig machen.« Sie blickte der Staubwolke hinterher, die nun am Horizont verschwand. »Außerdem glaube ich nicht, daß es viel hilft. Diese Maschinen sind zu laut. Jeder Bandit hört sie schon von weitem und verscharrt sich im Sand, bis sie wieder weg sind.«

Die Mastadges standen wieder in einer Reihe, und der Karawanenführer gab das Zeichen für den neuerlichen Aufbruch. Die Meilen zogen sich für Daniel in der üblichen öden, schmerzhaften Weise hin. Er schneuzte sich so heftig die Nase, daß er die Gewehrschüsse im ersten Moment gar nicht hörte.

Daß er sich in Schwierigkeiten befand, merkte er erst, als ein *whik!* an seinem Ohr vorbeizischte und eine der Stangen zerschmetterte, die das Sonnendach seiner *howdah* trugen. Die Wollplane kam herabgeflattert und legte sich über ihn. Hinter sich hörte er eine Handgranatenexplosion.

»Wa ...?« Strampelnd schlug er um sich, bekam den Kopf frei und entdeckte, daß um ihn herum das reine Chaos ausgebrochen war. Einer der abydianischen Milizionäre war von seinem Mastadge geschossen worden – entweder durch einen Glückstreffer oder durch einen wohlgezielten Schuß des besten Schützen auf dem Planeten.

Einer der anderen beiden hatte sein gesamtes Magazin in eine Sanddüne abgefeuert. Nun hatte er Probleme mit dem Nachladen. Und der letzte feuerte auf den grölenden Banditenhaufen, der buchstäblich aus dem Sand aufgestiegen war.

Daniel mußte an Faizahs Worte denken, als sie über die Patrouille gesprochen hatten. Es schien, als hätte sie recht. Vielleicht hörten O'Neils Leute durch den Motorenlärm hindurch das ferne Gewehrfeuer, aber selbst wenn sie zurückkämen, wäre es wahrscheinlich zu spät.

Daniel rutschte von seinem Mastadge, um sich das Gewehr zu schnappen, das unter dem toten Milizionär lag. Wahrscheinlich war es hoffnungslos, aber er mußte versuchen, Faizah zu verteidigen.

Als er den Leichnam umdrehte, nahm das Gewehrfeuer plötzlich zu. Daniel sah sich um und entdeckte, daß eine neue Gruppe aus dem Sand aufgetaucht war. Ein Dutzend Soldaten in den Tarnanzügen der U.S. Army feuerte mit tödlicher Präzision auf die Angreifer.

Die meisten Schurken fielen in den Sand oder flüchteten vor dem Überraschungsangriff. Einige wenige rannten auf die Karawane zu, wahrscheinlich in dem Glauben, daß die Soldaten nicht auf Freunde schießen würden. Und einer der Banditen, der in seiner Hand einen Prügel mit einem spitzen Dorn schwang, kam direkt auf Daniel Jackson zugestürzt.

Daniel war sich nicht ganz sicher, ob ihn der Kerl wirklich als Ziel seines Angriffs ausgesucht hatte. Vielleicht stellte er nur ein Hindernis dar auf dem Weg zu dem herrenlosen Mastadge, das er zurückgelassen hatte. In jedem Fall sah es aber ganz danach aus, als würde sich gleich sein Gehirn mit dem Wüstensand vermengen.

Plötzlich brach ein Mastadge aus dem Getrampel der Karawane aus. Faizah war tief über den Nacken des Tiers gebeugt und trieb es zu größerer Geschwindigkeit an.

Der angreifende Bandit sah sie und wandte sich, den Knüppel mit beiden Händen gepackt, in ihre Richtung.

Daniel fingerte das Gewehr aus dem Sand. *Bitte, blokkier jetzt nicht,* betete er.

Er kam nicht mehr dazu, einen Schuß abzugeben. Faizah hatte den Kerl erreicht. Im letzten Augenblick drehte sie ihr Tier ein wenig zur Seite. Der Knüppel des Kerls fuhr ins Leere. Das Mastadge rammte ihn an der Schulter. Er fiel zu Boden, dann kam das grauenvolle *krrrnsch!,* als das Hinterbein des Mastadges den Banditen zermalmte.

Mit zitternden Knien stand Daniel auf, das Gewehr hing ihm kraftlos an den Händen. Er sah zu, wie Faizah das in Panik ausbrechende Tier zügelte. Das sonst so freundliche Gesicht des Mädchens war eisig und hart, eine grausame Maske im grellen Sonnenlicht.

Seltsam. Irgendwo hatte er dieses Gesicht schon einmal gesehen.

8. KAPITEL

DIE RADIKALISIERUNG VON DANIEL JACKSON

Daniel war noch immer ein wenig benommen. Er schaute nach oben. Ein Apache-Hubschrauber – wahrscheinlich derselbe, der soeben vorübergeflogen war – kam in Sicht und strich über die Dünen, hinter denen die Banditen nun um ihr Leben rannten.

Einer der Soldaten, die den Angriff gestoppt hatten – offensichtlich der Sergeant, der die Abordnung befehligte –, näherte sich der Karawane. Er streckte seine leeren Hände aus und rief in Pidgin-Abydianisch, daß er ein Freund sei.

Während sich die anderen um die nervösen Mastadges kümmerten, begrüßte Daniel den Soldaten. »Sie kommen nicht nur als Freund«, rief er ihm zu. »Sondern auch noch rechtzeitig.«

Der Unteroffizier war erstaunt, daß er auf Englisch angesprochen wurde, doch dann, als er erkannte, wem er hier gegenüberstand, brachte er seine Besorgnis zum Ausdruck. »Dr. Jackson! Sind Sie okay?«

»Einer der Milizionäre, die die Karawane begleitet haben, ist tot. Ob es noch mehr Opfer gegeben hat, weiß ich nicht.« Bewußt vermied er es, zu dem Banditen zu blicken, den Faizah zertrampelt hatte. »Zumindest auf unserer Seite.«

Erstaunlicherweise war sonst niemand erschossen worden. Sergeant Ingraham, der Befehlshaber der Truppe, die den Hinterhalt gelegt hatte, zeigte sich nicht überrascht. »Die Einheimischen haben nicht die Munition, um Schießübungen durchführen zu können«, sagte er. »Und selbst wenn die Läufe nicht mit Sand verstopft sind, lagert sich so viel Staub ab, daß die Gewehrzüge nicht mehr richtig funktionieren. Die verdammten Dinger schießen dann nicht mehr gerade.«

»Ich dachte, hinter uns wäre eine Handgranate losgegangen«, sagte Daniel.

Ingraham zuckte mit den Achseln. »Die sollte euch nach vorne, direkt in ihre Arme treiben«, sagte er. »Wir wollten nicht, daß die Ladung der Karawane beschädigt wird.«

Der Sergeant erklärte, daß er und seine Männer von der schweren Patrouille, die Daniel gesehen hatte, abgesetzt worden waren. »Wir hatten Meldungen, daß Banditen in diesem Gebiet operieren, also hielten wir unsere Augen offen. Diese Clowns meinten ganz richtig, daß sie sich an uns die Zähne ausbeißen würden, also verscharrten sie sich im Sand. Der Chopper sichtete sie und zog dann eine große Show ab, flog über sie hinweg, während meine Truppe Stellung bezog. Tut mir leid, daß wir Ihre Karawane als Köder benutzen mußten.«

Mittlerweile war der Rest der schweren Patrouille aufgetaucht. Daniel hatte eine kurze Diskussion mit dem befehlshabenden Offizier und sicherte sich für die Rückfahrt nach Nagada einen Platz in einem Humvee. Der Offizier machte sich am Funkgerät zu schaffen und verlangte, daß Kasuf über Daniels Rückkehr informiert werden sollte.

Während der halsbrecherischen Fahrt kam Daniel vor Hitze fast um. Seine Aufregung verebbte langsam, und ihm war leicht übel. Es war eine Sache auf Leben und Tod gewesen – und er selbst fest dazu entschlossen, jeden Angreifer umzubringen. Aber Faizah, die diesen Kerl zertrampelt hatte – er staunte, daß sie so ungewöhnlich ruhig war, während sie über die Dünen schaukelten. Daniel begann wütend zu werden. Sie hatten verdammtes Glück gehabt, daß diese Marines gerade noch rechtzeitig aufgetaucht waren.

Aber sie sollten nicht von O'Neils Leuten abhängig sein. Da hatte Faizah sicherlich recht. Die Abydianer sollten versuchen, ihre Probleme alleine zu lösen.

Und er war entschlossen, damit in Nagada zu beginnen.

Als sie die Stadttore erreichten, sah Daniel eine Delegation aufziehen. Sha'uri, Kasuf und die aufgeregte

Schar der Stadtältesten waren zur Stelle. Und was sie ausriefen, war eine Mischung aus »Heil dem siegreichen Helden« und »Die Rückkehr des verlorenen Sohnes.«

Plötzlich war Daniel froh, daß Faizah den Fahrer dazu hatte überreden können, sie am Basislager abzusetzen. Vor Daniel lag eine ernste Aufgabe, und es war nicht gerade förderlich, wenn die Leute glaubten, daß er mit seiner hübschen Schülerin eine vergnügliche Landpartie unternommen hatte.

Er holte tief Luft und stieg aus.

Kasuf trat vor. »Mann meiner Tochter«, begrüßte er Daniel. »Sohn. Wir machten uns große Sorgen, als wir hörten, daß deine Karawane angegriffen wurde ...«

Daniel schnitt ihm das Wort ab. »Wir haben größere Sorgen als diese.« Er sprach in Abydianisch, und er ließ sich von seiner Wut hinreißen. »Der Angriff auf mich war nur ein Symptom. Aber wir müssen uns um die Krankheit kümmern.«

Er blickte von Kasuf und dessen entsetztem Gesicht zu den anderen Ratsherren, die in ihren phantasievollen Amtsgewändern um sie herumstanden.

»Wir haben eine Welt befreit, aber was diese Welt nun braucht, ist eine Regierung. Und was macht Euer Konzil – außer, daß es die eigenen Interessen vertritt? Eure Herrschaft reicht kaum über Nagada hinaus. Ihr streitet Euch über die Abkommen mit den Bauerngemeinschaften und entscheidet, wer an welcher Stelle wichtig ist. Aber es geschieht nichts! Jeden Tag geht Nagada ein wenig mehr zugrunde, während draußen in der Wüste unsere Leute wie wilde Tiere übereinander herfallen.«

Kasuf war blaß vor Wut. »Es ist leicht, über das Regieren zu reden, aber ich verfüge nicht über die uneingeschränkte Machtfülle eines Ra. Ich kann meine Hand nicht erheben und die Wüste von den Dieben befreien oder Nahrung hervorbringen, wo keine ist. Die Bauerngemeinschaften sind diejenigen, die Nahrungsmittel besitzen, und sie spielen ihr eigenes Spiel. Wir wissen alle, wie gut man leben kann, wenn man ein Gewehr oder eine Handgranate verkauft – ja, oder gar eine Strahlenlanze! Die umliegenden Enklaven fürchten uns; die weiter entfernten beschuldigen uns, wir würden sie betrügen. Ich respektiere dich, Daniel, aber hier handelt es sich um einen Knoten, der nicht leicht zu lösen ist.«

Daniel deutete auf sich. »Es mußte erst eine Kugel knapp an mir vorbeistreichen, damit sich mir die Augen öffneten. Ich bin nur knapp dem Tod entronnen, aber ich bin nicht wichtig. Wenn wir so weitermachen wie bisher und auf eine langsame Lösung hoffen, werden uns die Tiere dort draußen allesamt umbringen!«

Noch nie hatte er so offen und hart mit Kasuf gesprochen. Selbst als er die Abydianer darauf hinwies, daß die Götter, die sie verehrten, nur Menschen mit Masken waren, hatte er niemanden persönlich angegriffen. Und er hatte noch nie jemanden vor den versammelten Ältesten angegriffen.

Einen Augenblick lang schämte sich Daniel seiner selbst. Dann verschloß er wieder sein Herz. Auf diesem Planeten mußte sich einiges ändern. Von nun an konnte es nicht mehr so weitergehen wie bisher.

Daniel beschäftigte sich noch eine Weile mit den Angelegenheiten seiner Akademie, aber schließlich, wußte er, mußte er nach Hause.

Jetzt kommt Runde zwei, dachte er.

Sha'uri hatte ein großes Feuer entfacht, dennoch hatte sie, obwohl sie vor den Flammen stand, ihre Arme um den Körper geschlungen, als fröstelte sie.

»Willkommen, Professor Jackson«, sagte sie mit bitterem Ton. »Habt Ihr wieder an einer interessanten Vorlesung gearbeitet?«

»Ich habe nur gesagt, was endlich gesagt werden mußte«, antwortete Daniel.

Sie ließ die Hände sinken, die sich zu Fäusten ballten. »Du hast mit meinem Vater gesprochen, wie du nicht einmal mit deinem dümmsten Schüler sprechen würdest!

Und was hat er verbrochen? Wir alle machten uns Sorgen um dich! Er war dankbar, daß du so knapp entronnen bist.«

»Genau das ist das Problem!« platzte es aus Daniel heraus. »Wir feiern Feste, um Menschen in der Stadt willkommen zu heißen, kleine Zeremonien, um sie nach ihrer Rückkehr zu begrüßen. Und darüber vergessen wir, daß endlich etwas geschehen muß.«

»Die Dinge, die du verspottest, sind sehr wichtig.« Sha'uri blickte ihn finster an. »Das sind die Traditionen, die alles zusammenhalten, während wir versuchen, einen Schritt weiterzukommen. Und dazu hast du heute nichts beigetragen! Vater hat es vor den Anwesenden nicht erwähnt, aber in Nagada gibt es genug Fraktionen, die sich ihre eigenen Privatarmeen und Waffenkammern aufbauen. Sie sind ebenso bereit, alle umzubringen, die sich ihnen entgegenstellen, wie diese ›Tiere‹, denen du heute in der Wüste begegnet bist. Und das solltest du wissen!«

»Warum also scheut sich Kasuf, sie zu erwähnen?« fragte Daniel.

»Weil einige seiner gefährlichsten Feinde in der Menge standen!« antwortete Sha'uri. »Du hättest lieber darauf achten sollen, wie die Ältesten im Konzil arbeiten. Wahrscheinlich weißt du gar nicht, daß einige der angesehensten Ältesten an den Nahrungsmittelaufkäufen in der Stadt beteiligt sind – und den Waffenmarkt betreiben.«

»Dann sollte Kasuf sie loswerden«, sagte Daniel.

»Du vergißt, woher alles kommt«, sagte Sha'uri frustriert. »In den Sklaventagen war das Konzil eine Einrichtung zur gegenseitigen Hilfe. Mitglieder des Konzils verraten einander nicht. Wenn ein Mitglied die anderen bedroht, wird es isoliert.«

»Toll! Was hier noch einer Regierung am nächsten kommt, verhält sich wie eine Diebesbande!«

Sie baute sich vor ihm auf. »Jemand, der sich für Sprache interessiert, könnte wahrscheinlich eine wunderbare Vorlesung darüber halten, wie du in diesem Gespräch vom ›wir‹ zum ›ihr‹ wechselst. Ja, ›wir‹ haben keine Wahlen, wie ›ihr‹ sie auf ›eurem‹ Planeten habt – seit zweihundert Jahren, wenn ich mich richtig erinnere. Seit allen erdenklichen Zeiten waren ›wir‹ Sklaven. ›Unsere‹ Regierung lag in den Händen eines mächtigen, aber grausamen Gottes – und wir konnten nur wenig für uns selbst tun. Abydos hat noch viel zu lernen – aber vielleicht hast du einige Entscheidungen zu treffen, Erdling.«

Daniel spürte, wie er rot wurde im Gesicht. »Ich habe meine Entscheidung getroffen, als ich beschloß, hier zu bleiben. Ich will, daß wir alle eine Zukunft haben. Und heute wurde mir schließlich bewußt, daß Abydos keine Zukunft hat, wenn wir uns weiterhin an die Ältesten halten.«

»Aber wer soll diese Zukunft bestimmen? Die Miliz? Es gibt dort genug Leute, die die Sache in die Hand nehmen wollen. Oder die neuen Kaufleute, die lediglich eure Erdmünzen horten, um sich ein Te-Vau-Gerät zu kaufen? Die Bettler in den Straßen? Die wollen auch ein Te-Vau-Gerät, aber nicht dafür arbeiten. Was ist mit denjenigen, die glauben, diese Silbermünzen seien eine Erfindung von Seth, die unser nettes, einfaches Leben zerstören soll? Es war um so vieles einfacher, wenn man gesagt bekam, was man zu tun hatte – auch wenn es von einem Horuswächter kam. Sie sind noch immer Sklaven – und es gibt viele, die Herren sein wollen.«

»Wo liegt dann das Problem?« fragte Daniel erstaunt. »Mag deine Familie den Wettbewerb nicht?«

Sha'uri verzog die Lippen, als hätte sie gerade auf etwas Saures gebissen. »Ich habe genug von deinen kleinen Sticheleien, wie ›angenehm‹ unser Leben war. Wenn es so schön war, warum, glaubst du, haben wir uns gegen Ra erhoben? Auch wir waren Sklaven und mußten genauso hart arbeiten wie alle Sklaven auf Abydos! Wenn mein Vater den Willkommensfesten vorstand, dann bedeutete das lediglich, daß er der erste war, auf den es die Abgesandten von Ra abgesehen hatten.«

Sie beugte sich vor, ihr Finger bohrte sich in seine Brust. »Erinnerst du dich noch an die erste Nacht hier? Unsere erste Nacht? Für uns warst du eine seltsame Gestalt, ein goldener Mann mit dem Auge des Ra. Als Vater merkte, daß du an mir interessiert warst ... bat er mich, daß ich mich dir hingebe.« Sha'uris Stimme zitterte ein wenig. »Und ich ging, weil ich dachte, daß du freundlich bist.«

Ihr Ton wurde härter. »Aber jeder von Ras Leuten, jeder, der eine goldene Maske trug, hätte mich verlangen können.«

Daniel blieb fast der Mund offen. »Dein Vater hat dich wie ein Zuhälter verschachert ...?«

Sein Kopf wurde von ihrer Ohrfeige zur Seite gerissen.

»Du verstehst noch immer nicht!« rief sie. »Mein Vater – wir alle! – waren im Dienst von Ra ständig gefährdet. Und wenn Ras Zorn auf Nagada fiel, traf es meinen Vater als ersten und am schwersten.«

Sha'uri schrie nun. »Das war unser ›angenehmes‹ Leben! Wir waren immer die Zielscheibe, trotzdem haben wir versucht, die Menschen zu schützen. Und wenn du mich fragst – was mein Vater tat, war sehr viel schwieriger als alles niederzureißen, wie es die Bande hinter Faizah vorhat.«

»Das hat nichts mit Faizah zu tun!« schrie Daniel zurück.

»O nein? Du läßt deine Klasse im Stich, unser gesamter Übersetzungsplan gerät durcheinander, nur weil du mit dieser Schnalle abhaust ...«

»Du redest zuviel mit Barbara Shore«, versuchte Daniel sie zu unterbrechen.

Sha'uri achtete nicht darauf. »Nur weil sie beschlossen hat, dir einen Bauernhof zu zeigen. Sie hätte dich fast zu Tode gebracht ...«

»Sie hat mir das Leben gerettet!« protestierte Daniel.

»Dann ist sie nicht die erste!« brüllte Sha'uri noch lauter zurück. »Jack O'Neil hat dir das Leben gerettet! Skaara hat dir das Leben gerettet! Kawalsky hat dir wahrscheinlich das Leben gerettet! Und, verdammt noch mal, *ich* habe dir auch das Leben gerettet, Daniel!« schrie sie ihm ins Gesicht. »Aber nun ist eine Kugel an deinem Ohr vorbeigesaust, und das alles zählt nicht mehr.«

»Ich kämpfe den gleichen Kampf, den wir damals gemeinsam gekämpft haben«, sagte er und stürmte davon. »Leider hast du einen anderen Kampf im Kopf.« An der Tür drehte er sich noch einmal um. »Ich bin in meinem Büro zu erreichen.« Dann war er fort.

Sha'uri stand da und blickte lange ins Feuer. Dann packte sie ein paar Sachen zusammen und machte sich auf den Weg zum Marktplatz. Die Marines hatten dort eine Sanitätereinheit stationiert, die zum neuen Programm gehörte. Es sollte möglich sein, in einem ihrer Humvee zum Basislager zu kommen.

Ich hoffe, Barbara Shore hat nichts gegen einen unerwarteten Gast, dachte sie, als sie das Haus verließ.

Das Feuer, das nicht versorgt wurde, brannte schnell nieder und erlosch.

Daniel Jackson saß noch in seinem von der gestrigen Reise verdreckten Umhang, nippte an einer Tasse mit Kräutertee und starrte auf die Nachrichten, die auf seinem Schreibtisch lagen.

Eine davon, mit Schreibmaschine auf knisterndem Papier geschrieben, war die wöchentliche Anfrage von Barbara Shore, ob er nicht mithelfen wolle, den Berg an rätselhaften Dateien zu übersetzen, die ihre Leute aus den Raumschiffcomputern gezogen hatten: das Übersetzungsprojekt, an dem auch Sha'uri und Faizah arbeiteten.

Das war seine große Chance, bald dort auftauchen zu können.

Die anderen Notizen waren auf Papierfetzen oder auf Kreidetafeln gekritzelt, manche in abydianischen Hieroglyphen. Sie hatten vorwiegend mit der Schule zu tun. Irgendwie konnte er ihnen momentan nicht viel Interesse abgewinnen.

Daniel stützte sein Gesicht auf die Hände. Keine glückliche Geste, denn sie erinnerte ihn daran, daß er sich rasieren müßte.

In einer der Badehallen könnte er sich waschen. Dort würde man ihn sogar rasieren. Die Frage war nur, wo konnte er eine Zahnbürste auftreiben? Die meisten Marines, mit denen er ein einigermaßen gutes Verhältnis hatte, waren fort. Und die übrigen hatte er mit seinen ständigen Fragen nach Kondomen genervt –

Na ja, wie es aussah, würde er die sowieso nicht brauchen.

Wenn doch nur Kawalsky noch da wäre! Wenn er nicht gerade den Lieutenant spielen mußte, war der Kerl ganz umgänglich. Wie nannten ihn die Soldaten? Ell-tee?

Aber eines war sicher. Um nichts auf der Welt wäre es ihm möglich, mit Jack O'Neil zu reden.

»Jackson« – glaubte er die Stimme des Colonels zu hören – »wollen Sie sich hier als Schlappschwanz einen Namen machen?«

»Sie können mich alles nennen, Colonel, solange Sie mir eine Zahnbürste geben.« Plötzlich wurde er gewahr, daß er sich diese Unterhaltung nicht einbildete. Von der Tür kam O'Neils Stimme, und er hatte laut darauf geantwortet.

Ein wenig verschämt wandte sich Daniel zur Tür.

Colonel Jack O'Neil hatte sich für seinen Besuch nicht herausgeputzt. Er trug das, was er immer trug: ein enges schwarzes T-Shirt, darunter eine ausgebeulte braune Tarnhose. Sein Erkennungszeichen, das Barett, hatte er zusammengerollt und sauber in einer der Taschen verstaut.

Er schüttelte noch immer den Kopf über Daniels brillante Antwort.

»Wie immer in abgehobenen Sphären«, begrüßte ihn der Befehlshaber der Marines. »Aber wahrscheinlich sollte ich froh sein, daß Sie mich nicht in Altassyrisch empfangen haben.« Seine Augen verengten sich. »Wenn Sie das mit der Zahnbürste ernst gemeint haben, dann können Sie auch einfach nach Hause gehen und sich Ihre eigene holen. Ihre Frau ist nämlich letzte Nacht bei Barbara Shore eingezogen. Das ist einer der Punkte, über die ich mich mit Ihnen gerne unterhalten möchte.« Er hielt inne. »Natürlich rein persönlich und inoffiziell.«

»Wie sonst?« fragte Daniel mit ironischem Lächeln.

»Das mit Ihrer Frau habe ich heute erfahren, weil mich Dr. Shore darüber informierte.« O'Neils Backenmuskulatur zuckte kurz. »Sie dachte, es wäre eine ganz einfache Angelegenheit – noch eine Pritsche hingestellt und fertig. Leider ist es nicht so einfach. Ich werde zu erklären haben, warum ich eine fremde Staatsbürgerin in einer Hochsicherheitseinrichtung kampieren lasse. Als Dr. Shore mir erzählte, was passiert war, stimmten wir beide überein, daß Sie ein Schlappschwanz hoch neun sind.«

»Das sieht der Physikerin ganz ähnlich«, stimmte Daniel zu.

»Sie hat Sie noch ganz anders genannt«, versicherte ihm O'Neil. »Ich für meinen Teil mußte an den Militärslang denken. Schon mal von ›Foxtrot Bravo‹ gehört?«

Daniel zuckte die Achseln. »Kann ich nicht behaupten.«

»Das kommt vom phonetischen Alphabet. Wird für die eindeutige Identifizierung von Buchstaben bei Funkgesprächen benützt«, erklärte O'Neil mit befehlshaberischer Geduld. »A ist Alpha, B ist Bravo, C ist Charlie und so weiter. In Vietnam stand Victor Charlie für VC, den Vietcong.«

»Und Foxtrot Bravo?« fragte Daniel.

»Steht für ›Fucking Bastard‹ – genau das sind Sie nämlich«, sagte O'Neil unverblümt. »Sie haben gestern ganz schön was erlebt. Erst holte Sie eine meiner Patrouillen aus Ihrem Scheichspiel heraus, in das Sie, und ich zitiere den inoffiziellen Bericht, mit einem ›Wahnsinns-Weibsstück‹ geraten sind.«

O'Neils Blick schien über seinen Kopf hinwegzugehen. Aber warum fühlte sich Daniel dann, als wollte ihn sich der Colonel am liebsten von den Schuhsohlen kratzen?

»Ich wollte schon den fraglichen Offizier zusammenscheißen, als ich erfuhr, daß Sha'uri gestern mit Übersetzungsarbeiten an Bord der *Auge des Ra* beschäftigt war. Die in Frage kommende Frau konnte als gut und gerne ein Weibsstück sein – ich weiß es nicht. Obwohl – nach der Beschreibung zu urteilen könnte es sich bei ihr um den Neuzugang in der Übersetzungsabteilung gehandelt haben, die, scheint es, ganz interessante politische Verbindungen pflegt.«

O'Neil wischte potentielle Einwände mit einer Handbewegung weg. »Soll es sein, wie es mag. Dann kehren Sie nach Nagada zurück, und kaum haben Sie die Stadt betreten, fällt Ihnen nichts Besseres ein, als Kasuf öffentlich bloßzustellen – Ihren Schwiegervater und, soweit ich das zu beurteilen vermag, den einzigen vernünftigen Politiker auf diesem Planeten.«

O'Neil sah Daniel nun in die Augen. »Übrigens, Ihre Frau hat mir nichts davon gesagt. Mein Stab verfügt über eine Nachrichtenabteilung – und es wäre ihr schwergefallen, den Auftritt, den Sie lieferten, nicht mitzubekommen. Ihretwegen, nimmt man nun an, ist Kasufs Stellung im Ältestenkonzil ernsthaft beschädigt. Aber das reichte ja noch nicht. Sie müssen auch noch einen Streit mit Ihrer Ehefrau vom Zaun brechen, der darin endet, daß Sie beide das gemeinsame Haus verlassen.«

O'Neil starrte ihn wie ein Ausbildungssergeant an. »Es überrascht mich, daß Sie das alles nicht mit einem grölenden Besäufnis abgeschlossen haben.«

Daniel versuchte sich kühl und desinteressiert zu geben, aber sein Gesicht war heiß und angespannt. Dennoch wollte er der Sache mit frecher Unverschämtheit begegnen. »Na ja, wenn man schon mal dabei ist ...«

Der Colonel schüttelte nur verwundert den Kopf. »Für Sie müßten wir einen neuen Begriff erfinden. Delta Foxtrot Bravo. Dämlicher Fucking Bastard.«

Sein Ton gab klar zu verstehen, daß nun der Spaß, mit dem er das alles bislang getragen hatte, aufhörte. »Meine Nachrichtenleute sagen, Sie würden sich vermehrt in die

Politik stürzen, Doktor – vielleicht kopfüber. Ich kann Ihnen nicht vorschreiben, was Sie zu tun und was Sie zu lassen haben. Sie sind ein freier Bürger. Aber ich hoffe, Sie halten Ihre Augen offen. Die Lage in Nagada – auf ganz Abydos – ist unbeständiger und explosiver, als Sie das auf Ihrem College-Campus jemals erfahren haben. Denken Sie darüber nach. Durch Ihre Handlungen wurden bereits Menschen verletzt. Es kann noch schlimmer kommen.«

»Warum interessiert jeden, was ich mache?« brach es aus Daniel heraus. »Endlich beschäftige ich mich damit, was hier alles falsch läuft. Ich versuche doch nur, diese Welt zu retten.«

»In meinem alten Job sind mir ein Haufen Kerle über den Weg gelaufen, die alle versucht haben, die Welt zu retten«, antwortete O'Neil mit kalter Stimme. »Manche von ihnen waren bescheidene Leute. Einige wenige vernünftig. Aber die Mehrheit war so davon besessen, die Welt zu retten, daß sie es nicht mehr interessierte, wer dabei auf der Strecke blieb. Ich hatte meine Befehle. Ich habe sie alle getötet.«

»Sie waren ein Killer?« Daniels Stimme klang selbst in seinen Ohren dümmlich.

»Geheimdienst. Geisterarbeit.« Einen Augenblick lang war Jack O'Neils Gesicht so entrückt wie das des toten, unbetrauerten und nicht ganz menschlichen Ra.

Dann blitzte in seinen Augen ein kleiner Funken Gefühl auf. »Deswegen bin ich so vorsichtig, wenn es um Politik geht, Jackson. Ich bin am Abgrund entlangbalanciert.«

9. KAPITEL
DIE GRENZEN DER DIPLOMATIE

Noch lange, nachdem Jack O'Neil aus dem Büro geschlendert war, saß Daniel Jackson an seinem Schreibtisch, sezierte das Gespräch – und sich selbst.

Als er damit fertig war, mußte er zugeben, daß O'Neils Beschreibung nur allzu gut zutraf. Delta Foxtrot Bravo, genau! Leute, die die Welt retten wollen, sollten nicht ihre beiden wichtigsten Verbündeten vor den Kopf stoßen. Noch war es förderlich, wenn O'Neil ihn für einen Schlappschwanz hielt.

Eins nach dem anderen. Er schickte einen seiner Schüler zu Kasuf, um ihm auszurichten, daß er ihn so schnell wie möglich persönlich sprechen wolle. Nachdem das erledigt war, wollte er nach Hause gehen, sich waschen und endlich seine verdreckte Kleidung wechseln.

Doch allein bei der Vorstellung, in das leere Haus zurückzukehren, verließ ihn der Mut. Es würde ihm nicht möglich sein, dort zu bleiben. Zu viele Gefühle und ihre gemeinsame Geschichte waren mit diesem kleinen Lehmziegelloch in der Mauer verbunden. Dort hatte er die glücklichste Zeit seines Lebens verbracht. Leider auch seine unglücklichste. Seit sich seine Kollegen, Ägyptologen, über ihn und seine Theorien lustig gemacht hatten, war er nicht mehr so tief gesunken.

Damals hatte ihn das SternenTor gerettet. Und jetzt – verdammt, er mußte eine Welt retten. Wenn er erst einmal die Zukunft gesichert hatte, konnte er auch wieder sein Leben mit Sha'uri in Ordnung bringen.

Eines war sicher. Er mußte zu Faizah auf Distanz gehen. In der Politik war der Anschein so wichtig wie die Wahrheit.

Und Daniel Jackson hatte vor, im großen Stil in die Politik einzusteigen.

Daniel war geduscht, rasiert, hatte die Zähne geputzt, sich in einen neuen Umhang gekleidet und fühlte sich wie ein neuer Mensch.

Die Frage ist nur, dachte er besorgt, *kann ich Kasuf davon überzeugen, daß hier ein neuer Daniel Jackson vor ihm steht?*

Kasuf hatte ihm die Botschaft überbringen lassen, daß er sich mit ihm in seinem Haus treffen wolle. Auf dem Weg dorthin stieß Daniel auf Skaara und empfing von ihm einen undefinierbaren Blick.

Toll. Wieder ein Verbündeter weniger.

Als Daniel eintrat, saß Kasuf etwas steif und förmlich auf einem Berg von Kissen, sein Blick war voller Argwohn und Vorsicht. Jedesmal, wenn Daniel in diesem schäbigen, aber behaglichen Raum war, hatte man Schalen mit Fleischhäppchen aufgestellt.

Heute war nicht ein Krümel zu sehen.

Daniels Magen gab ein dumpfes Grummeln von sich. Kräutertee ersetzte kein Frühstück.

Doch Daniel hatte sich die angemessene Vorgehensweise zurechtgelegt. Es gab ja genügend Vorbilder in der ägyptischen Grabmalerei – und in jedem alten Jon-Hall-Film. Daniel sank auf die Knie und verbeugte sich so tief, daß seine Stirn auf den Boden stieß. »Kasuf, Vater meiner Frau.« Komisch, wie ihm diese Anrede einen Stich im Herzen verpaßte.

»Ich möchte mich für meine gestrige Dummheit entschuldigen. Die Kugel, die mich knapp verfehlte, hat mich wahrscheinlich mit zu großer Leidenschaft erfüllt. Ich gab meiner Zunge freien Lauf.«

»Scheint, daß das nicht das einzige ist, dem du freien Lauf gegeben hast«, antwortete Kasuf kühl.

Daniel setzte sich auf seinen Hintern und sah Kasuf in die Augen. »Sha'uri und ich hatten schon vorher unsere Probleme«, bekannte er. »Mein gestriges Verhalten war dem nicht unbedingt zuträglich. Ich liebe Eure Tochter und hoffe, mit ihr eine gemeinsame Zukunft zu haben. Damit dies möglich ist, muß diese Welt eine Zukunft haben. Die Meinungen, wie es mit Abydos weitergehen soll, gehen weit auseinander. Das Beste wäre es, wenn wir den Menschen die Möglichkeit geben, ihre unterschiedlichen Meinungen zu äußern – bevor sie anfangen, sich gegenseitig zu bekriegen.«

Kasuf nickte. »Was schlägst du vor?«

»Auf meiner Welt wurde mein Land durch eine Revolution gegründet. Aber die Revolutionäre stellten fest, daß sie eine neue Regierungsform erfinden mußten. Sie luden die Führer des ganzen Landes zu einer großen Versammlung ein, um die Grundzüge der Regierung auszuarbeiten – das, was wir unsere Verfassung nennen.«

Er sah zu Kasuf, der interessiert schien. »Ihr könntet alle Ältesten auf Abydos – Bauern und Minenarbeiter – zusammenrufen, um unsere Probleme zu diskutieren. Vielleicht«, fügte Daniel hinzu und dachte an Faizahs Gruppe, »könntet Ihr auch Abgeordnete des Volkes einladen. Ihre Aufgabe wäre es, eine Regierung zu entwikkeln, die die Rechte und Freiheiten jedes einzelnen schützt. Ich besorge Euch Kopien der Verfassung meines Landes. Sie wurde von vielen Ländern auf der Erde als Vorbild benutzt.«

»Du verlangst viel von mir«, sagte Kasuf. »Ich sehe große Schwierigkeiten – die Leute werden sagen, daß es mir nur um meine Macht geht oder daß ich versuche, ihnen eine Regierung von der Erde überzustülpen.«

Dann ließ der Alte Daniel ein schwaches Lächeln zukommen. »Aber dein Vorschlag weist ein Ziel, auf das alle hinarbeiten können. Gib mir Kopien der Verfassung deines Volkes. Laß uns anfangen.«

Neben seinen Funktionen als Schulleiter und Lehrer wurde Daniel Jackson nun auch ein Anwalt der neuen Verfassung. Er übersetzte das Dokument ins Abydianische und besprach die wichtigsten Punkte mit Kasuf und anderen Ältesten. Die kulturellen Differenzen waren nicht zu übersehen, und Kasuf war schockiert, daß Daniels ›perfekte‹ Regierungsform achtzig Jahre gebraucht hatte, um die Sklaverei abzuschaffen.

Aber sie gab den Abydianern eine Diskussionsbasis, wie sie ihre Angelegenheiten regeln konnten. Sogar Jack O'Neil gab zähneknirschend zu, daß es sich hier um eine gute Idee handelte – auch wenn ihm Daniel ziemlich auf die Nerven fiel, weil er ständig nach Büchern über die Verfassung und ähnlichen Abhandlungen fragte, die durch das SternenTor geliefert werden mußten.

»Ich wünschte, West würde seinen Schließmuskel etwas entspannen und ein paar Rechtsexperten schikken«, beschwerte sich Daniel eines Tages. »Es ist schon schwierig genug, das ganze Zeug zu übersetzen, ganz davon zu schweigen, auch noch dafür als Anwalt aufzutreten. Aber ich denke, so ist das Militär nun mal – sie können Dinge in die Luft sprengen oder hochgehen lassen, aber sie sind nicht daran interessiert, etwas wirklich aufzubauen.«

»Genau«, stimmte O'Neil in sarkastischem Tonfall zu. »So wie unsere Besatzungsregierung Japan dabei half, eine eigene Verfassung zu entwickeln.« Er runzelte die Stirn. »Mal sehen, ob ich Ihnen mit talentierten Leuten aus meinem Stab aushelfen kann.«

»Oh – Armeeoffiziere, die den Ansprüchen der Marines nicht genügen«, witzelte Daniel.

»Hey, Sie sind derjenige, der um Hilfe nachfrägt.«

»Wir können jeden gebrauchen.« Daniel war es ernst. »Die Situation in Nagada – und überall sonst – wird immer schlimmer. Wie in einem Druckkochtopf, in dem sich der Dampf aufbaut. Wenn es uns nicht bald gelingt, ein Ventil zu öffnen ...«

Er sah zum Colonel. »West hat sich noch nicht zu dem geäußert, was wir hier machen?«

»Nein.« O'Neil war überrascht. »Warum sollte er?«

»Ich dachte nur ... ein Machtvakuum würde seinen Interessen doch nur zugute kommen.«

»Ich denke, Sie sind, was den General betrifft, ein wenig paranoid, Jackson.«

»Wieso?« fragte Daniel. »Gehört nicht das Destabilisieren von Regimen zu den Aufgaben des Geheimdienstes?«

»Vor allem«, sagte O'Neil aus eigener bitterer Erfahrung, »braucht man dazu ein Regime, das einigermaßen stabil ist. Ich kann keinen Vorteil für das Bergwerksunternehmen sehen, wenn sich verhungernde Menschen gegenseitig abknallen. Also würde ich sagen: Nein, West zieht hier nicht an irgendwelchen Fäden.« Dem Colonel entschlüpfte ein frostiges Grinsen. »Wenn dem so wäre, dann hätten wir hier schon längst politische Attentate.«

Daniel brauchte einen Moment, bis er merkte, daß sich O'Neil nur in Sarkasmus übte.

Der Colonel lächelte nicht mehr, als er fortfuhr. »Aber das heißt nicht, daß West nicht Notfallmaßnahmen geplant hat, falls die Dinge außer Kontrolle geraten. Aber ich denke, er ist zufrieden, wenn er sieht, daß hier eine friedliche, produktive Demokratie Fuß fassen kann.«

O'Neil klopfte Daniel mit dem Finger auf die Schulter. »Die Betonung liegt auf produktiv. Er ist von den regelmäßigen Goldquarzlieferungen abhängig. Wenn er glaubt, daß sie gefährdet sind – na ja, dann sollten wir hoffen, daß Ihre verfassungsgebende Versammlung funktioniert.«

Zum ersten Mal seit den berauschenden Tagen der Freiheit war Hoffnung in die Straßen von Nagada zurückgekehrt. Der junge Aha konnte sie förmlich in der Luft greifen, als er seine Milizabteilung zur Ältestenhalle führte.

Er persönlich hatte genug von der Korruption, dem Gefühl, daß alles der Kontrolle entglitt. Er war der Miliz beigetreten, um Abydos zu verteidigen, nicht, um aus den Waffenkammern zu stehlen und Anleihen bei den Geschäftsleuten zu machen. Die Ältesten hatten versucht, Nahrungsmittelzuteilungen für die Milizangehörigen durchzusetzen, die in vollem Dienst standen. Doch Woche für Woche hatte Aha mitangesehen, wie die Vorräte zusammenschmolzen, während die Preise stiegen. Selbst als er befördert wurde und seine eigene Abteilung anführte, hatte er gesehen, wie immer mehr abgezockt wurde, damit sich seine Soldaten ernähren konnten.

Aha sah auf seine Abteilung, die hinter ihm marschierte. Im Grunde waren es gute Männer, wußte er. Aber sie hungerten – nicht nur nach Nahrung, sondern auch nach einer Führung.

Und nun, schien es, bekamen sie vielleicht eine.

Durch gutes Zureden, durch Zwang und durch Erpressung war es Kasuf gelungen, jeden Ältesten auf Abydos nach Nagada zu holen, um die Probleme des Planeten zu besprechen. Es war ein offenes Geheimnis, daß die Ältesten daran arbeiteten, eine Regierung zu schaffen, die diesen Namen verdiente und die sich aller Probleme annahm. Komitees würden gegründet werden, in denen jeder interessierte Bürger seine Meinung darlegen konnte.

Ach, es gab immer ein paar wenige, die jede Veränderung seit der Abschaffung der Sklaverei als schändliche Konspiration der Ört-Bewohner betrachteten. Aber es war auch in den letzten Tagen vor der Konvention, wie sie nun genannt wurde, in der Stadt zu gewalttätigen Auseinandersetzungen zwischen den Fraktionen gekommen.

Einige der Delegierten aus den abgelegenen Gebieten waren noch immer unterwegs. Ihre Karawanen wurden von besonderen Miliz-Abordnungen beschützt. Die Marines der Erdbewohner gaben logistische Unterstützung. Und es schadete nicht, daß ihre riesigen Panzer und Patrouillen die Räuberbanden in der Nähe der Stadt eliminiert hatten.

Heute war der zweite Tag der Versammlungen – Aha hatte gehört, wie manche Leute das Erdwort ›Konferenz‹ benutzten, wenn sie von Kasuf und Nakeer sprachen. Das Treffen der beiden Stammesführer schon vor den offiziellen Versammlungen war der Grund für die Euphorie, die in der Stadt herrschte. Wenn die beiden wichtigsten Ältesten beschlossen, daß nun endlich etwas unternommen werden sollte ...

Ahas Abteilung erreichte den Marktplatz, der vor der Ältestenhalle lag. Dort traf er auf ein weiteres Milizkontingent, das aus Rekruten der Bauerngemeinschaften bestand. Die beiden Einheiten waren für die Sicherheit des Gebäudes verantwortlich und dienten den Stammesführern als Ehrenwache. Alle Wachtposten in dem Gebiet waren mit gemischten Abteilungen der beiden wichtigsten Fraktionen besetzt.

Aha grinste, als er den Befehlshaber der anderen Abteilung erkannte, einen großen, stämmigen Bauern namens Perre.

»Was hat euch Stadtjungen so aufgehalten?« fragte Perre mit einem Lächeln im Gesicht. »Habt ihr euch in den Straßen verirrt?«

»Nein«, gab Aha zurück. »Wir stehen nur nicht mit den Hühnern auf wie die Bauern. Was macht ihr nur so früh? Treibt ihr's mit den Mastadges?«

Die Spötteleien waren ein wichtiges soziales Bindeglied zwischen den verschiedenen Stammeseinheiten, die zusammenarbeiten mußten. Bergleute wurden gefragt, wie es sich denn anfühlt, wenn man seinen Pflock in einen Fels treibt, und Bauern mußten sich sagen lassen, daß sie sich die Mastadge-Scheiße von den Sandalen wischen sollen.

Aha und seinen Leuten machte es nichts aus. Im Gegenteil, er war überrascht, wie erfindungsreich Perre war, wenn es darum ging, die anderen ohne böse Absicht aufs Korn zu nehmen.

Entgegen der Anspielung des Bauernjungen waren beide Kontingente früh zur Stelle. Aha entließ seine Männer aus der Formation, damit sie sich mit den Mitgliedern der anderen Einheit unterhalten konnten.

Bald darauf aber war die Formation wiederhergestellt und vollzog die Wachablösung.

Als ihre Leute die Posten bezogen hatten und bereit waren, setzten Aha und Perre ihre Unterhaltung fort.

»Also«, fragte der Bauer, »glaubst du, daß wir heute einen ... Erdbewohner zu Gesicht bekommen?«

Nachdem er erfahren hatte, daß ›Ört-Mann‹ die Hinterwäldler-Bezeichnung für die Fremden war, die durch das SternenTor gekommen waren, legte er großen Wert darauf, das Wort richtig auszusprechen.

»Wahrscheinlich werden wir Daniel sehen«, erwiderte Aha. »Er hält sich meistens in der Nähe von Kasuf auf.«

»Ach, der«, sagte Perre und wiegelte ab. »Der ist doch genau wie wir auch.«

Aha brach in schallendes Gelächter aus. »Ha! Hast du das auch schon bemerkt. Ihr Moraststampfer seid doch hierhergekommen und habt geglaubt, daß die Ört-Männer neun Fuß groß und am ganzen Körper behaart sind wie Mastadges.«

Ein Punkt für die Stadtjungs.

»Nein, die Erdbewohner sehen wie Menschen aus. Nur, manche von ihnen schaue ich mir lieber an als andere.« Perres Augen schimmerten, als er sich zu Aha vorbeugte. »Diese kleine scharfe Braunhaarige, die wir gestern mit dem Erd-Krieger gesehen haben. Wie wurde sie genannt? Babrazhor?«

»Die Leute von der Erde haben zwei Namen«, sagte Aha. »Frag mich nicht warum. Aber ich weiß, wen du meinst. Sie heißt Barbara. Und sie ist ein ziemlich heißes Gerät – ziemlich flink mit den Händen, wenn du weiß, was ich meine.«

Die beiden Männer schlugen die Hacken zusammen, als eine Prozession am Marktplatz eintraf. Nakeer war in Kasufs Haus untergebracht, ihre Treffen hielten sie jedoch im offiziellen Regierungsgebäude ab.

Kasuf trug die rote Amtsrobe der Bergleute, Nakeer das Grün, das traditionell mit seinem Stamm assoziiert wurde. Vor den graubraunen Wänden Nagadas kam die Farbe besonders leuchtend zur Geltung.

Aha und Perre salutierten, als ihre Führer an den Ehrenwachen vorbeischritten und das Gebäude betraten. Die Türwachen traten in Aktion und öffneten die Portale.

Nachdem die großen Tiere angekommen waren, marschierten die Ehrenwachen wieder ab, und das Leben konnte seinen normalen Gang gehen.

Perre nahm das Gespräch wieder auf. Schließlich machte es immer Spaß, über eine gut aussehende Frau zu reden. »Komm schon, Stadtjunge. Erzähl mir mehr von dieser Barbara.«

Aha gab nur allzu gerne das Kasernengeschwätz über die bombastische Dr. Shore weiter. »Du hattest Glück, daß du sie in dieser blauen Kleidung gesehen hast. Normalerweise trägt sie, wenn sie in die Stadt kommt, so ein weites, weißes Ding, das fast wie ein Zelt ist.« Er senkte die Stimme. »Aber einmal hab' ich sie gesehen, da hat sie es offengelassen ...«

»Und!« rief der schockierte Perre aus.

»Na ja, sie hatte Kleidung darunter an – irgendwie. So ein weißes Ding, das ihr bis zum Hals ging – aber es lag eng an den Brüsten an. Und man konnte ihre Beine sehen – bis hierher!«

Aha deutete mit den Händen an, wie lang die Shorts der Dr. Shore waren. Bedenkt man, daß sie ihre Frauen entweder in Umhängen oder nackt sahen, war das eine überaus exotische Geschichte. Perre wollte mehr wissen.

»Die meisten Erdbewohner sprechen nur ein paar Worte unserer Sprache«, fuhr Aha fort. »Aber Barbara versteht zu fluchen! Bei ihrem Willkommensfest trug sie einen unserer Umhänge und Sandalen. Sie hat sich eine Zehe angestoßen und etwas gesagt, das Kasuf auffahren ließ!«

Perre lachte anerkennend. »Ich hätte nichts dagegen, wenn sie das mit mir täte«, sagte er. »Ich kann mir das ganz angenehm vorstellen.«

»Klar«, höhnte Aha. »Ich wette, sie ist ganz darauf versessen, deinem Bullen die Mastadge-Kuh abzugeben.«

»Will doch nur herausfinden, ob sie wirklich nicht überall behaart sind«, sagte Perre mit heiserem Lachen.

»Träum weiter, Soldat.«

»Möglich ist alles«, argumentierte Perre. »Dieser gelbhaarige Daniel hat schließlich auch Kasufs Tochter bekommen, oder? Wäre nur gerecht, wenn ein achtbarer Abydianer eine Erdfrau bekäme.« Er grinste. »Hey, ich fühle mich achtbar.«

»Einem solch ehrenwerten Vorhaben möchte ich nicht im Wege stehen«, trug Aha dick auf. »Na dann los! Und wenn es dir nicht gelingt, werde ich es versuchen – zur Ehre von Abydos.«

Ihr Gelächter wurde abrupt von Gewehrfeuer unterbrochen – das aus der Halle kam.

Aha fuhr herum, befahl seinem Stellvertreter, die Gebäudevorderseite zu halten, während er einen Teil der Abteilung bestimmte, mit ihm nach drinnen zu gehen. Perre tat das gleiche.

Mit feuerbereiten Gewehren stürzte die Truppe nach drinnen. Ahas Hände waren feucht von Schweiß, als er seine Leute in den Speisesaal führte, wo, wie er wußte, die beiden Führer das Frühstück einnehmen und weitere Strategien besprechen wollten.

Nakeer lag mit dem Gesicht nach unten auf den Kissen, Blut und Gehirnmasse sickerten auf die edlen Stoffe. Kasuf saß aufrecht inmitten eines thronartigen Kissenbergs. Ahas Herz machte einen Sprung, als er dies sah und dachte, sein Führer sei unverletzt. Dann erblickte er den feuchten Fleck auf der Brust von Kasufs roter Robe.

Das Klappern eines Türriegels lenkte die Aufmerksamkeit der beiden Befehlshaber weg von den toten Gestalten und hin zur anderen Seite des großen Raums. Eine Gestalt in einem groben abydianischen Umhang sprang durch die Tür in die dahinterliegende Dunkelheit. Dabei rutschte ihm jedoch die hochgezogene Kapuze herab ... und gab den Blick frei auf sein leuchtend gelbes Haar.

Aha fluchte unter Anrufung mehrerer höchst unziemlicher Körperteile Ras.

»Ört-Mann, Bastard«, brüllte Perre. »Er hat Nakeer umgebracht!«

Automatisches Feuer aus ihren Gewehren ließ das schwere Holzportal splittern, während es zufiel.

Mit hochgezogener Umhangkapuze eilte Daniel Jackson durch die Straßen von Nagada, vorwärtsgetrieben vom Griff einer festen, warmen Hand. Er war voller böser Ahnungen. Sein sorgfältiges Bemühen, seine Beziehung zu Faizah auf eine formelle und offizielle Ebene zu stellen, war an diesem Morgen mit großem Getöse zusammengebrochen. Sie war in seinem Büro erschienen, hatte ihn buchstäblich aus seinem notdürftigen Bett geworfen und ihn nun in diesen ihm unbekannten Stadtteil gebracht.

Daniels Versuch, ihrer überstürzten Flucht ein Ende zu setzen, hatte ihm eine unzusammenhängende, fragmentarische Geschichte eingetragen. Wenn er die atemlose Erzählung richtig verstanden hatte, dann hatte Faizah einige Mitglieder der Freiheitspartei belauscht, die planten, die Konvention zu sprengen.

»Es sind die Extremisten«, keuchte sie. »Sie sagen, du steckst hinter allem – und wir werden eine Regierung der Erde bekommen.«

»Sie werden die Möglichkeit haben, ihre Meinung zu äußern, wie jeder andere auch«, sagte Daniel nicht besonders überzeugend, als sie in eine enge, verwinkelte Gasse einbogen.

»Unsere Gemäßigten haben dem bereits zugestimmt.« Faizahs Erwiderung wurde von fernem Gewehrfeuer überschattet. »Aber diese hier – ich fürchte, sie versuchen, alles zu stoppen, bevor es überhaupt begonnen hat.«

Daniels Besorgnis nahm zu. Irgendwas ging hier vor sich. Das Gewehrfeuer war ein tödliches Zeichen. Vielleicht sollte er nicht unbewaffnet, nur von einem Mädchen begleitet, hier herumstolpern. Eine Kompanie von Skaaras Miliz wäre nicht schlecht.

Das Hauptquartier der Freiheitsfraktion lag in einem verfallenen Lehmziegeldepot, das verglichen mit Daniels und Sha'uris Loch in der Mauer richtiggehend fürstlich erschien.

Drei junge Männer saßen auf fadenscheinigen Kissen,

aßen getrocknete Früchte und Brot und unterhielten sich angespannt. Wenn sie wirklich etwas vorhatten, dann, schien es, waren sie erst im Planungsstadium. Daniel bemerkte weder Waffen noch Wachen. Als er aber die Lebensmittel sah, erinnerte er sich daran, daß er entführt worden war, ohne ein Frühstück gehabt zu haben.

Der größte der drei sprang auf, als Faizah zur Tür hereinstürzte, wies Daniel lauthals nach drinnen und schob wieder den Riegel vor die Tür.

»Faizah!« rief der junge Mann und wischte sich die Kissenfüllung von seinem Umhang, die dort hängengeblieben war. »Was machst du hier?«

Der Kerl sah aus wie die jüngere, bärtige, unterernährte Version von Gary Meyers. Seine Augen weiteten sich, als Daniel die Kapuze abnahm und sein blondes Haar zum Vorschein kam.

»Und was in Ras Namen macht *er* hier?« wollte der erschrockene Führer der Freiheitspartei wissen.

»Djutmose, ich mußte ihn mitbringen.« Faizah schluchzte fast.

»Schau, Djutmose«, sagte Daniel. »Ich habe zuviel Arbeit reingesteckt, ihr könnt das nicht einfach zum Einsturz bringen und alles zunichte machen.«

Er beugte sich weit vor, so daß sich ihre Nasen fast berührten.

Djutmose wich zurück, als wäre Daniel radioaktiv geladen. »Zum Einsturz bringen?« stammelte er. »Alles zunichte machen?« Es war ihm anzusehen, daß er sich zusammenreißen mußte, um nicht ganz die Beherrschung zu verlieren. »Erdbewohner, ich will deine Pläne gar nicht wissen.«

»Ich mache das nicht für mich, sondern für Abydos«, sagte Daniel. »Kannst du mir garantieren, daß du dich von Kasuf und Nakeer fernhältst?«

»Warum sollte ich das machen?« Djutmose starrte ihn an, offensichtlich hatte er Angst. »Vor allem nach dem, was du getan hast!«

Daniel merkte schließlich, daß sie beide von ganz verschiedenen Dingen sprachen. »Ammit soll dich fressen!« fluchte er auf abydianisch. »Wovon sprichst du?«

Ein blaßgesichtiger Djutmose zeigte auf einen seiner Gefährten. »Kasara kam gerade mit den Neuigkeiten.«

Kasara duckte sich, als erwarte er, erschossen zu werden.

Und Djutmose sprach mit sehr sanfter Stimme, so als würde er zu einem wildgewordenen Psychopathen sprechen. »Nakeer und Kasuf sind ermordet worden. Und du wirst als ihr Mörder gesucht!«

10. KAPITEL
OFFENBARUNGEN

Die Wachstation war nicht groß – nur zwei Männer, die in einer kleinen, vom Marktplatz abzweigenden Seitenstraße postiert waren. Das hinderte Skaara nicht daran, hier zu einer Inspektion aufzutauchen. Er hatte vor, während der Versammlung jedem, der für die Sicherheit verantwortlich war, auf den Zahn zu fühlen. Zu viel stand auf dem Spiel, um auch nur irgendeinem Dummkopf zu gestatten, daß er die Verhandlungen störte oder gar zu Fall brachte.

Die beiden Wachen – einer von den Bergleuten, einer von den Bauern – gaben ihre nachlässige Haltung auf und knallten die Hacken zusammen, als er die Straße betrat. Skaara blieb einen Moment bei ihnen stehen. »Haltet die Augen offen«, sagte er. »Ich will, daß hier nicht einmal eine Sandfliege durchkommt!«

Gewehrfeuer ertönte. Es schien aus der Richtung der Konzilhalle zu kommen. Beide Wachen nahmen die Gewehre von der Schulter und wollten schon loslaufen.

»Nein!« blaffte Skaara. »Bleibt hier. Laßt keinen durch. Und wartet auf weitere Befehle. Ich kümmere mich schon darum.«

Er hatte kein Gewehr dabei, da Gewehre – wie alles in seiner improvisierten Armee – nicht in ausreichender Zahl verfügbar waren. Aber er hatte sich eine kleine Pistole in den Gürtel gesteckt.

Gemessenen Schrittes entfernte sich Skaara, dann, als er den vor ihm liegenden Platz erreichte, begann er zu laufen. Eine große Menge hatte sich versammelt – er würde der Ehrenwache befehlen müssen, sie aufzulösen. Aber seine Wächter drängten sich um das Eingangsportal, aus dem die Dienerschaft des Konzils herausstürzte.

»Der Ört-Mann!« kreischte eine Köchin mit hysterischer Stimme. »Er hat Kasuf und Nakeer getötet!«

Ein dumpfer Aufschrei ging durch die Versammelten. Viele drängten sich noch dichter heran und hofften, etwas geboten zu bekommen. Andere lösten sich aus der Menge und gaben die Neuigkeiten weiter.

Skaara fluchte. Er mußte Melder zu allen Wachtposten schicken. Wenn der Vorfall bekannt wurde, dann konnte die Stadt – in der Stimmung, in der sie sich gegenwärtig befand – brennen wie Zunder.

Er schob sich zum Eingang durch und übernahm das Kommando. »Wo sind die Anführer der Abteilungen?« fragte er.

»Aha und Perre sind nach drinnen, als sie die ersten Schüsse hörten«, antwortete einer der stellvertretenden Befehlshaber.

Skaara runzelte die Stirn. Offensichtlich hatte er die ersten Schüsse nicht gehört. »Bewacht das Portal«, befahl er. »Keiner kommt rein oder raus, bis ich es sage. Das triff auch auf die hier zu.« Und finster blickte er auf die grölende Dienerschaft. »Und schickt einen Melder zu den anderen Wachtposten. Ich will nicht, daß sich diese wilden Gerüchte ausbreiten wie ein Lauffeuer.«

»Das ist die Wahrheit!« schrie die Köchin. »Ich bin nach den Kriegern rein! Überall war Blut!«

Er fuhr herum. »Halt den Mund!« blaffte er.

Dann schob sich Skaara an ihr vorbei. Einige der Diener wiesen ihm den Weg zum Speisesaal, als sei er noch nie hier gewesen. Er öffnete die Tür – und blickte geradewegs in einen Gewehrlauf.

»Sir!« Perre hob die Waffe. »Aha verfolgt mit den anderen den Attentäter. Ich dachte, ich bleibe lieber hier als Wache.«

Die verdammte Köchin hatte mit ihrem Gekreische zum größten Teil recht gehabt. Nakeer war wirklich tot, sein Kopf war von mehreren Kugeln durchbohrt. Und überall war Blut. Aber Kasuf war noch am Leben, auch wenn sich sein Gesicht grau verfärbt hatte.

»Vater.« Skaara berührte Kasuf, die Augen seines Vaters waren geöffnet, der Blick aber ging ins Leere.

Diener, die kühleren Kopf bewahrt hatten, bemühten sich darum, seine Wunden zu versorgen. Skaara vermochte nicht zu sagen, ob das, was sie taten, wirklich etwas nützte.

Er wandte sich ab und widmete sich den anderen Problemen. »Ich habe gehört, der Erdling hat den Angriff durchgeführt?«

Perre zuckte die Schultern. »Ich sah den Gelbhaarigen fortlaufen. Er hat das hier fallenlassen.«

Dabei hielt er eine Pistole hoch, die fast identisch mit Skaaras Waffe war.

Ein Frösteln lief ihm über den Rücken. Sha'uri hatte bei den Kämpfen gegen Ra und bei der Eroberung des Raumschiffs eine Waffe wie diese gebraucht.

Er schob den Gedanken beiseite. »In welche Richtung ist Aha verschwunden?«

Perre zeigte auf den Seitenausgang und die zersplitterte Tür. Das mußte das Gewehrfeuer gewesen sein, das er gehört hatte.

Eins nach dem andern. Er ließ Perre als Wache zurück und begab sich wieder zum Frontportal. Die stellvertretenden Befehlshaber wurden langsam nervös, da die Menge immer mehr anschwoll. Und je größer die Zahl der Menschen wurde, um so schlimmer wurde die Stimmung.

»Laßt uns rein!« schrie ein dicker Bauer. Nach seiner grünen Robe zu schließen war er wahrscheinlich ein Ältester der Bauerngemeinschaften. »Wir wollen uns selbst ein Bild machen.«

Skaara schob sich durch die Reihe der Milizionäre, die die Tür abschirmten. Mit lauter, klarer Stimme sagte er: »Wenn dieser Mob versucht, hier einzudringen, dann erschießt diesen Mann als ersten!« Er zeigte auf den dikken Eiferer.

»Weißt du, wer ich bin?« plusterte sich der Älteste auf. Aber die Farbe wich aus seinem geröteten Gesicht.

»Im Moment seid Ihr ein Unruhestifter – und eine Zielscheibe«, sagte ihm Skaara. »Was es dort drinnen zu sehen gibt, ist nicht besonders angenehm. Nakeer ist ermordet worden, aber Kasuf lebt. Der, der sie angegriffen hat, wird verfolgt.«

In der Menge war es nun still geworden, erschrocken nahm man die Worte zur Kenntnis. Dann brach eine Lawine an Fragen los.

Skaara antwortete nur auf die Frage, die der Älteste nach vorne brüllte. »Ist es wahr, daß es der Ört-Mann war?«

Skaara schüttelte den Kopf. »Ich weiß nicht, wer die Schüsse abgegeben hat«, sagte er. »Wir müssen erst den Attentäter fassen.«

Damit schob er sich in die Menge. Die Leute bedrängten ihn und forderten weitere Einzelheiten und Erklärungen. Skaara verweigerte beides. Skrupellos bahnte er sich einen Weg hinüber zur freien Fläche am Ende des Platzes. Er hatte Wichtigeres zu tun.

Dr. Terrance Destin saß ein gutes Stück vom Marktplatz und dem Geschehen dort entfernt unter einer Plane, sein Humvee war mit Medikamenten gefüllt, die auf Patienten warteten. Es kamen am heutigen Tag nicht viele, die sich impfen lassen wollten.

In der Ferne hörte er Gewehrschüsse, schenkte ihnen

aber keine Beachtung. Er hatte den Golfkrieg mitgemacht, und dort hatten die Einheimischen nahezu alles, von Hochzeiten bis hin zu Beerdigungen, mit Gewehrschüssen gefeiert, die sie in die Luft abgaben. Vielleicht sollte er sich darauf verlegen, Patienten mit Streufeuer-Syndrom zu behandeln ...

Ein junger Kerl – eigentlich noch ein Kind – kam die Straße entlanggelaufen. Mit seinen Dreadlocks, die ihm nach vorne übers Gesicht fielen, hätte ihn Destin auf der Erde für ein Mitglied einer Jugendbande gehalten. Auf Abydos allerdings konnte er ein Kompanieoffizier der heimischen Miliz sein, die sie hier aufgestellt hatten.

Sein Umhang flatterte. Er sichtete Destins Humvee und blieb stehen. »Sind Sie Sanitäter?« fragte er in überraschend passablem Englisch. Es mußte einer von Daniel Jacksons Studenten sein.

Der junge Doktor nickte und war froh, daß er nicht seine fragmentarischen abydianischen Sätze wie »Wo tut es weh« anbringen mußte.

»Sie müssen mitkommen.«

Als er ihn näher betrachtete, sah Destin, daß der Junge unter großer Anspannung stand. Die Morgenhitze kam erst, und dennoch stand ihm bereits der Schweiß im Gesicht.

»Schau, ich kann hier nicht weg.« Destin wies mit einem Kopfnicken auf seinen Humvee. Die Einheimischen hatten ziemlich lange Finger bekommen, als der Hunger sein häßliches Haupt erhob. Und Destin wollte nicht als Begründer des abydianischen Drogenhandels in die Geschichte eingehen.

Aber der Junge zog eine 9mm-Beretta-Pistole aus dem Gürtel und hielt sie Destin unter die Nase. »Nehmen Sie den Humvee. Kommen. Jetzt«, befahl er in schlechter werdendem Englisch.

Skaara spürte, wie ihm der Schweiß zwischen den Schultern hinunterlief, als er den Navy-Arzt mit gezückter Pistole durch die Straßen lotste. Sie *mußten* es rechtzeitig schaffen!

Je näher sie dem Marktplatz und dem Konzilgebäude kamen, desto mehr waren die Straßen mit Neugierigen verstopft. Unfreundliches Murmeln erhob sich aus der abydianischen Menge, als sie den Erdbewohner erblickte. Destin erblaßte.

Laut schreiend schwenkte Skaara seine Pistole. Die Leute erkannten den Führer ihrer Miliz, und widerstrebend ließen sie die beiden durch.

Sie hatten fast die Halle erreicht, als Skaara eine ferne Handgranatenexplosion hörte. Sie kam aus der entgegengesetzten Richtung, in die der Attentäter geflohen war.

Skaara fröstelte. Der Ausbruch der Gewalt, den er so sehr gefürchtet hatte, hatte bereits begonnen. Es war so vieles, so vieles zu tun.

Aber erst mußte er sich um das hier kümmern. Er führte den Arzt an den Wachen vorbei in den Speisesaal.

Nach Destins Gesichtsausdruck zu schließen, erkannte er den Toten und den Verwundeten.

»Sieht schlimm aus«, murmelte der Arzt.

»Können Sie meinem Vater helfen?« fragte Skaara.

Destin lächelte finster. »Hey, Junge, ich hab' mein Geschäft in den Operationssälen an der Front gelernt. Ich flick deinen Dad soweit zusammen, bis wir wirkliche Hilfe holen können.«

Der Arzt kniete sich neben Kasuf nieder und befahl den Küchenleuten in gebrochenem Abydianisch, Wasser aufzukochen.

Skaara wandte sich wieder zur Tür. Er konnte nichts anderes tun als hoffen ...

In der SternenTor-Halle im Basislager der Marines stand Sergeant Ernest Brubaker und langweilte sich. Alles, was er tun konnte, war, die Gesichter der Lastwagenfahrer zu betrachten, die aus der Linse kamen und feststellten, daß sie sich inmitten einer Kampfzone befanden.

Seitdem die Horus-Kerle durch dieses Tor gekommen waren, waren die Sicherheitsvorkehrungen ringsum verstärkt worden. Die Techniker hatten verbesserte Stellungen bezogen, ebenso die Wachen. Der Bereich vor dem Tor, die Rampe, die direkt zu dem golden glitzernden Torus hinaufführte, war von einem vierfachen Minen-Ring umgeben.

Eine Betätigung des Auslösers, und die unschuldig aussehenden Plastikschachteln würden im Radius von sechzig Grad einen Kugelhagel ausspeien. Wer dann in der Feuerlinie stand, glaubte wahrscheinlich, daß ihn die Mutter aller Gewehre traf. Zunächst war es noch interessant gewesen zu sehen, welche Fahrer bereits in der Vergangenheit Erfahrung mit Claymore-Minen hatten. Gewöhnlich erblaßten sie, wenn ihnen bewußt wurde, was sich da vor ihnen befand, und manövrierten sich dann höchst vorsichtig aus dieser Todesfalle.

Von der irdischen Seite des SternenTors waren natürlich Beschwerden gekommen, daß Colonel O'Neil den schleppenden Quarzkristallfluß noch weiter verlangsamt hatte. Doch der Alte war hart geblieben. Angreifer sollten in Zukunft nicht mehr durch das SternenTor kommen.

Daher fühlte sich Brubaker nur zu einem Gähnen ermuntert, als die Sound- und Lightshow des großen, goldenen Donuts erneut begann. Aber die Silhouette, die in dem Energiefeld erschien, war kein Laster. Es waren Menschen – verdammt viele Menschen, und größer als Normalsterbliche – weil sie große Falkenmasken trugen.

»Angriff!« schrie Brubaker und drückte den idiotischen Knopf, der das *ah-OOO-gah!* der Sirenen innerhalb des Pyramidenkomplexes auslöste und den Wachoffizier warnte.

Seine andere Hand schoß zu dem Schalter, der die erste Welle der Claymores startete. Der Knall der Sprengladungen vermischte sich mit den Feuerstößen, die die Schützen von Brubakers Wachabteilungen abgaben.

Die Invasoren zögerten und blieben unentschlossen mitten in der Todeszone stehen. Die Claymores rissen fächerförmige Lücken in die dichtgedrängte Masse der Angreifer. Die Überlebenden stolperten, während die Schützen nun gezieltes Einzelfeuer abgaben.

»Gebt doch auf, ihr dummen Bastarde!« flehte Brubaker fast. Es war wie beim Scheibenschießen. Tote Horuswächter lagen aufgeschichtet vor dem glühenden Portal.

Dann ertönte der seltsame, fast musikalische Ton erneut, der Ring füllte sich mit Energieladungen, und das Kraftfeld baute sich ein zweites Mal auf. Eine neue Welle maskierter Gestalten brach herein.

Brubaker drückte den Schalter für den nächsten Claymore-Ring. Seine Männer schoben neue Magazine in ihre Gewehre. Das Abschlachten begann von neuem, verstärkt durch die Feuerkraft der neuen Einheiten, die herbeigeeilt waren.

Als alles vorbei war, lag in dem Raum eine Stille, die förmlich mit den Händen zu greifen war. Hüfthoch lagen die toten Feinde auf der Zufahrtsrampe.

Das Dröhnen in Brubakers Ohren ließ schließlich nach. Seine Hände zitterten noch.

»Sarge, warum haben die sich so dicht aneinandergedrängt, als wir ihnen die Scheiße aus dem Leib schossen?« fragte einer seiner Männer.

Schließlich waren das die Krieger, die dem Erkundungsteam und später der Expeditionsstreitmacht gehörig Feuer unterm Arsch gemacht hatten. Vielleicht hatten diese Kerle einen besonders üblen Trip durch das SternenTor hinter sich. Brubakers Reise war auch kein Zuckerschlecken gewesen. Andere Marines, hatte er gehört, bezeichneten den Transit als »Speischleuder.«

Oder die Invasoren waren niemals zuvor auf solch entschlossenen Widerstand – oder konzentriertes Feuer gestoßen. Als er sich umblickte, stellte der Sergeant fest, daß keiner seiner Kameraden verletzt war.

Brubaker fuhr sich mit der Zunge über die trockenen Lippen und versuchte zu lächeln. »Vielleicht«, schlug er vor, »war das die Armeeabteilung der Horuswächter.«

Die Männer lachten, aber keiner ließ das SternenTor aus den Augen. Sollte es einen neuen Zyklus beginnen und eine neue Herde Schlachtvieh ausstoßen?

Minuten vergingen, und Brubaker spürte die bekannte Entspannung, die nach dem Kampf einsetzt. Der Adrenalinstoß hatte alle Körperressourcen aufgebraucht. Wenn es vorbei war …

»Wir sollten mal nachsehen«, sagte er schließlich. »Vielleicht sind manche noch am Leben.«

Er benannte ein Team für die schreckliche Aufgabe, die verstümmelten Leichname zu untersuchen. Selbst hartgesottene Veteranen wurden dabei blaß. Aber als die Männer durch die Leichen wateten, drehten sie sich entsetzt zu Brubaker um und sahen ihn starren Auges an.

»Sarge, das sind alte Männer«, kam es vom befehlshabenden Corporal.

»Und Frauen«, fügte ein Marine an.

»Und die Masken« – einer der Soldaten zerdrückte die Falkengestalt zwischen seinen Fingern – »bestehen aus, na ja, Aluminiumfolie.«

Aber es war der Corporal, der die letzte, schrecklichste Entdeckung machte. »*Und sie waren alle unbewaffnet!*«

Die Verteidiger standen in ihrem Schweigen wie festgewurzelt. Brubaker hörte, wie einer der jüngeren würgte.

Dann begann das SternenTor einen neuen Zyklus.

»Raus! Alle sofort raus!« schrie Brubaker.

Es war wie ein Alptraum in Zeitlupe. Die Männer waren vom Kampf ausgelaugt und von ihrer erschütternden Entdeckung gelähmt. Sie versanken in den aufgeschichteten Toten wie Kinder in einer Schneewehe.

Sie versuchten wegzukommen, aber hinter ihnen materialisierten sich schon die Horuswächter.

Und das waren die echten Wächter, sie bewegten sich

schnell und kraftvoll und griffen die Wachen mit ihren Strahlenlanzen an.

Brubaker konnte die Claymores nicht mehr auslösen, weil die eigenen Leute im Schußfeld waren.

»Bastarde!« fluchte er und packte sein Gewehr. »Verfluchtes Dreckspack ...«

Dann traf ihn der Strahlenstoß eines Horuswächters, der von dem Totenberg heruntersprang, mitten ins Gesicht.

In den goldenen Hallen des festsitzenden Raumschiffs duckten sich die Milizionäre ängstlich hinter ihre Barrikaden. Die improvisierten Befestigungen waren errichtet worden, um den Ört-Männern den Zugang zum Inneren des Schiffes zu verwehren. Nun durchstreiften die Fremden nach Belieben das Schiff und versuchten, seine Geheimnisse zu erkunden. Aber die Wachen und die meisten Barrikaden standen noch.

Baki, Skaaras Stellvertreter im Schiff, wußte, daß der dröhnende Lärm, der durch die Korridore hallte, die Warnung der Erdbewohner vor einem Angriff durch das SternenTor war.

Er hörte Gewehrfeuer, Explosionen, dann Fetzen von Geschrei. Nur Augenblicke später setzte der Kampflärm erneut ein. Dann folgte eine lange Stille.

Baki schickte einen seiner Männer los, um nachzusehen.

Der Melder hatte gerade den Eingang zur SternenTor-Pyramide erreicht, als erneut die Kakaphonie des Kampfes erscholl. Diesmal aber mischte sich in die Gewehrschüsse das Krachen von Strahlenlanzen.

Sekunden nachdem Bakis Melder die Pyramide betreten hatte, rannte er zurück durch die Halle und hatte die Augen vor Furcht weit aufgerissen. Dann erschienen hinter ihm Falkenmasken ...

»Wir müssen den Erdbewohnern helfen«, schrie Baki

oben auf der Barrikade. Er beugte sich in den Gang hinein, um seine Männer zu sammeln ...

Und ein Strahlenstoß riß ihn hinterrücks in den Gang hinab.

Gewehrschüsse, die ein paar Straßenzüge weiter abgegeben wurden, erschütterten die angespannte Stille im Haus. »Du willst dort wirklich hinaus?« fragte Wa'bet ihren Ehemann.

Ged nickte und steckte sorgfältig das Magazin in sein M-16. Die Hitze der Wüste hatte das dünne Material verzogen, so daß es nur noch schlecht paßte.

Offen gesagt war Ged froh, seine Aufmerksamkeit der Arbeit widmen zu können. Er wollte seine junge Frau nicht sehen müssen, deren Gesicht zu dünn und deren Bauch von dem Kind so dick war. Wa'bets anklagende Augen waren von zornigen Tränen gefüllt.

»Wir müssen die Ordnung wiederherstellen«, sagte er. »Skaara hat alle Milizionäre aufgerufen. Ich gehöre zu seinen Vertrauten. Deswegen habe ich ein Gewehr.«

»Kannst du das Gewehr nicht jemand anderem geben?« bettelte Wa'bet.

Schließlich sah er sie an. »Nein«, sagte er.

Er trat durch die Tür und hatte das Gewehr über die Schulter gelegt. Ein Blick genügte, und er wußte, daß er zu lange gezögert hatte. Seine Nachbarn waren auf der Straße versammelt und versperrten ihm den Weg. Er erkannte Hormose, der Lederharnische für Mastadges herstellte, und Anpu, den Silberschmied.

»Warum läßt du uns schutzlos zurück?« fragte Anpu. »Am unteren Markt waren Diebe. Ein Mann hat sie erschossen.«

»Ich bin gerufen worden«, erwiderte Ged. »Ihr habt es selbst gehört.«

»Und die Diebe auch«, sagte Hormose.

»Wir haben hier Wertsachen, die geschützt werden müssen«, wimmerte Anpu.

»Dann ruft doch den, der die Diebe auf dem unteren Markt erschossen hat«, antwortete Ged ungeduldig. »Oder bleibt hier draußen, bis die Miliz ...«

»Ich habe gehört, die Soldaten kämpfen gegeneinander!« unterbrach ihn eine schrille Stimme.

»Was ist, wenn ein anderer mit einem Gewehr kommt?«

»Du kannst uns nicht verlassen!«

Bevor sich Ged befreien konnte, umschloß ihn die Menge wie eine Amöbe. Eine Weile lang wehrte er sich. Dann erlosch sein Widerstand.

Und dort, wo er gewesen war, erhob eine blutige Hand das Gewehr. »Ich hab' es!« rief Anpu. »Nun sind wir sicher!«

Rote Wolken erhoben sich über den Gebäuden der Straße, wo Skaara seine Truppe entlangführte. Irgendein Dummkopf hatte soeben versucht, sie zu töten, aber dabei statt einer Sprenggranate eine Rauchgranate benutzt.

Skaara lief ein Schauer über den Rücken. Hätte der andere nicht diesen Fehler begangen ...

Er zwang sich, an andere Dinge zu denken, und überflog im Kopf die Meldungen. Er hatte seine vertrauenswürdigsten Männer quer durch die Stadt geführt und versucht, das Chaos zu bekämpfen, wo immer es sich zeigte.

Leider besaß das Chaos mehr Köpfe, als er Männer hatte. Viele seiner Anhänger waren seinem Aufruf nicht gefolgt oder hatten es nicht bis zu ihm geschafft. Nach den Verlusten hatte Skaara nur noch halb so viele Männer wie vor einigen Wochen, als er die Demonstration niedergeschlagen hatte.

Seine Männer sahen müde aus. Manche waren verletzt und bluteten. Bei einigen waren die Gewehrkolben zerschlagen. Widerstrebend hatte er den Befehl gegeben, sich nicht mehr auf Handgemenge einzulassen. Seine

Leute schossen nun zurück, wenn sie beschossen wurden. Mehrere Schüsse waren auf den unfähigen Handgranatenwerfer abgegeben worden.

Skaara traf eine Entscheidung. »Wir gehen zum Hauptquartier zurück«, verkündete er.

In der Umgebung des Gebäudes, in dem die kleine logistische Abteilung der Miliz untergebracht war, war es ruhig. Aber als Skaara das Hauptquartier betrat, schlug ihm der Geruch von Kordit und Blut entgegen.

Leise, nur per Handzeichen, verteilte er seine Männer. Sie stürzten in den Raum, den er als Büro gebrauchte, und fanden zwei seiner vertrauenswürdigsten Männer tot auf dem Boden liegen; vier Fremde versuchten das Vorhängeschloß aufzubrechen, das ihm Jack O'Neil gegeben hatte und das die Strahlenlanzen der Miliz schützte.

Skaara beschloß, daß es nichts bringen würde, wenn sie die vier verhörten. »Keine Gnade«, schrie er, und seine Männer besorgten den Rest.

Während die Leichen fortgeschafft wurden, kniete sich Skaara über das verbeulte Schloß und steckte den Schlüssel hinein. Er öffnete die schwere Holztür und überflog die Vorräte an Energiewaffen. »Wie ich mir gedacht habe«, sagte er. »Es reicht gerade für uns alle.«

Daniel Jackson hatte die Schultern hochgezogen, die Kapuze reichte ihm tief ins Gesicht. Er wollte nicht gesehen oder erkannt werden. Und er wollte nicht sehen, was mit Nagada passierte.

Seit Djutmose und die jungen Politiker der Freiheitsfraktion strikt abgelehnt hatten, ihm zu helfen, waren Daniel und Faizah unterwegs, um eine vernünftige Person aufzutreiben, die wenigstens zuhören würde, wenn Daniel versuchte seine Unschuld zu beteuern.

Aber Vernunft war etwas, das an jenem Tag in Nagada kaum anzutreffen war.

Es gab viele, die nach Ört-Männern Ausschau hielten, um sie zu töten. Die Menschen plünderten und stahlen.

Milizeinheiten, die vor Wut überkochten, feuerten in die Menge oder aufeinander. Das einzige, was sie vereinte, schien das brennende Verlangen zu sein, jeden aufzuknüpfen, der blonde Haare hatte.

Sie wanderten eine Weile umher, aber da es auf den Straßen immer gefährlicher wurde, schlug Faizah vor, ein Versteck aufzusuchen.

Sie machten sich auf den anstrengenden Weg, umgingen brennende Gebäude und wichen den Kämpfen und den Heckenschützen auf den Dächern aus. Schließlich erreichten sie, müde und fußlahm, ein Gebiet, in dem es viele kleine und heruntergekommene Lagerhäuser gab.

Ihr Bestimmungsort besaß eine Tür, die nicht durch ein Schloß, sondern durch einen dünnen Faden mit kompliziertem Knoten gesichert war. Faizah untersuchte die feinen Windungen und nickte zufrieden. »Ich hab' ihn geknüpft. Niemand war hier.«

Geschickt löste sie den Knoten und führte Daniel in einen langen, dunklen Raum. Auf einem schulterhohen Regalbrett an der Tür stand eine Lampe. Faizah entzündete sie und schloß die äußere Tür.

Im flackernden Lichtkreis der Lampe erblickte er Urnen und Körbe. In der Luft lag der Duft von Gewürzen.

Faizah führte ihn weiter zu einem in den Raum hineinragenden Holzgestell, unter dem eine Reihe von Töpfen stand, die groß genug waren, um mehrere Menschen zu fassen. Sie zeigte auf eine Leiter. »Hier hinauf.«

Daniel kletterte hinauf, Faizah folgte mit der Lampe. Sie stiegen auf einen Boden, über dem noch etwa ein Meter fünfzig Kopffreiheit bestand. Der niedrige Raum war mit allem Komfort ausgestattet, den sich ein Student nur wünschen konnte – Kissen, ein Bett und, Daniel bemerkte es amüsiert, einige Packungen mit militärischer Fertignahrung.

»Wo sind wir hier?« fragte er.

Faizah hatte die Füße untergeschlagen und zuckte mit den Achseln. »Manchmal ist es schön, wenn man einen Ort hat, zu dem man Zuflucht nehmen kann.«

So wie er Faizah kannte, wäre Daniel nicht erstaunt gewesen, wenn sie sich dieses kleine verschwiegene Plätzchen selbst eingerichtet hätte.

Alles, was Daniel wollte, war schlafen. Faizah jedoch kuschelte sich an ihn. »So verspannt!« sagte sie, und ihre Hand knetete seine Schultermuskeln. Und dann massierte sie seinen Nacken und dann seinen Rücken.

»Faizah«, sagte er mit heiserer Stimme und versuchte sich aufzurichten. Aber er war so müde, so leer ...

»Sie sind so ungerecht zu dir«, hauchte ihm Faizah ins Ohr. Und während sie sich hinter ihm bewegte und ihre Hände in seine weicher werdenden Muskeln grub, bemerkte er, daß sich ihr Umhang wie von Zauberhand geöffnet hatte. Ihre warme Haut schien sich durch seinen Umhang hindurchzubrennen.

Dann öffnete sie seinen Umhang.

»Was ist das?« sagte sie, als sie auf die Kette stieß, die er um seinen Hals trug.

»Ein Geschenk von einer alten Freundin von zu Hause.« Daniel schloß die Augen. Aber Faizah sog den Anblick der Halskette in sich auf. »Man hat es beim SternenTor auf der Erde gefunden ...«

»Das Auge des Ra!« Faizahs Stimme klang ganz anders, nun, da sie die Kette in der Hand hielt. »Es ist nicht nur Ras Symbol – es ist Ras Medaillon!«

Daniel öffnete die Augen. Wie konnte dieses Bauernmädchen etwas kennen, das zehntausend Jahre alt war?

»Fai ..«, begann er.

Aber die Finger, die noch vor kurzem seine Muskeln gelockert hatten, bohrten sich plötzlich in sein Fleisch.

Und eine Welle der Finsternis senkte sich über Daniel Jackson.

11. KAPITEL

SCHLÜSSELFRAGEN

Die Frau, die Faizah genannt wurde, ließ den bewußtlosen Daniel Jackson zu Boden gleiten. Sie betrachtete noch immer das Medaillon, das er um den Hals trug. Sie hatte es so oft an Ra gesehen, damals in den Tagen des Ersten Zeitalters, bei den Prozessionen mit den anderen Göttern, als sie Ra in seinem Thronraum aufwarteten ... damals, als sie mit Ra das Bett teilte.

Faizahs unschuldig-naives Gebaren wich aus ihrem reizenden Gesicht. Sie wurde wieder zu Hathor.

Welche Ironie! Nun habe ich so viel Zeit unter meinen Feinden verbracht und darauf hingearbeitet, sie zur Schlachtbank zu führen, und nun, kurz vor dem tödlichen Schlag, entdecke ich das.

Hathor dachte an eine Nacht im Niltal, die Jahrtausende zurücklag, die Nacht, in der sie herausfand, daß dieses Auge des Ra mehr war als nur ein Schmuckstück.

Sie war gekommen, um sich dem Gottkönig darzubieten, und sah, wie sich Ra verstohlen aus seinen Gemächern davonschlich. Sie war ihm aus dem Palast gefolgt, in die Nacht hinein und zu dem Ort, wo das SternenTor stand.

Dort hatte er das Medaillon vom Hals genommen und es an eine der Konstellationen gepreßt, die den riesigen Ring zierten. Der große Torus begann sich wie von alleine zu drehen, seine Sparren rasteten automatisch ein. Aber sie stimmten nicht mit den Konstellationskoordinaten überein, die in das glühende Kristall graviert waren!

Das Medaillon war ein besonderer Schlüssel, ein Code für das SternenTor zu einem Bestimmungsort, den es sonst niemals erreichen konnte!

Ein Energiewirbel war aus dem Ring geschleudert worden, der sich zu dem bekannten Einlaß stabilisierte. Ra war darin verschwunden.

Hathor hatte nicht gewagt, ihm zu folgen. Die Gefahr, entdeckt zu werden, war zu groß, und Ra hatte immer die Ansicht vertreten, daß diejenigen, die seine Geheimnisse kannten, am besten in einem kalten, grausamen Grab aufgehoben waren.

Aber Hathor hatte den Vorfall und den geheimen Bestimmungsort niemals vergessen. Und nun hatte ihr der Zufall den Schlüssel in die Hand gespielt.

»Bei Gott, ich wünschte, ich hätte vom *Auge des Ra* niemals gehört!« schrie Barbara Shore. Ihre Stimme hallte durch den Maschinenraum des Raumschiffs. Sha'uri neben ihr blickte von den glänzenden Kristallaggregaten des Triebwerks zum Blatt mit der unverständlichen Schemazeichnung. Peter Auchinloss hatte eine Art Trainingsprogramm in den Schiffscomputern entdeckt. Aber Barbara fluchte, obwohl es Sha'uri gelungen war, die Symbole zu übersetzen.

»Dieser Mist hier bezieht sich also darauf, was auf den Anzeigen zu sehen sein sollte?« Die Physikerin klopfte mit ihrem Finger auf den Abschnitt, den Sha'uri unter großen Mühen irgendwie verständlich gemacht hatte.

»Sieht ganz so aus«, sagte die junge Abydianerin.

»Was für ein Dreckszeug«, beschwerte sich Barbara. »Nicht das, was du übersetzt hast, sondern was es bedeutet. Ich dachte, wir würden vielleicht etwas über die Prinzipien erfahren, die diesem Triebwerk zugrundeliegen. Aber das hier ist ein Kochbuch. Das ist wie ein Küchenrezept – gib dem Teig Hefe zu, und er wird aufgehen. Aber es erklärt nicht, warum der Teig aufgeht.«

»Sollen wir weiter daran arbeiten?« fragte Sha'uri.

»Nein. Wir werden höchstens erfahren, welche Knöpfe wir drücken müssen, damit das Raumschiff abhebt. Solange wir kein Programm finden, das uns sagt, wie wir die kaputten Stellen reparieren oder wie wir das Schiff befragen können, was alles nicht funktioniert, ist dieses Zeug wertlos.«

Dennoch blieb Barbara über das Blatt gebeugt. »Wenn wir nur wüßten, was diese Krakel bedeuten. Ich wünschte, Daniel wäre hier. Oder wenigstens Faizah. Das Mädchen geht einem auf den Sack, aber manchmal könnte man fast meinen, daß sie dieses Zeug schon mal gelesen hat.«

Sha'uri verharrte so regungslos, daß Barbara aufblickte. »Tut mir leid, Darlin'. Ich weiß, daß es dir nicht unbedingt gefällt, wenn ich diese beiden Personen erwähne.«

Mit einem Kopfnicken nahm Sha'uri die Papiere an sich. »Ich denke, recht viel schlimmer als jetzt kann es kaum noch kommen.«

Eine Stimme hallte durch den riesigen, verlassenen Maschinenbereich. »Sha'uri! Sha'uri, bist du dort unten?«

»Wer ist da?« rief Sha'uri zurück.

Ein junger Milizionär erschien. Sein Betragen war steif, er fühlte sich sichtlich unwohl. »Baki hat mich geschickt.«

Sha'uri nickte. Baki war einer von Skaaras Freunden.

»Wir haben eine Meldung über Funk bekommen.« Der Bote sprach das fremde Wort mit Sorgfalt aus. »Sie lautet ...« Er schluckte. »Sie lautet, daß auf Nakeer ein Attentat verübt worden ist. Und auf Kasuf auch.«

»Mein Vater!« Sha'uri fühlte sich schwindlig, als würde ihr der Boden unter den Füßen weggezogen. Und dann verhärtete sich ihr Gesicht. »Wer hat das getan?«

Der Melder mied es, ihr in die Augen zu schauen. »Der Name, der genannt wurde«, er zögerte, »ist Daniel – Euer Ehemann.«

Die Botschaft klang so unwirklich, als wäre alles nur ein böser Traum. Schließlich sagte sie zu Barbara: »Irgend etwas stimmt hier nicht, ganz und gar nicht.«

Die Physikerin hörte sich Sha'uris Erklärung an und nickte. »Ich werde in die Stadt gehen und herausfinden, was zum Teufel dort vor sich geht.«

Wie eine Schlafwandlerin folgte Sha'uri den anderen

zu den Hauptkorridoren. Sie wollte mit Lieutenant Charlton reden, ob er für sie nicht eine Fahrgelegenheit nach Nagada organisieren könnte. Wo würde ihr Vater sein? Würden sie ihn vielleicht ins Lager bringen, zum Hospital? Vielleicht konnte sie von Charlton Näheres erfahren ...

Sie war so in Gedanken versunken, daß sie die Alarmsirenen, die in der Ferne heulten, nicht wahrnahm.

»Hey«, sagte Barbara und blieb abrupt stehen. »Das ist doch eine Angriffswarnung. Für heute war doch kein Probealarm angekündigt.« Sie wandte sich an Sha'uri. »Oder?«

Der Melder schluckte vernehmlich, als sie die Frage an ihn richtete.

Einen Moment später erhielten sie die Antwort in Form von Gewehrfeuer.

»Ich denke, wir sollten unsere Ärsche lieber mal in Bewegung setzen«, verkündete Barbara.

Sie erreichten einen der verbarrikadierten Seitengänge, die von der Haupthalle wegführten, und hörten dort das panische Kreischen der Milizionäre. »Baki ist tot! Wer hat nun den Befehl?«

»Was machen wir jetzt?«

»Unser Befehl lautet, den Posten zu halten.«

Einer der Männer, der die Barrikade erklommen hatte, um zu sehen, was vor sich ging, schrie: »Die Falkenköpfe kommen! Schnell! Was sollen wir tun?«

Draußen in der Halle gaben andere Abydianer die Antwort; sie beharkten die SternenTor-Pyramide mit ihren Gewehren und Strahlenlanzen.

Die Frauen erkletterten die behelfsmäßige Befestigung, die zum größten Teil aus den Trümmern früherer Kämpfe bestand und die von draußen hereingeschafft worden waren. Es schien, als hätte der unerwartete Gegenschlag die Horuswächter zurückgeworfen. Zumindest waren im Moment keine zu sehen.

Konsterniert starrte Sha'uri die Milizionäre an, die sich nicht am Kampf beteiligt hatten.

»Wohin wollt Ihr?« riefen die streitsüchtigen Möchtegern-Krieger hinter Sha'uri her, die begann, von der Barrikade in die Halle hinabzusteigen. Barbara folgte ihr.

»Hey, das ist eine Frau!«

»Die Frau des Mörders!«

»Eine Frau von der Erde!«

Der Melder begleitete sie, nicht sicher, was er machen sollte.

»Warum beteiligt ihr euch nicht am Kampf?« schrie Sha'uri in die Halle hinein. »Wollt ihr hierblieben, bis die Falkenköpfe kommen und euch verschlingen?«

»Das ist eine Falle der Ört-Männer, um uns wegzulokken!« rief eine Stimme im schweren Bauerndialekt. »Genau so, wie dein Ört-Ehemann Nakeer umgebracht hat!«

»Tötet die Verräterschlampe!«

»Tötet die Frau des Ört-Manns!«

Die anderen Meinungen, was mit ihnen angestellt werden sollte, waren noch schlimmer.

Barbara beugte sich vor. »Die Kerle an der Eingangstür klingen aber nicht besonders freundlich«, sagte sie leise. Dann wies sie mit dem Kopf zur SternenTor-Pyramide, aus der einzelnes Gewehrfeuer kam. »Da sind noch immer Marines drin.«

»Ich glaube, denen können wir mehr trauen«, sagte Sha'uri. Ihre abydianischen Genossen waren zu einem zerstrittenen Haufen degeneriert, die sich hinter den Barrikaden gegenseitig abschlachteten.

Die Frauen rannten zum Pyramideneingang. Neben ihnen sackte der Melder, von dem verirrten Energiestrahl einer Strahlenlanze getroffen, tot zu Boden.

Sie hatten kaum den zerschossenen Eingang erreicht, als sie zwei Kämpfende zu Gesicht bekamen, die über den Boden rollten. Ein Marine-Offizier und ein Horuswächter klammerten sich an den Schaft einer Strahlenlanze und rangen um die Waffe.

Sha'uri sah das Halfter des Marines, sprang vor und zog die Pistole heraus. Da bekam der Horuswächter die

Strahlenlanze frei und feuerte. Der Erdling ging zu Boden. Doch bevor der Krieger sich umdrehen konnte, hatte ihm Sha'uri zwei Kugeln seitlich in die Brust verpaßt.

Barbara Shore war wie zu Stein erstarrt und blickte mit aufgerissenen Augen zu den Toten.

Sha'uri drückte der Wissenschaftlerin die Pistole in die Hand und nahm die Strahlenlanze auf. »Wenn du dich erbrechen mußt, dann bitte später. Erst müssen wir Hilfe finden.«

Die hallenden Geräusche aus den Steingängen wurden immer bedrohlicher. Sha'uri hatte nicht die geringste Vorstellung, wie es um die Schlacht stand. Vier Marines kamen aus dem letzten Aufstieg hoch, der zum Raumschiffeingang führte. Zwei von ihnen trugen einen verletzten Kameraden. Seine Uniform rauchte noch von dem Strahlenlanzentreffer.

»Ladies, das ist die falsche Richtung«, sagte der Marine-Unteroffizier, der die Gruppe anführte. »In etwa zwei Sekunden werden mehr Falkenköpfe hier herausstürmen, als ihr in eurem Leben jemals gesehen habt.«

»Was ist mit den Milizionären, die hier hinein sind?« fragte Sha'uri.

»Die Horuswächter haben sie in einen Hinterhalt gelockt und abgeknallt«, erwiderte der Marine, der die Frauen vor sich die Schräge hochtrieb. »Wir konnten uns dadurch vom Feind lösen. Was von unseren Leuten noch übrig ist, ist im Kampf gebunden. Die Kerle haben das SternenTor, und sie massieren dort drinnen Truppen, um auszubrechen.«

Sie erreichten den Hauptkorridor des Schiffes, der nun voller Rauch stand; er stammte von dem Feuer, das die Strahlenlanzen der im Bruderzwist liegenden Abydianer entfacht hatten.

Der Unteroffizier hielt inne. Der einzige Ausgang aus dem Schiff führte durch dieses hoffnungslose Schlachtfeld. Sha'uri rannte zum ersten Seitengang. Er wurde als Kontrollpunkt für die Techniker benutzt. Die Barrikade war offen, Wachen waren keine zu sehen.

»Hier entlang«, rief Sha'uri. »Wenn wir nicht raus können, müssen wir nach oben.« Sie wandte sich an Barbara Shore. »Leute von dir arbeiten doch noch auf den höheren Ebenen, vor allem im Kommandodeck.«

Zweifelnd sah der Marine von seinem Verwundeten zum leeren Gang. »Sie werden uns folgen«, warnte er.

»Ich weiß«, sagte ihm Sha'uri. »Ich habe es selbst schon getan.« Sie fletschte die Zähne, was auch als Lächeln mißdeutet werden konnte. »Aber wir können es ihnen so schwer wie möglich machen.«

Auf halber Höhe der ersten Treppenflucht blieb der Marine mit dem Verwundeten stehen.

»Gibt es hier keinen Aufzug?« fragte der besorgte Unteroffizier.

»Genauso gut könnten Sie hoffen, daß uns das verdammte Ding nach Hause fliegt«, sagte Barbara Shore. »Das hier ist ein liegengebliebener Schrotthaufen!«

Nachdem der Verwundete fünf weitere Treppen getragen worden war, schlenkerte sein Kopf kraftlos hin und her.

»Er atmet nicht mehr«, verkündete einer der Marines.

»Tragt ihn weiter«, kam der Befehl. »Wir lassen unsere Leute nicht zurück.«

»Sie müssen ihn zurücklassen, wenn Sie nicht wollen, daß uns die Horuswächter einholen«, sagte Sha'uri.

»Ich werde ihn nicht diesen Bastarden überlassen«, beharrte der Unteroffizier starrköpfig.

»Okay.« Barbara Shore reckte den Kopf, um das Deck zu überblicken, auf dem sie sich gerade befanden. »Mal sehen, ob ich mich noch erinnern kann.« Sie ging auf eine scheinbar leere Wand zu. Ihre Finger tanzten über eine Reihe fast unsichtbarer Druckknöpfe, die in die Wand eingelassen waren. Das eben noch harte Kristall verformte sich und bildete einen länglichen Eingang, hinter dem eine Art Leiterplatte zum Vorschein kam. Es war gerade genügend Platz für den toten Marine.

Der Unteroffizier starrte sie an. »Wie …«

»Mein Job ist es herauszufinden, wie das Ding hier funktioniert«, sagte Barbara. »Manches haben wir herausgefunden. Und jetzt legen Sie ihn ab und markieren Sie den Ort.« Sie sah die Treppe hinunter, ihre Stimme klang aufgewühlt. »Und beeilen Sie sich!«

Sie setzten den raschen Aufstieg zu den Decks, auf denen Barbaras Technikerteams arbeiteten, fort. Auchinloss und einige Computerexperten des Militärs waren auf dem Wohndeck beschäftigt, in einem Raum, der aussah wie ein Klassenzimmer. Je höher sie kamen, desto mehr Leute trafen sie an – Übersetzer, Wissenschaftler, Techniker des Militärs.

Vom nächst höheren Deck hörten sie einen Schrei und das charakteristische Geräusch der Entladung einer Strahlenlanze. Die Marines entsicherten ihre Waffen. Barbara trug das Gewehr des Toten. Sha'uri umfaßte ihre Strahlenlanze fester, während sie die Treppe hinaufstürmten.

Es war ein beinahe klassisches Aufeinandertreffen – Computerleute waren die Treppe herab-, ein Trupp Horuswächter war heraufgekommen. Sie hatten die Erdbewohner erblickt, waren über das Deck gerannt und wollten sie nun hochgehen lassen.

Auf einen Flankenangriff von der anderen Treppe waren sie nicht gefaßt.

Im Kreuzfeuer versuchten sie, sich auf Sha'uris Gruppe zu stürzen, und wurden von ihrer Strahlenlanze niedergemäht.

Auchinloss und seine Leute waren froh, wieder menschliche Gesichter zu sehen, auch wenn ihnen jetzt der Weg abgeschnitten war.

Sha'uri sammelte unterdessen die Strahlenlanzen der toten Horuswächter auf.

»Wir werden jede Waffe brauchen«, sagte sie.

»Gott sei Dank hat Jack O'Neil darauf bestanden, daß unsere Techniker Kampfausrüstung tragen«, sagte Barbara.

»Wow, das war was!« platzte ein milchgesichtiger Army-Techniker heraus. »Ich hab' einen von diesen Kerlen umgebracht.«

»Jetzt weißt du, wie man sich als Marine fühlt«, sagte ein anderer, von sich und seiner Einheit ganz offensichtlich sehr überzeugt. »In erster Linie sind wir nämlich Soldaten und dann erst Knöpfedrücker.«

»Gratulieren könnt ihr euch später.« Sha'uri verteilte die aufgesammelten Waffen. »Jetzt müssen wir uns beeilen.«

»Warum? Wir haben doch gewonnen!« sagte das Milchgesicht.

»Wir haben einen Trupp geschlagen, wir wissen aber nicht, wie viele noch kommen werden.«

Sha'uri klopfte an den Helm eines toten Wächters. »Sie haben dort drinnen Kommunikatoren, ihre Freunde wissen über uns wahrscheinlich längst Bescheid.«

»Dieser Bettler sagt, er hätte einen gelbhaarigen Mann gesehen.« Skaara runzelte die Stirn. »Warum übt er in dieser verlassenen Gegend sein Geschäft aus?«

»Und warum wollte er nicht bei uns bleiben«, fragte einer aus der Truppe.

Skaara nickte. »Hier ist das Lagerhaus. Wie einladend! Die Tür steht einen Spalt offen.«

Die Truppe schwärmte aus. »Es gibt keinen anderen Weg hinein«, meldete sein Lieutenant Sermont. »Stürmen wir?«

»Ich glaube, genau das wird hier von uns erwartet«, erwiderte Skaara. »Nein. Wir versuchen es mit einem großen Knall. Das wird Wirkung zeigen, egal, wer uns dort drinnen auflauert.«

Ein Strahlenstoß zerschmetterte die Lehmziegel, und einer der Milizionäre trat die Tür ein und warf eine Handgranate hinein.

Die Sprenggranate ging los, Strahlenstöße fraßen sich durch die Luft. Vier Angehörige von Skaaras Spezialeinheit stürmten hinein. Nur Augenblicke später kehrte einer von ihnen zurück. »Sieh dir das mal an«, sagte er.

Skaara trat ein. Einer seiner Leute entzündete eine Öllampe. Die anderen beiden waren oben auf dem Holzgestell und versuchten, ein glimmendes Feuer zu löschen.

Einer der Kämpfer winkte ihn zu sich heran. Auf dem Boden lag ein toter Horuswächter ausgestreckt. Seine Strahlenlanze war ihm bereits abgenommen worden.

»Ich glaube, wir haben endlich einen der Invasoren gefunden, hinter denen Colonel O'Neil her war«, sagte Skaara.

Einer seiner Männer nahm die Laken zu Hilfe, um das Feuer zu ersticken. Plötzlich rief Skaara nach der Lampe. Er betrachtete die Dinge, die unter dem Bettzeug zum Vorschein gekommen waren.

Das erste war eine Brieftasche, die offensichtlich von der Erde stammte, darin der Führerschein von Daniel Jackson mit einem nicht besonders schmeichelhaften Photo.

Ansonsten Dinge, die Daniel immer mit sich herumgetragen hatte – ein Nagelclipper, ein automatischer Stift, Schlüssel, deren Schlösser nur auf der anderen Seite des SternenTors zu finden waren.

»Es ist alles da, was er so bei sich hatte, außer seiner Brille«, sagte Skaara. »Daniel war ganz bestimmt hier.«

»Was hatte er mit dem hier zu tun?« fragte einer der Krieger und trat mit der Fußspitze gegen den toten Horuswächter.

»Mehr Sorgen macht mir, wer außer ihm noch da war«, sagte Skaara.

Überall lagen Frauenkleider verstreut. Er roch das schwere Parfüm, das von ihnen aufstieg.

Dasselbe Parfüm, das auch an dem zerknüllten Bettzeug haftete.

12. KAPITEL
FESSELUNGSAKTION

Jack O'Neil schob sein letztes Magazin in die Maschinenpistole. Das war das Problem, wenn man sich einfach eine Waffe schnappte. Wenn sie leer war, mußte man sich eine neue suchen.

Leider gab es nur allzu viele davon. Die Toten waren zuhauf über das Basislager verstreut. In der Luft lag der Gestank der Schlacht – Rauch, Kordit, Blut, der Inhalt entleerter Blasen und Därme … und der Geruch verbrannten menschlichen Fleisches, das von Strahlenstößen getroffen worden war.

Der schlechte Geschmack in seinem Mund kam jedoch von den kleinen, kalten Stimmen, die ihm im Hinterkopf zuflüsterten. Und was sie flüsterten, war das Wort Niederlage.

Seit seiner Ankunft auf Abydos hatte er immer das Gefühl gehabt, daß die andere Seite einen Schritt voraus war. Sein Erkundungsteam suchte in der SternenTor-Pyramide Zuflucht – und Ras Leute nagelten sie mit ihren Energiewaffen fest. Er errichtete zum Schutz des SternenTors ein Lager – und Hathor setzte sich mit einem riesigen Raumschiff darauf und schnitt die Pyramide vollständig ab. Seine Kampferfahrung allerdings sagte ihm, daß die feindlichen Truppen zwar hervorragend aber klein waren. Wie also war es möglich, daß aus dem SternenTor eine scheinbar unerschöpfliche Flut von Horuswächtern hervorströmte?

Als die Sirenen den Angriff durch das SternenTor meldeten, hatte es O'Neil kaum glauben können. Er dachte, er hätte den Transitraum so verdammt sicher gemacht, daß es jedem Feind unmöglich geworden wäre, dort anzugreifen.

Was dort schief lief, würde er niemals herausfinden. Die Leute in diesem Raum waren alle tot.

Und selbst dann noch, als seine Männer Position bezogen, um den Eingang zum Raumschiff abzusichern, dachten die meisten, daß es sich um ein Problem zwischen den Abydianern handelte. Diese Ansicht schien bestätigt zu werden, als Gestalten in braunen Umhängen aus der riesigen Luftschleuse rannten.

Aber hinter ihnen folgten die Maskengesichter.

Die Milizionäre schafften es nicht mehr bis zu den amerikanischen Linien. Sie fielen unter den Strahlenstößen der Horuswächter.

O'Neils Männer hatten bewiesen, wozu sie in der Lage waren; sie hatten den Feind zurückgeschlagen. Aber die Erdlinge waren naturgemäß etwas ängstlich gewesen, als es darum ging, das einzige Tor, das sie mit ihrer Heimat verband, mit schweren Waffen unter Beschuß zu nehmen.

Die Situation erlaubte nicht, dem Feind mit Raketen und Artillerie zuzusetzen, um seine Position zu schwächen. Es wäre ein Pyrrhussieg geworden, wenn unter ihrem Bombardement die verdammte Pyramide über dem SternenTor zusammengekracht wäre.

Aber die Horuswächter durften da, wo sie waren, nicht bleiben. Sie hielten eine Stellung, die der Traum jeden Militärs war: eine taktische Verteidigungsposition, die einen strategisch offensiven Zweck erfüllte.

O'Neil mußte das SternenTor zurückerobern, oder seine Truppen würden, abgeschnitten von den Dingen, die ein moderner Militärapparat brauchte, verkümmern.

Das letzte Mal hatte er durch einen schwachen Frontalangriff gegen einen noch schwächeren Feind den Zugang erzwungen. Diesmal hatte er stärkere Truppen zur Verfügung.

Genau wie die andere Seite.

Sein Angriff war zusammengebrochen; nicht durch den Feind am Eingang, sondern von dem Hangardeck aus hoch oben im Schiff. Horuswächter – Hunderte von ihnen – hatten das beschädigte Deck als Feuerplattform gegen die anrückenden Bodentruppen gebraucht.

Und als jeder verfügbare Mörser, jedes Artilleriegeschütz und jeder Panzer im Lager Sperrfeuer auf die Spitze des Raumschiffs richtete, hatten die Horuswächter am Boden einen Gegenangriff gestartet. Sie waren durch die Überreste der Angriffsstreitmacht gebrochen und dann auf O'Neils Verteidigungsstellungen getroffen ... und hatten eine Bresche geschlagen.

Im Nahkampf waren Energiewaffen den Gewehren überlegen. Sie schweißten sich durch Mörserläufe. Und wenn es auch zu lange dauerte, bis sie die Panzerung eines M1A2 durchstießen, so erwiesen sie sich doch als schrecklich effektiv gegenüber dem Fahrwerk – und den Waffen der Panzer.

Und, wie es ein verzweifelter Sergeant ausgedrückt hatte: »Es gibt einfach zu viele von diesen vogelköpfigen Scheißkerlen.«

Eine verworrene, hin- und herwogende Schlacht war im Lager entbrannt. Es gab einige Stellungen – Schützenlöcher, vereinzelte Gräben. Und immer, wenn es so aussah, als könnten sie dem Angriff standhalten, gruppierte O'Neil Männer um sich. Sie vergrößerten sich zu einer Formation in Kompaniegröße, bestehend aus Army-Soldaten und Marines. Allmählich begann sich eine Front zu bilden.

Vom oberen Deck des Raumschiffs kam erneut Strahlenfeuer. Das Gegenfeuer aus den eigenen Reihen fiel beträchtlich schwächer aus. Er hatte noch Mörser, aber von seinen Artilleriestellungen kam nur ominöses Schweigen – wahrscheinlich waren sie überrollt worden.

Colonel Felton, der Befehlshaber über die Army-Streitkräfte, hatte den Befehl erhalten, seine Panzer abzuziehen. Er hatte in der Wüste patrouilliert – ein gutes taktisches und politisches Manöver, dachte O'Neil, weil dadurch der Kontakt und die potentiellen Spannungen zwischen Army und Marines minimiert wurden.

Ich hoffe nur, sie werden nicht ganz hinausgetrieben, bevor das hier vorbei ist, dachte O'Neil.

Ein Apache-Hubschrauber kam angeschwebt, seine Bordkanonen feuerten, dann schickte er vier Raketen in das offene Deck.

Einen Augenblick lang hatte es den Anschein, als wiederholte sich die Geschichte. Damals war ein angeschossener Udajeet dort oben hineingeknallt und explodiert. Flammen schlugen aus der Öffnung. Das feindliche Feuer von dort oben wurde eingestellt.

Aber Strahlenstöße trafen den Kampfhubschrauber. Er kam ins Trudeln, stürzte in einer Spirale ab und schlug unten gegen die schiefe Wand des Pyramidenschiffs.

Durch den Rauch der brennenden Zelte erkannte O'Neil dann, daß eine Phalanx Horuswächter gegen seine Stellung vorging.

Er blickte über die Schulter, um die nächst mögliche Rückzugsposition auszumachen.

Der Rand des Basislagers – die alte äußere Verteidigungslinie – war fürchterlich nah.

Wieder einmal stand Skaara auf der Hängebrücke zwischen den Wachtürmen Nagadas. Diesmal wandte er der Stadt, ihren aufsteigenden Rauchwolken und dem hektischen Aufblitzen von Gewehrfeuer seinen Rücken zu und sah nach draußen zum Basislager der Marines.

Durch sein Fernglas erblickte er das schwere, dramatische Zucken der Lichter, unterstrichen durch das dumpfe Dröhnen der Artillerie.

Er kaute auf seiner Unterlippe herum, und mehr als jemals zuvor fühlte er sich wie ein Kind. Sein Vater lag im improvisierten Feldlazarett unter der Obhut von Dr. Destin. Seine vorgesehene Überführung zum Basislager war nach dem Angriff dort verschoben worden. Aber Sha'uri war dort draußen in diesem feurigen Mahlstrom. Er hoffte, daß sich Colonel O'Neil um sie kümmerte.

Und er, der großspurige Mastadge-Hüter, verfügte in Nagada, zumindest was die Zahl der Gewehre betraf, über die größte Militärmacht.

Die Frage war nur, was er damit machen konnte.

Der Großteil seiner Einheiten war über die ganze Stadt verstreut und versuchte die Gewaltausbrüche einzudämmen. Und dabei schienen sie alles niederzubrennen.

Er sah zu den zwei jungen Männern, die mit ihm auf der Brücke standen. Sermont war still, fast in sich gekehrt. Nabeh, einer der alten Hüter, war zwischen dem Anblick der brennenden Stadt und dem Aufflakkern der Strahlenlanzen am Horizont hin- und hergerissen.

Der arme Nabeh würde in der Kommandostruktur niemals aufsteigen. Er verfügte nicht über die intellektuellen Fähigkeiten. Aber er war loyal, in einem Maße, das einige von Skaaras nominellen Untergebenen, die nun mit ihren Truppen unterwegs waren, beschämen müßte.

Als Skaara voller Verzweiflung ausgerufen hatte, »was soll ich nur machen?«, war Nabeh der einzige gewesen, der darauf eine Antwort hatte.

»Du wirst schon das richtige tun«, hatte er gesagt.

Skaara hoffte, daß sein Freund recht hatte. Dann hatte er die Milizeinheiten von der Bekämpfung der Aufständischen abgezogen.

»Wenn es im Camp der Marines zu Kämpfen gekommen ist, kann das nur bedeuten, daß Ras Leute zurück sind«, sagte er und lieferte damit nicht nur den anderen, sondern auch sich selbst eine Erklärung. »Wir sollten ihnen helfen. Und vielleicht, *vielleicht* wendet sich dann unser Volk gegen den gemeinsamen Feind, statt sich gegenseitig umzubringen.«

Diese Hoffnung allerdings war bereits zerronnen. In der fahlen Dunkelheit unter ihm hatte sich nicht einmal die Hälfte der Truppen versammelt, die er hätte erwarten können.

Skaara hoffte, daß sie ausreichten.

Das letzte Wegstück zum Kommandodeck an Bord der *Auge des Ra* war das schwierigste. Sha'uri und Barbara Shore war es gelungen, alle Technikerteams in den oberen Bereichen des Pyramidenschiffes aufzusammeln. Aber dabei waren die Flüchtlinge auf immer aggressivere Horuswächter-Patrouillen gestoßen.

»Irgendwas haben sie hier vor«, sagte Peter Auchinloss. »Aber dazu gehört anscheinend nicht, uns auszulöschen.«

»Eher, uns von irgendwas fernzuhalten.« Corporal Vance sah plötzlich aus, als sei ihm übel. »Die Udajeet-Landezone – das kaputte Deck. Wenn sie dort genug Leute haben ... na ja, dann überblicken sie das ganze Lager.«

Ihr Aufstieg wurde von unregelmäßigen, dumpfen Schlägen begleitet, die durch die Treppe wummerten. »Ich wette, daß sind die Mörser, mit denen sie diese Bastarde hoffentlich in Grund und Boden schießen«, sagte Vance.

Sie hatten fast das Kommandodeck erreicht, als ein Schlag, der ausreichte, sie von den Füßen zu reißen, das Schiff durchrüttelte. Vance faßte wieder ein wenig Mut. »Voller Treffer!« krächzte er.

Einige Decks unterhalb der Kommandoebene stießen sie auf die Anfänge eines Verteidigungssystems. Marine- und Armytechniker rückten alles, was groß, schwer und beweglich war, in die offenen Schotts bei den Treppen.

Sha'uri lief ein Schauer über den Rücken, als sie die Narben und Splitter an den zerstörten Schränken und Konsolen sah, die aufeinandergestellt wurden. Einige dieser Spuren stammten wahrscheinlich auch von ihr, als sie, mit Handgranaten und Strahlenlanzen bewaffnet, zum ersten Mal dieses Schiff gestürmt hatten.

Sie wurden zunächst wie eine Entsatzarmee begrüßt, je weiter sie sich allerdings dem Kommandodeck näherten, um so gespannter wurde die Atmosphäre.

Als Barbara und Sha'uri das Deck betraten, fanden sie die Übersetzer an einer Seite des Raums versammelt. Mitch Storey lag am Boden, seine Nase blutete. Und Gary Meyers setzte seine beträchtliche Körperfülle ein, um die Barrikade niederzureißen, die Skaaras Leute um den Materietransmitter des obersten Decks errichtet hatten.

»Meyers!« platzte Barbara heraus. »Sind Sie verrückt?

Wenn Sie das niederreißen, dann können sich die Horuswächter direkt hier heraufbeamen!«

»Ich habe bereits eine geeignete Kapitulationserklärung aufgesetzt, die wir runterschicken können.« Meyers hob ein Blatt Papier hoch, das mit Hieroglyphen bedeckt war. »Ich denke, wir erhalten bessere Bedingungen, wenn wir uns gleich ergeben, bevor sie uns stürmen, nachdem das Lager draußen gefallen ist.«

»Ich sehe, Mitch Storey stimmte mit Ihrer Lagebeurteilung nicht überein«, sagte Barbara.

Meyers plusterte sich auf und versuchte so zu tun, als hätte er hier das Sagen. »Als ranghöchster Zivilist ...«

»Nicht mehr«, unterbrach ihn Barbara.

»Sie können doch nicht ernsthaft glauben ...« Meyers tat einen Schritt nach vorn.

Sha'uri trat dazwischen und richtete ihre Strahlenlanze auf den Schwabbelkopf des Wissenschaftlers.

Barbara zielte mit ihrer Pistole ein wenig niedriger auf eine delikatere Stelle.

»Soviel von dem Kerl mit all den Bildern von siegreichen Pharaonen, die die Köpfe der unterlegenen Könige einschlagen!« sagte sie. »Und jetzt zur Seite, Darlin' ...«

Aber im Inneren der zum Teil abgebauten Barrikade erschien ein Zylinder aus blauem Feuer. Jemand testete den Materietransmitter.

»Oh, Scheiße!« entfuhr es Barbara.

Corporal Vance schoß die Stufen hoch und wühlte in den schweren Taschen, die er um seine Brust hängen hatte. Als er den Transmitter erreichte, hielt er in seiner Rechten eine Handgranate, seine Linke klebte am Abzugshaken.

»Nicht in das blaue Licht halten!« rief Sha'uri. »Sonst reißt es Ihre Hand ab und schickt sie nach unten!«

Vance wartete, bis die Gestalten im Transmitter fast klar und deutlich vor ihm standen, bevor er den Abzug zog. Der Abzugshaken fiel klappernd zu Boden, während er die Granate warf. »Runter«, schrie er.

Gary Meyers richtete eine ziemliche Sauerei an, als er dort, wo er gerade lag, hinkotzte.

Aber das war verständlich, betrachtete man die Sauerei, die Vances Handgranate bei dem Angriffsteam angerichtet hatte.

Lieutenant Charlton kauerte an der inneren Verteidigungslinie, die den Fuhrpark vom übrigen Lager trennte, und versuchte – so gut er konnte – die Feuerkraft zu erhöhen. Das Problem war nur, es gab dort draußen so verdammt viele Ziele und hier nicht genügend Gewehre. Neben ihm warf sich ein Marine zu Boden und stellte sein leichtes Maschinengewehr M-249 auf das Zweibein. Einige Feuerstöße lösten auf bewunderswerte Weise das örtliche Zielproblem.

Dann war die Munition verbraucht, und der Schütze zog sich hinter die Sandwand zurück, um eine neue Trommel zu laden.

Das war eine kluge Entscheidung. Strahlenstöße beharkten Charltons Position und verwandelten den Sand in grünliches Glas.

»Seid ihr endlich fertig?« rief der Lieutenant über die Schulter zu den Männern hinter ihm, die sich an den 55-Gallonen-Treibstoffässern zu schaffen machten. Ein Pionier schnaubte nur, als er die Sprengladung an der Seite des Fasses befestigte.

»Ich hoffe, das war ein bestätigendes Grunzen.« Nicht allzu weit entfernt, sah Charlton, sammelte sich der Feind zu einem erneuten Angriff. Der Vorstoß, der sie über den Verteidigungswall bringen sollte.

Der junge Offizier seufzte. Er hatte seine Stellung so lange gehalten, wie es ihm möglich war. Alles, was von Wert war, vor allem seine Männer, war bereits nach hinten abgezogen. Es gab nichts mehr zu verteidigen.

Die Horuswächter kamen näher und wurden von Charltons Rumpfverteidigung kaum behelligt.

»Okay, jetzt!« schrie der Lieutenant.

Die Treibstoffässer gingen über die Brüstung und rollten den Abhang der Böschung hinab. Einer der Horuswächter feuerte einen Strahlenstoß und entzündete ein Faß vorzeitig.

Charlton warf sich gegen den Boden, um sich vor der Erschütterung und der anbrandenden Hitzewelle zu schützen.

Als die anderen Behelfsbomben hochgingen, robbte er zu seinem sich zurückziehenden Kommando zurück.

Okay, sie mußten auch diese Stellung verlassen.

Aber wenigstens forderten sie für jeden Schritt, den die Invasoren taten, einen hohen Immobilienpreis.

13. KAPITEL
›SICH VERDRÜCKEN‹

Jack O'Neil kauerte oben auf der Hauptverteidigungslinie seines zerstörten Lagers in einem hastig ausgehobenen Schützenloch und sah, wie der Abzug der Fahrzeuge aus dem Fuhrpark zum Stillstand kam. Nach dem Flammenmeer zu urteilen, das plötzlich aufloderte, verfolgte der junge Charlton entweder eine Politik der verbrannten Erde – oder er war überrannt worden.

Lange, flackernde Schatten wurden gegen den Sandwall geworfen. Charlton und seine paar Männer kamen zu O'Neils Truppen zurückgelaufen. Sogar der Funker, der schweigend die Meldungen abhörte, blickte auf.

»Ich denke, mein Begrüßungsgeschenk wird die Jungs eine Zeitlang beschäftigen«, rief der Lieutenant und stieg zur Stellung seines Kommandanten hinauf. In seinem dünnen Gesicht lag das Lächeln eines Henkers. »Ein besonders knuspriges Rezept für geröstete Falken.«

Der junge Offizier kroch zu den beiden Männern in das Schützenloch und spähte in der Dunkelheit in Richtung Nagada. »Wo, zum Teufel, ist die örtliche Miliz?« murmelte er. »Skaara muß doch wissen, daß wir hier Probleme haben. Glauben Sie, daß er seinen Arsch hochkriegt ...«

O'Neil unterbrach seinen Untergebenen. »Nach allem, was wir hörten, bevor die Funkverbindung abbrach, haben sie auch in Nagada große Probleme. Ich vermute, die Auseinandersetzungen, die Kasuf und Nakeer zu vermeiden suchten, sind zu einem regelrechten Bürgerkrieg ausgeartet.« Er schüttelte den Kopf. »Wenn das so ist, dann können wir von Skaara nicht viel Hilfe erwarten – ganz egal, ob er uns helfen möchte oder nicht.«

Charltons Gesicht legte sich in Sorgenfalten. »Wenn wir nur genügend Leute hätten, könnten wir die Stellung hier so ausbauen, daß es für die Hurenwächter zu kostspielig wird, sie einzunehmen.«

»Wo haben Sie nur diesen Ausdruck her?« fragte O'Neil.

Der Lieutenant zuckte die Achseln. »Ein Fluch, den ich in der Schlacht aufgeschnappt habe.« Er kehrte zu seinem Thema zurück. »Ich bin mir sicher, daß die Linien der Vögel ziemlich dünn sind. Wenn wir ihren Vormarsch stoppen könnten, dann könnten wir uns in der Nacht geordnet zurückziehen.«

»Sie vergessen, daß die Masken Nachtsichtgeräte haben, die besser sind als unsere bekloppten Brillen«, sagte O'Neil.

»Dann entgeht ihnen nicht, daß wir nicht genügend Leute haben, um die Linie zu halten.« Charlton sah besorgt aus. »Ich weiß, wir versuchen, unsere übrigen Truppen am Sammelplatz zusammenzuziehen. Nur, dieser Plan ist – na ja, riskant!«

»Und deshalb ist dafür ein mutiger junger Lieutenant besser geeignet als sein verschrobener Kommandant?« fragte O'Neil.

»Ich sorge mich nur um die Männer. Wenn Sie gehen, übernimmt Colonel Felton das Kommando.«

Plötzlich meldete sich der Funker. »Meldung von den Vorposten, Sir. Eine Truppe aus Nagada stößt zu uns.«

»Gut!« kam es von Charlton leise. »Ich hoffe nur, Skaara bringt genügend Tänzer mit zum Ball ...«

Aber beide Seiten waren darüber enttäuscht, was sie vorfanden. Die Neuankömmlinge waren weder frisch noch zahlreich genug, um die Horuswächter von einem Angriff abzuschrecken. Und die abydianischen Milizionäre waren sichtlich erschüttert, als sie sahen, daß die Streitkräfte, die sie für ihre mächtigen Verbündeten gehalten hatten, zusammengeschmolzen und buchstäblich an die Wand gedrückt waren.

Skaaras jugendliches Gesicht glich einer Totenmaske. »Die Stadt fällt auseinander«, sagte er. »Aber die größte Gefahr kommt von hier.«

»Ich schlage vor, du läßt dich zu den Minen zurückfallen«, sprach O'Neil. »Dort ist unser Sammelpunkt. Und setz dich schnell in Bewegung. Ich glaube, der Feind rührt sich wieder.«

Skaara nickte und kehrte zu seinen Leuten zurück.

Charltons Stimme war sehr ruhig, als er sagte: »Er kam, um uns seine Hilfe anzubieten – und hat dabei alles aufgeboten, was er hatte.«

Die Abydianer setzten sich in Bewegung. Ein großer Teil der Truppe schlug den Weg zu den Minen ein, der andere bog zur Stadt ab.

»Sie hätten ihn warnen sollen«, begann Charlton.

O'Neil unterbrach ihn. »Es geht los«, sagte er mit gepreßter Stimme.

Die Horuswächter hatten sich neu gruppiert und griffen wieder an. Da sie mit ihren Nachtsichtgeräten die Finsternis durchdringen konnten, war ihnen die abydianische Miliz sicherlich aufgefallen. Es schien, als hätte Skaaras Hilfsangebot den letzten Angriff nur beschleunigt.

Die Männer sind eingewiesen worden, versicherte sich O'Neil. *Sie wissen, was sie zu tun haben.*

Da auf der einen Seite noch immer die Treibstoffbrände wüteten, gab es für die Horuswächter keine Möglichkeit, im Schutz der Dunkelheit vorzugehen. Im flakkernden Feuerschein sahen sie noch unmenschlicher aus – wie ein böser Traum aus der Wiege der Menschheit.

Die vorrückende Flut überschritt die Dreihundert-Meter-Linie – eine unverdächtige Marke.

»Feuer eröffnen«, befahl O'Neil.

Die Marines wählten sorgfältig ihre Ziele, einzelne Schüsse zerrissen die Nacht. Leichte Mörser wummerten. Granatwerfer feuerten. Horuswächter fielen, aber die Verluste bedeuteten so viel wie Nadelstiche für ein angreifendes Nashorn.

Noch zweihundert Meter.

Strahlenlanzen antworteten auf das Gewehrfeuer. O'Neil kauerte sich noch tiefer in das Loch und gab selber Schüsse ab. Seine Bauchmuskeln verkrampften sich ...

»Jetzt!« Er packte den Funker an der Schulter.

»Batterie Vier!« schrie der Mann bereits in sein Funkgerät.

Draußen in der Wüste gab die mit vier Geschützen bestückte Artilleriebatterie der Marines, die O'Neil für den Notfall heimlich hatte aufstellen lassen, die Tarnung auf und begann zu feuern.

Die Geschütze waren so justiert, daß sie ihre Granaten hundert Meter vor O'Neils Stellung niedergehen ließen. Ein kleiner Berechnungsfehler, und wieder würde eine Truppe dem Feuer aus den eigenen Reihen zum Opfer fallen.

Explosionen zerrissen die Nacht, wüteten in den Reihen der vorrückenden Horuswächter. Auf ihrer Welt mochten sie Götter sein, aber hier auf Abydos waren sie nichts weiter als statistische Zielobjekte.

In der Wüste zogen die Artilleristen ihre Abzugsleinen. Eine zweite Salve, eine dritte, eine vierte.

Es wurde zuviel für die falkengesichtigen Wächter. Sie zogen sich zurück ...

Die fünfte Salve bestand aus Leuchtraketen, das

Signal, sich vom Feind zu lösen und sich zu den Minen zurückfallen zu lassen.

O'Neil sprang aus dem Schützenloch. »Zeit, sich zu verdrücken!«

Daniel Jackson erwachte mit pochendem Schädel und dem dringenden Bedürfnis, sich zu übergeben. Er hing mit dem Kopf nach unten, daher dieses Gefühl in seinem Kopf, und spürte irgendein rauhes Material. Und er schaukelte und wurde hin- und hergworfen, was wohl die Übelkeit hervorrief.

Komisch, ich dachte, mir würde es wenigstens körperlich besser gehen, wenn ich schon verführt werde.

Aber er konnte sich noch nicht einmal an etwas Erfreuliches erinnern.

Dann bemerkte er, daß seine Hände zusammengebunden waren.

»Wa...« Das Wort war mehr ein Krächzen. »Was ist hier los?«

Langsam kam er zu sich. Das rauhe Material war ein abydianischer Umhang. Jemand trug ihn auf der Schulter – ein ziemlich großer Mann, nahm er an. Klar, dem Kerl schien Daniels Gewicht nichts auszumachen. Er hielt ein gleichmäßiges Marschtempo.

Jemand neben der ›Schulter‹, wie Daniel seinen Träger sofort bezeichnete, sprach ein paar Worte.

Niemand sprach zu Daniel.

Daniel reckte seinen Hals und schaffte es, einen Blick auf die Gegend zu werfen. Es nützte nicht viel. Alles, was er sah, waren Sanddünen in rötlichem Licht.

»Hey!« sagte eine betrunkene abydianische Stimme vor ihm (hinter ihm?). »Ihr geht in die falsche Richtung! Hat's euch denn niemand gesagt? Die Erdlinge sind zu den Minen abgehauen. In ihrem alten Lager sind jetzt nur noch die Falkenköpfe! Tausende und Abertausende! Und morgen gehen sie zur Mine und töten alle. Geht lieber nach Hause ...«

›Schulter‹ ließ Daniel einfach in den Sand fallen und schritt weiter. Daniel kam auf alle viere. Hinter sich hörte er die Geräusche eines Handgemenges, einen Schrei und dann ein unheilvolles *krnsch*!

Beine, los, an die Arbeit, dachte Daniel.

Aber seine Beine gehorchten nicht.

Sie waren an den Knöcheln zusammengebunden.

Daniel gelang es, sich umzudrehen; nun konnte er allem, was kommen mochte, wenigstens ins Auge blikken. Die mörderische ›Schulter‹, ein bedrohlicher Schatten vor dem brandroten Himmel, kam wieder näher.

Konnte dieser Betrunkene recht gehabt haben? Hatten die Horuswächter den irdischen Brückenkopf genommen?

Wieder eine leise Unterhaltung. Daniel konnte die Worte nicht verstehen, war sich aber sicher, daß die andere Stimme einer Frau gehörte. Er drehte sich um und spähte in die rotflackernde Dunkelheit.

›Schulter‹ warf die Kapuze seines Umhangs zurück und spielte an seinem Hals herum. Plötzlich verwandelte sich die Silhouette seines Kopfes in die eines riesigen Falken.

Ich denke, das beantwortet die Frage, dachte Daniel.

Der große Mann machte sich erneut an seinem Hals zu schaffen, und seine normale Silhouette erschien wieder. Diesmal verstand Daniel, was die weibliche Stimme sagte – sie stimmte zu.

›Schulter‹ zog seinen Umhang aus, und alle Insignien eines Horuswächters kamen zum Vorschein.

Neben sich hörte er ebenfalls einen Umhang rascheln. Er sah hinüber. Noch einer von den Jungs? Nein.

»Oh, mein Gott!« platzte es aus ihm heraus.

»Göttin, eigentlich«, kam die englische Antwort.

Das Gesicht, das zu ihm hinabsah, erinnerte ihn entfernt an Faizahs Gesicht – als wäre es deren ältere, verhärmte Schwester.

Natürlich – das letzte Mal, als Daniel dieses Gesicht gesehen hatte, war es ebenfalls seltsam beleuchtet worden – vom grellen blauen Schein des Materietransmitters.

»Hathor«, sagte Daniel schließlich.

»Ja«, sagte die Kriegerin über ihm; Faizah existierte nicht mehr.

»Du solltest dankbar sein, Daniel, daß du hier bist«, fuhr die kühle, ironische Stimme fort. »Ich hatte vorgehabt, mich an dir zu vergnügen – um dich dann loszuwerden. Nenn es verletzten Stolz. Wenige Männer haben, was ich dir angeboten habe, zurückgewiesen.«

Und dabei überlebt. Das Satzende schien in der Luft zu hängen.

Hathor griff sich an den Hals und hielt das Medaillon mit dem Auge des Ra empor.

»Dann entdeckte ich, daß du das hier besitzt. Und ich dachte, daß du als Gelehrter vielleicht noch ein paar ... abschließende Forschungen betreiben möchtest.«

Plötzlich bekam ihre Stimme einen geschäftlichen Ton. »Wenn du dich bereit erklärst, mit uns mitzukommen, löse ich dir die Fußfesseln.«

»Ähm – okay«, zögerte Daniel nicht zu sagen. Vielleicht konnte er den großen Kerl abhängen. Aber gegen Hathor hatte er keine Chance – und schon gar nicht gegen die Strahlenlanzen, die sie mitführten. »Wer ist dein großer Freund?«

»Er hat geholfen, Abydos zu zerstören«, sagte Hathor nonchalant. »Er heißt Khonsu.«

Es war in irgendeinem ägyptischen Gedicht – Daniel konnte sich nicht an die Quelle erinnern. Aber eine Zeile war ihm im Gedächtnis geblieben. »Khonsu der Mörder ist.«

Die beiden Götter aktivierten ihre Masken, und die Unterhaltung war zu Ende. Hathor trug nun statt der Horusmaske das konventionelle Katzenemblem. Wie konnte man jemanden mit ihrer Figur für einen gewöhnlichen Horuswächter halten ...

Daniel nahm an, daß, wer ihr begegnete, vielleicht anderes zu tun hatte, als sich an ihrem Körper zu weiden – den Kampf zu überleben, zum Beispiel.

Offensichtlich hatten sie ihre Masken zu Kommunikationszwecken aufgesetzt. Es dauerte nicht lange, und eine Schwadron Horuswächter erschien, die Hathor mit einer tiefen Verbeugung begrüßten. Sie umgaben das seltsame Trio wie eine Ehrenwache und geleiteten sie ins Marine-Lager.

Hathor nahm wieder ihre menschliche Gestalt an, als sie das in Schutt und Asche liegende Lager erreichten. Zelte waren in Fetzen geschossen, zerstörtes Kriegsgerät lag herum, und überall die Leichname von Menschen und Horuswächtern.

»Dein Freund, der Marine, konnte entkommen«, verkündete sie, nachdem sie die Meldungen erhielt. »Ich lasse meine Untergebenen morgen die Verfolgung fortsetzen. Im Moment habe ich andere Sorgen.«

»Verzeih, wenn ich neugierig bin«, sagte Daniel. »Ich will mich ja nicht in militärische Geheimnisse einmischen. Aber du hattest kaum genug Wächter, um das Schiff dort drüben zu besetzen.« Er wies mit dem Kopf zum *Auge des Ra*. »Woher hast du also die Armee?«

Hathor sah ihn an und zuckte dann mit den Schultern. »Einer meiner Rivalen regierte über einen sehr bevölkerungsreichen Planeten. Er zog sich von dort zurück, als ich meinen Anspruch auf Tuat in die Tat umsetzte.«

»Ras Thronwelt.«

»Ja. Ich vergaß, du hast ja diese kindischen Hieroglyphen entziffert.« Sie wirkte verärgert über seine Unterbrechung – was leicht zu einem Problem werden könnte, das sein Leben verkürzen konnte, ermahnte sich Daniel.

Aber er nahm sein Leben wieder in die Hand. »Also, woher hast du die Armee? Dein Rivale hatte anscheinend Tausende, und du nur fünfzig.«

Sie schien fast gelangweilt. »Wie schaffte ich es wohl, mit nur zwei Helfern die abydianischen *fellahin* gegeneinander aufzuwiegeln? Ein Schlag gegen das Haupt ist meistens die einfachste Methode.«

Sie erreichten das goldene Raumschiff. Wächtergruppen waren in den Korridoren zugange und räumten dort auf.

Das gleiche geschah in der Pyramide des SternenTors. Weitere Untergebene erschienen und überbrachten mit leisen Stimmen ihre Meldungen. Eine Meldung hatte es ihr besonders angetan – für Hathor schien es nichts weiter als amüsanter Tratsch zu sein.

»Scheint«, sagte sie, »daß sich deine Frau über uns aufhält. Sie hat sich in den oberen Decks des Raumschiffs verschanzt – fast so wie ich vor nicht allzu langer Zeit.«

Ihre Amüsiertheit schwand. »Meine Leute glauben nicht, daß ihr Widerstand so erfolgreich sein wird wie meiner.«

Dann traf die Göttin eine Entscheidung. »Ich bedauere, daß ihr nicht voneinander Abschied nehmen könnt. Wir werden uns nämlich auf eine Reise begeben.«

Sie gingen hinunter zu der Kammer mit dem SternenTor, welche Hathor hatte räumen lassen. Auch Khonsu wurde befohlen, sich zu entfernen, was zu einem kleinen Disput führte.

Als sie allein waren, zog Hathor das Medaillon mit dem Auge des Ra hervor. »Ich habe mir das etwas näher angesehen, als du geschlafen hast«, sagte sie. »Die Außenseite besteht aus Bronze, im Inneren jedoch finden sich Einlagen aus Ras besonderem Mineral.«

»Und wozu ist es gut?« fragte Daniel.

»Ich habe es einmal gesehen«, erwiderte die Göttin feierlich. »Ich werde es dir zeigen.«

Klar, dachte Daniel. *Tote sagen nichts mehr.*

Mit dem Medaillon in der Hand schritt Hathor auf das SternenTor zu. Sie blieb bei der Gravur stehen, welche die Sternenkonstellation Serpens Caput, das Schlangenhaupt, darstellte. Hathor drückte das Amulett gegen das Zentralgestirn der Konstellation und trat zurück. Der riesige Goldquarzring setzte sich leise in Bewegung und drehte sich, bis die dreieckigen Zähne einrasteten.

Daniel bemerkte, daß die Ortsmarkierung nicht wie sonst auf dem Zeichen für die Sternenkonstellation zu stehen kam. Es schien, als hätte Ra das Portal für zwei verschiedene Koordinatensysteme entworfen: für die

Sternenkonstellationen, die jeder in seinem Imperium benutzte, *und für den Raum zwischen den Sternzeichen, was anscheinend sein Geheimnis war!*

Der letzte Zahn rastete ein und löste diesen seltsamen Klang aus, der die Bildung des Energiefeldes im SternenTor begleitete.

Eine Energiewelle brandete heran und glättete sich zu der Lichtoberfläche, die von den täuschend ruhigen Wellen durchzogen wurde.

Daniels Handgelenk wurde von einer starken Hand ergriffen.

»Komm«, sagte Hathor schroff. »Sehen wir uns an, was Ra vor uns versteckt hielt.«

Sie mußte ihn nicht drängen. Daniel trat bereits mit ihr in das Energiefeld.

In seiner Kindheit, nach vielen mißlungenen Abenteuern hatte Daniels Stiefmutter ihm immer wieder gesagt, daß ihn seine Neugierde noch mal umbringen werde.

Vielleicht, dachte Daniel, *wird sich nach all den Jahren herausstellen, daß Mom doch recht gehabt hatte.*

14. KAPITEL
AUS DER HÜFTE SCHIESSEN

Auf seiner zweiten SternenTor-Reise mußte Daniel Jackson feststellen, daß er nicht sagen konnte, ob sie kürzer oder länger gewesen war als die erste. Und das lag nicht nur an der Orientierungslosigkeit, die eintrat, wenn man zwischen zwei weit auseinanderliegenden Welten herumgeschleudert wurde. Die Geometrie und der Raum der ›Verbindungsröhre‹ – oder was immer es sein mochte – vertrugen sich nicht mit den heimischen drei – oder, wenn man die Zeit hinzurechnete, vier – Dimensionen, an die Daniels Sinne gewohnt waren.

Eines aber war gewiß. Ganz egal, wohin man mit dem

SternenTor reiste, man konnte eine holprige Passage erwarten.

Daniel wurde aus dem SternenTor-Terminal geworfen und fühlte sich, als wäre er mittels eines Schlags auf den Kopf durch eine Hochgeschwindigkeitsgeisterbahn gerast, in der einem besonders hart und übel mitgespielt wurde.

Trotzdem, auf eine seltsame, sadistische Art und Weise war die Passage ... nicht so schlecht. Er landete zusammengerollt wie ein Fötus. Aber diesmal erinnerte er sich von alleine daran, daß er atmen mußte, und ihm wurde nicht kotzübel.

Natürlich kniete Hathor über ihm, rüttelte übellaunig an ihm herum und sagte, er solle sich zusammenreißen.

Vielleicht ist das der Unterschied zwischen Menschen und Göttern, dachte er. *Sie werden physisch und psychisch vollkommen durchgeknetet und können trotzdem so tun, als wäre nichts gewesen.*

Schließlich ließ die Göttin von ihm ab – was eine weise Entscheidung war. Schon in seiner Jugend konnte er zielgenau kotzen.

Daniel brauchte ein, zwei Augenblicke, bis er sich wieder für seine Umgebung zu interessieren begann. Erst dann bemerkte er den sprechenden Kopf; er war aschfahl, irgendwie menschlich – aber definitiv und abschreckend anders.

Daniel wußte, daß Ra eine Symbiose zwischen einem jungen Menschen und einem uralten Alien gewesen war. Anscheinend war hier die andersweltliche Seite von Ras Stammbaum.

Endlich konzentrierte sich Daniel auf die Tatsache, daß der schwebende Kopf sprach. Dann wurde ihm bewußt, daß er nicht ein Wort von dem, was das komische Ding von sich gab, verstand.

Und, noch schlimmer, Hathor schien ebenfalls keinerlei Anhaltspunkte zu haben. »Verstehst du seine Sprache?« fragte sie.

Mm-mm. Keiner von beiden hatte in Betracht gezogen, daß Ra hier – wo immer sie sich auch befanden – ein Sicherheitssystem installiert haben könnte.

Der schwebende Kopf schien eine programmierte Rede herunterzuleiern und wurde mit jeder Wiederholung ein wenig nervöser. Das Ding war anscheinend ein dreidimensionales Bild, dessen Ränder ein wenig unscharf waren.

Schließlich streckte Hathor dem Kopf ihr Medaillon hin, das sie um den Hals trug. Damit hatte sie, wie es schien, die richtige Wahl getroffen. Das Gesicht wurde freundlicher, auch wenn es noch immer unverständlich daherredete.

Daniel betrachtete unterdessen den Raum, in dem sie gelandet waren. Er wies eine entfernte Ähnlichkeit mit dem Kommandodeck der *Auge des Ra* auf – so wie ein Wandschrank ungefähr einem Stadion gleicht.

Der Raum war riesig – zumindest so groß, daß er einige Football-Felder hätte aufnehmen können. Zuschauertribünen eingeschlossen.

Viele Schaltpulte standen herum, die in dem weichen Licht schimmerten. Daniel mied sie. Aber unmittelbar neben dem sprechenden Kopf befanden sich eine Tafel und ein Schreibstift aus Goldquarz, auch sie glichen den Mikrocomputern auf Hathors früherem Schiff.

Daniel nahm die Tafel und zeichnete die Hieroglyphe für *wo*?

Sofort erschien ein neues Bild. Es zeigte eine stilisierte Pyramide zwischen stilisierten Sonnen.

Hieroglyphen, die zwischen den Sonnensymbolen standen, bezeichneten die Namen der Sterne.

Hathor starrte darauf. »Demnach sind wir irgendwo im interstellaren Raum geparkt!«

Ihr Blick wurde grüblerisch. »Ein guter Ort, um wertvolle Dinge zu verstecken.«

Sie nahm den Stift und schrieb das Zeichen für *was*?

Das Bild änderte sich. Nun hing eine kleine Pyramide vor ihnen.

»Was sonst?« fragte Hathor sarkastisch.

Hieroglyphen zogen mit großer Geschwindigkeit an ihnen vorbei. Anscheinend waren die Angehörigen von Ras Rasse schnellere Leser als die Menschen.

Die obere Spitze entfernte sich und ließ eine abgestumpfte Pyramide zurück. Daniel betrachtete sie, nahm sich wieder den Stift und schrieb *größer*.

Als das Bild dreimal so groß war wie zuvor, war er sich sicher. Er zeigte auf die gekappte Pyramidenspitze und sagte: »Dachte mir doch gleich, daß das das größte Raumschiff ist, das ich jemals gesehen habe. Und Ras fliegender Palast – war die ganze Zeit nur das Dinghy oder das Rettungsboot für ... das hier! Was immer es sein mag.«

»Ein unendlich mächtiges Raumschiff von Ras Heimatwelt«, sagte Hathor. »Versteckt, aber zugänglich, wenn er es brauchte. Wer weiß, wie lange es hier schon wartet?«

Sie schnappte sich wieder den Stift und stellte nun spezifischere Fragen. Daniel war nicht sehr glücklich über die Antworten. Ausmaße – riesig. Geschwindigkeit – unglaublich. Ra hatte sich in einem ›Palast‹ herumgetrieben, der kaum ein Viertel der Geschwindigkeit und der Reichweite des Mutterschiffs hatte. Waffen – viele, alle mächtig.

Hathor dachte einen Moment lang nach, dann zeichnete sie das Wort für *Besatzung*.

Daniel hatte erwartet, daß er einen weiteren 3-D-Film zu sehen bekam. Statt dessen erwachte eines der Schaltpulte zum Leben. Erst kamen Hieroglyphen für die Anzahl der Leute – sie ging in die Hunderte. Dann kam das Zeichen für Schlaf mit einer seltsamen näheren Bestimmung. Aber es folgte keine lebhafte Diskussion. Die Bilder über der Konsole wirkten echt. Sie zeigten Hunderte von Gestalten, die auf einfachen Konturliegen lagen, entweder in Schlaf versunken oder tot. Als sie näherzoomten, wich Hathor mit verzerrtem Gesicht zurück.

Die Mannschaft ... die Gestalten waren Aliens. Allerdings schienen sie nicht mit dem sprechenden Kopf verwandt. Sie trugen zinnoberrotes Fell, besaßen scharfe Kojotenschnauzen und seltsame Schlappohren.

Daniel starrte sie so lange an, bis seine Augen tränten, und weidete sich an der Lösung einer der schwierigsten Fragen der Ägyptologen. Kein Wunder, daß für das typhonische Tier kein entsprechendes Exemplar in der irdischen Zoologie gefunden werden konnte. Das Original stammte nicht von der Erde.

Die schlafenden Aliens mit dem roten Fell waren das lebende Ebenbild des enigmatischen Gottes Seth.

»*Setim!*« Hathor spie das Wort förmlich aus. Daniel Jacksons überraschten Blick nahm sie nicht zur Kenntnis. Sie kannte diese halsstarrige Rasse von früher. Sic waren Ras erstc Diener gewesen, Bewohner von Tuat-der-Welt. Sie waren die Baumeister, die Handwerker – diejenigen, die wahrscheinlich das SternenTor erfunden hatten, das sie und Daniel in diese Schatzkammer gebracht hatte.

Und diese roten Teufel waren für die menschlichen Untergötter ein beinahe unüberwindliches Hindernis bei ihrem Streben nach der Macht gewesen. Nur die Tatsache, daß Ras Körper der eines jungen Mannes war, hatte ihresgleichen, hatte einem Ptah, einem Sobek ... und ihr selbst die Tür geöffnet.

Lange Jahre harter Intrigen waren nötig gewesen, aber schließlich hatten die Setim einen Fehler begangen – und die menschlichen Untergötter konnten sich im vollen Glanz von Ras Wohlgefallen sonnen. Und hatte sie nicht selbst gegen sie, die Rebellen von Ombos gekämpft? War sie von ihnen nicht beinahe getötet worden? Ihr Feldzug gegen sie hatte schließlich zum Triumph geführt. Sie hatte eine Welt in Blut ertränkt, aber die Rasse von Seth war nicht mehr.

Bis auf diese Schlafenden ...

Worauf warten sie? Sha'uri kniete an einer der Barrieren, die die Treppen des Raumschiffs blockierten, und wartete auf den unvermeidlichen Angriff der Horuswächter. Sie hielten nur vier Decks an Bord der *Auge des Ra* und hatten kaum fünfzig Leute, Zivilisten eingeschlossen. Ein entschlossener Angriff konnte sie wahrscheinlich an einem Nachmittag davonfegen.

Warum hatten die Horuswächter mit ihrer Arbeit noch nicht begonnen?

Sha'uri verließ ihre Wache und fühlte sich müde, hungrig und durstig.

Es gab Raum genug zum Schlafen, aber wenig Privatsphäre. Ernsthafter war schon die Frage der Nahrungsversorgung. Alles zusammengerechnet, die militärischen Essenspakete und Gary Meyers gehortete Schokoriegel eingeschlossen, konnten sie ein bis zwei Tage Belagerung überstehen, vielleicht mehr.

Aber am schlimmsten war das Wasser. Sie hatten keine Vorräte, nur das, was in ihren Körpern war. Sha'uri, ausgestattet mit der Erfahrung eines Wüstenvolkes, wußte, wie man Flüssigkeiten ›recyclen‹ konnte. Aber konnten die eitlen Erdbewohner damit leben?

Wahrscheinlich würden sie lieber kämpfen und schnell sterben.

Als sie oben in dem Raum ankam, den die Belagerten bereits ›Wohnzimmer‹ nannten, stellte sie fest, daß ihre Genossen sich mit allerlei Behältern – und Trinkwasser! – zuprosteten.

»Wie ...?« Ihr blieb fast der Mund offen.

Barbara Shore zeigte das fiebrige Lächeln schlafloser Nächte und ununterbrochener Arbeit. »Wir haben hier oben Kopien unserer technischen Übersetzungen – und wir hatten einen Durchbruch. Schon faszinierend, wie Entscheidungen, von denen Leben und Tod abhängen, das Gehirn auf Hochtouren bringen.«

»Wir begannen mit dem alten Programm über die Initiierung von Reparaturprozessen«, sagte Peter Auchinloss. »Nach einigen Versuchen und nachdem wir ein paar Fehler in der Übersetzung verbessert hatten, funktionierte es. Es gelang uns, die Notversorgung des Schiffes auf die Wasserleitungen umzulegen – aber wir sammeln natürlich das Wasser, solange es noch läuft.«

Barbara lächelte. »Und nun droht Peter damit, einige der Außenscanner zusammenzuflicken!«

Auchinloss hielt Wort. Am Nachmittag hatte er es geschafft, daß genügend Scanner arbeiteten, um auf dem Kommandodeck ein dreidimensionales Panoramabild zu erzeugen.

Was sie allerdings sahen, ließ die Moral der kleinen Gruppe sinken.

Das Lager war vom Feind vollständig überrollt worden. Wohin sie blickten, sahen sie Horuswächter.

Noch bedrohlicher aber waren die Bilder vom Eingang zum SternenTor. Zunächst begannen die Wächter, seltsam geformte Dinge herauszutragen, die aus dem kristallenen Goldmaterial bestanden, auf dem Ras Technologie basierte. Andere setzten sie zusammen. Nach nur wenigen Stunden nahmen sie eine vertraute Gestalt an. Der Feind begann, eine Udajeet-Flotte durch das Tor zu importieren.

Verärgert wandte sich Auchinloss ab. »Zurück zu den grundlegenden Dingen«, sagte er. »Es wäre sehr praktisch, wenn wir auf den Decks unter uns Bewegungsmelder hätten.« Er runzelte die Stirn. »Schließlich wollen wir doch wissen, ob wir Gesellschaft bekommen.«

»Nun?« General West sah von dem Bericht, den er zu lesen vorgab, auf. Nachdem er ihn zum dritten Mal überflogen hatte, ergab er noch weniger Sinn als beim ersten Mal.

Der untergebene Offizier schüttelte den Kopf. »Keine Veränderung, Sir. Seit fünfzehn Stunden haben wir nun keine Lieferungen mehr von Abydos erhalten. Auch keine Nachrichten.«

»Dann müssen wir annehmen, daß sich das Abydos-

SternenTor in den Händen des Feindes befindet. Haben die Sprengtrupps ihre Arbeit im Creek Mountain aufgenommen?«

Kalter Schweiß lief ihm über den Nacken, wenn er nur daran dachte, daß ein ganzes Bataillon auf einem anderen Planeten festsaß.

Aber er war auch fest entschlossen zu verhindern, daß außerirdische Krieger erneut die Erde angriffen. Wenn auch nur die Möglichkeit bestand, daß Horuswächter das irdische SternenTor erobern konnten, dann würde er lieber den Silo über ihren Köpfen zum Einsturz bringen.

Sein Adjutant nickte. »Es läuft alles gemäß den Notfallplänen, Sir.«

West kniff die Augen zusammen. »Und die Truppe für den Gegenschlag?«

»Voll bewaffnet und bereit zum Sprung, Sir – ebenfalls gemäß dem Notfallplan.«

Jack O'Neil stand auf der obersten Terrasse der Nagada-Mine und glich eher einem Bauarbeiter als einem befehlshabenden Offizier. Er war von Kopf bis Fuß mit weißlichem Staub bedeckt, durch den sich Schweißrinnsale zogen wie verzweigte Flüsse.

Aber er lächelte ein grimmiges Lächeln, als ein Bulldozer den letzten Eingang zu den künstlichen Höhlen freiräumte, die hier in den Fels gesprengt worden waren.

Hier am Sammelpunkt hatte er das überzählige Gerät und die zusätzlichen Verpflegungsgüter vergraben lassen, die er General West hatte abringen können. Hier lagerten Panzer, Mörser und genügend Munition. Granaten. Verbandszeug. Nahrungsmittel.

Er hatte vom Feind ein wenig Abstand gewonnen. Ihre Infanterie mußte nun gegen seine Panzer, Mörser und Artillerie und deren größere Reichweite antreten. Er hatte die Horuswächter nicht aufgehalten, aber ihren Vormarsch verlangsamt; sie hatten sich blutige Nasen geholt.

Mit seiner zusammengeschmolzenen Truppe konnte er von den eingegrabenen Gütern lange genug überleben – hoffte er.

Die Horuswächter konnten nicht ewig die Verluste hinnehmen, die er ihnen zufügte. Früher oder später würde es zuviel werden. Dann konnte er zum Basislager vorstoßen und Kontakt mit dem SternenTor herstellen ...

Die Scheißkerle mußten sich einfach übernehmen. *Mußten* einfach!

Der M1A2-Panzer der Army ratterte durch die Senke zwischen zwei Sanddünen, seine Ketten wirbelten Staubwolken auf. Die große Kriegsmaschine hielt an, der Turm drehte sich in die Richtung, die ein vorderer Beobachter angab. Die schwere Kanone feuerte einmal, dann war der Panzer wieder unterwegs, wühlte sich durch das sandige Terrain und achtete darauf, daß immer eine Düne zwischen ihm und den langsam vorrückenden Horuswächtern lag.

»Im Golfkrieg nannten wir das aus der Hüfte schießen«, sagte der Panzerkommandant seinem Kanonier. Er benetzte seine trockenen Lippen. »Aber damals, da ging's nach vorne, und nicht zurück.«

Sechs Dünen weiter warf sich eine Kompanie Horuswächter in den Sand, als ein Säuseln in der Luft eine Granate ankündigte. Das Ding ging nicht auf sie nieder, sondern schlug zwei Dünen weiter ein.

Der Wächter Reshef erhob sich und versuchte den Sand von Brust und Beinen abzuklopfen. Er klebte sich dort durch den säuischen Schweiß fest, den diese nicht enden wollende Hölle – den Berg hinauf, hinwerfen, die Toten und Verwundeten versorgen, weiterrennen – von ihnen forderte.

»Ammit soll diesen Unsinn holen!« fluchte er. »Ich bin Udajeet-Pilot und kein Sandkriecher. Ich gehöre in ein nettes, kühles Cockpit, um diese dreimal verdammten beweglichen Kanonen hochgehen zu lassen.«

P'saro, zu dessen Aufgabenbereich Häuserkampf und Bekämpfung von Aufständischen gehörte, grunzte. »Diese wunderlichen *fellahin* besitzen besondere Waffen, mit denen sie die meisten Udajeet-Piloten wie dich vom Himmel holen können!«

Er stieß ein Lachen aus, als sie die nächste Sanddüne hochstolperten. »Nur diejenigen, die diese Waffe kennen, werden bei diesem Feldzug fliegen. Habe ich gehört.«

Reshef umfaßte fester seine Strahlenlanze. Es gefiel ihm nicht, daß er in dieser Einheit war. Sie bestand aus den Überlebenden mehrerer anderer Einheiten, nachdem sie aus der SternenTor-Pyramide ausgebrochen waren.

Obwohl die anderen Einheiten aus Bodenkämpfern bestanden, gab es unter ihnen auch Piloten wie ihn, die in die Infanterie gepreßt worden waren. Zumindest konnten sie sich nun gegenseitig ihr Leid klagen.

»Blödsinnige Art, einen Krieg zu führen«, grummelte Reshef.

»Willst du es vielleicht mit der Herrin aufnehmen?« schlug P'saro in ganz unschuldigem Ton vor.

Mit finsterem Blick starrte Reshef auf den Rücken seines Kriegsbruders. Jeder wußte, wie Hathor mit denen verfuhr, die sich beschwerten.

Nicht daß P'saro zufrieden war mit diesem Einsatz. Er war es gewohnt, in großen Städten zu arbeiten, wo er leicht Zugang hatte zu starken Getränken und willigen Dirnen. Hier in dieser Ödnis herumzutaumeln und mit dem Gegner Katz und Maus zu spielen, erschien ihm kein guter Schlachtplan.

Er hob seine Strahlenlanze. »Glaube nicht, daß ich sie heute auch nur einmal benutzt habe.«

»Gibt auch nichts, wozu man sie benutzen könnte«, stimmte Reshef zu. »Im direkten Kampf, unsere Lanzen gegen ihre *Gewehris* – oder wie immer sie heißen mögen –, gewinnen wir. Unsere Strahlenstöße sind schneller, genauer und wirkungsvoller als die Kugeln, die sie verschießen.«

»Trotzdem willst du von diesen Kugeln nicht getroffen werden«, sagte der andere Wächter. »Und schon gar nicht von den Schnell-Schießern.«

»Mann gegen Mann wäre mir lieber«, beharrte Reshef. »Aber das hier – sie verstecken sich und werfen Dinge in die Luft, die dann auf uns herabkommen ...«

»Du kannst keinen Strahlenstoß durch eine Düne feuern«, sagte P'saro. Er hatte Gerüchte von Wächtern gehört, die gegen wilde Bergstämme und deren Pfeile und Bogen gekämpft hatten. Früher oder später hatten die Udajeet die Wilden in eine Position getrieben, wo sie die überlegene Reichweite und Feuerkraft ihrer Strahlenlanzen ausspielen konnten.

»Wir werden sie uns schnappen.« Hinter seiner Maske grinste er. »Und dann machen wir sie fertig.«

»Umpf!« kam es von Reshef, der den sandigen Abhang hinunterschlitterte. »Wenn das hier uns nicht vorher fertigmacht«, fügte er schwer atmend hinzu.

Das Mörserteam hatte sein Glück aufs Spiel gesetzt und war drei Abschüsse lang am gleichen Platz geblieben. Nun wurden sie von Horuswächter-Schwadronen bestürmt wie von einem Schwarm Killerbienen.

Skaara befehligte eine Schwadron mit erfahrenen Milizionären. Einer anderen Milizgruppe, den Übriggebliebenen von Seks Kompanie, gab er das Zeichen, die Horuswächter aufzuhalten. Ein paar Handgranaten sollten reichen, um ihren Mut abzukühlen und den Kanonieren Zeit zu geben, damit sie ihren Mörser abbauen und abhauen konnten.

Es hätte funktioniert, wäre da nicht dieser hohe Pfeifton gewesen, der aus der Luft kam. Skaara erblaßte. Die Udajeet waren nach Abydos zurückgekehrt.

Wofür brauchen uns die Erdleute überhaupt? dachte Sek wütend, während er seine zerlumpten Leute auf eine hohe Düne führte.

Sie hatten ihre langen Kanonen, mit denen sie Katz und Maus spielen konnten – wären da nicht die Dummköpfe, die zu faul waren abzuhauen, solange noch Zeit dafür war.

Leises, gurgelndes Gelächter kam von Gamen, dem gewehrlosen Wunderknaben der Truppe. Er war ein richtiges Gossenkind, hatte die Hälfte seiner Zähne verloren und liebte Handgranaten.

Der kleine Kerl bewegte sich im Schutz des Dünenkamms und lauschte auf das Knirschen der Schritte, das von der anderen Seite der Düne kam. Eine Hand war bereits in der Umhängetasche mit den Handgranaten, die er immer bei sich trug.

Daß ein Udajeet im Anflug war, erkannten sie erst, als Sek seinen Schatten sah. Dann war es zu spät. Schwere Strahlenstöße gingen nieder, und das war das Ende von Gamen.

Die Nachfolgeexplosion der Handgranaten, die sich entzündet hatten, forderte zwei weitere Opfer unter Seks Leuten.

»Warum versuchst du das nicht mit den Panzern, du Bastard?« schrie Sek und versuchte das Gewehr auf die Flugmaschine zu richten. Aber der Udajeet war fort.

»Bastard«, sagte er noch einmal. Sieht den hochnäsigen Udajeet-Piloten ähnlich, sich die *fellahin* herauszupicken. Sie gingen – ganz richtig – davon aus, daß die Miliz keine Flugabwehrraketen besaß.

Nach der großen Abschußorgie bei Hathors Invasion waren die Udajeet-Piloten sehr wählerisch geworden, was ihre Ziele anbetraf.

Sek sah zu den vier Männern, die von seiner Kompanie noch übrig waren.

»Scheint mir«, sagte er, »daß man diesem Geschäft von Nagada aus sehr viel profitabler nachgehen kann.«

Die fünf Männer setzten sich in Bewegung, weg von der Hauptstoßrichtung des Angriffs, hin zu den Flanken – und nach Hause.

Skaara rannte durch die Dünen, einen Haufen wütender Horuswächter auf den Fersen, und sah seine Männer abziehen.

Wie Sand, der durch ein Sieb rieselt, dachte er. *Entweder sie vergießen ihr Blut, oder sie verlaufen sich einfach.*

Die Horuswächter auf der Abydosseite des SternenTors waren Verwundete, sie hatten bandagierte Beine oder den Arm in der Schlinge; sie trugen keine Strahlenlanzen. Aber sie besaßen laute Stimmen, mit denen sie über die Nachzügler herfielen, die zu spät auf dem Schlachtfeld eintrafen.

Worüber sie sich nicht ausließen, war Hathor, die ihre Welt Edfu aller Horuswächter beraubt hatte, um ihren Krieg hier führen zu können.

Leider war es nur allzu wahr, daß ihre Seite ausgelaugt und fast am Boden war und auch noch die letzten Rekruten aufbieten mußte. Vielleicht lag es daran, daß die neuesten Ankömmlinge wie Betrunkene taumelten, als sie aus dem SternenTor kamen.

»Ihr wollt Horuswächter sein!« schrie ein Veteran, der einen Brustkorb wie ein Faß hatte und gerade anfing, auch in der Mitte ein wenig rundlicher zu werden. »Selbst in meinen schlimmsten Tagen sah ich nicht so krank aus. Was ist los, hat man euch direkt aus der Krippe geholt? Woher kommt ihr? Hey, du unterernährtes Exemplar, ich rede mit dir!«

Der kleine drahtige Wächter drehte sich seinem Kameraden zu.

Dann hoben sie ihre Strahlenlanzen und begannen zu feuern.

Horuswächter mit zwei gesunden Armen waren ihr

erstes Ziel. Wächter in Schlingen wurden von den nachfolgenden Mitgliedern angegriffen.

Der Kampf war überraschend schnell zu Ende; das ›Frischfleisch‹ überwältigte die Veteranen, noch bevor sie über ihre Maskenkommunikatoren Meldung erstatten konnten.

Die Neuankömmlinge setzten ihre Falkenmasken ab. Einige drückten auf den Knopf an ihrem Jochbeinkollier, um die Maske herunterzufahren. Andere zerrten einfach Plastikimitate weg. Keiner der Männer war mit dem Auge des Ra tätowiert.

Das SternenTor baute ein neues Energiefeld auf. Aber diesmal waren die Gestalten, die erschienen, keine ägyptischen Götter. Sie trugen ausgebeulte, braune Tarnanzüge.

Ein Marine-Sergeant führte seine Männer die Rampe hinunter; er salutierte nachlässig. »Sieht so aus, als hätte es funktioniert, Sir!«

Lieutenant Kawalsky grinste. »Sagte ich doch. Aber was noch wichtiger ist, haben Sie mir und Feretti Hosen mitgebracht?«

Unsicher zupfte er am Saum seines Umhangs. »Ich bin nämlich noch nie mit einem Rock in den Kampf gezogen.«

15. KAPITEL

DIE MILLIONEN JAHRE ALTE BARKE

Bis Lieutenant Kawalsky seine Uniform und die anderen Ausrüstungsgegenstände angelegt hatte, die zu einem Soldaten des zwanzigsten Jahrhunderts gehörten, hatte das SternenTor weitere Truppen in die Halle gespuckt. Die Toten wurden zur Seite geräumt, Gefangene in Handschellen gelegt.

Kawalsky war nun soweit, sich zu bewaffnen. Er

zuckte mit den Achseln, als er den rucksackgroßen Kasten aus isoliertem Plastik sah. Ein gepanzertes Kabel lief vom unteren Ende des Kastens zu einer gewehrähnlichen Vorrichtung, die ebenfalls aus schwarzem, isoliertem Plastik bestand. An der leicht knolligen ›Nase‹ saß ein etwa fünfzig Zentimeter langer ›Lauf‹, dahinter ein Abzugshahn und ein Pistolengriff mit einem rudimentären Knollen. Die Waffe hatte das Gewicht und das Aussehen eines Flammenwerfers – nur da, wo die Mündung sein sollte, steckte ein fester, angeflanschter Zylinder aus Goldquarz.

Der Lieutenant legte den Sicherungshebel am Griff um, und ein dünner Warnton zeigte an, daß die Waffe geladen war. Er wandte sich Feretti zu, der ebenfalls eine Uniform und eine der neuen Waffen angelegt hatte. »Schätze, es ist an der Zeit, daß wir mit der Show beginnen.«

Die Invasoren von der Erde teilten sich in Vier-Mann-Teams auf, die mit zwei Standard-M-16-Gewehren, einem M-203 M-16 mit 40mm-Granatwerfer und einer der neuen Waffen ausgerüstet waren. Sie schlichen sich in den anschließenden Korridor, dann in die Kammer mit dem Materietransmitter, der nun von dem Geröll befreit war, das das Terminal an diesem Ende blockiert hatte.

Eine Schwadron Horuswächter mit Beinverletzungen betrat den apsisähnlichen Raum, der sich an einem Ende zur Großen Galerie hin öffnete. Sie hatten ihre Masken abgelegt, und in den tätowierten Gesichtern war deutlich ihre Bestürzung zu lesen, als sie ihre Strahlenlanzen gegen die unvermuteten Feinde richteten.

Feretti, ganz vorne, drückte den Abzug. Seine Waffe fauchte nur, aber der Energiestoß, der den ersten Wächter traf, verrichtete seine Arbeit; der Wächter wurde förmlich geröstet. Die Horuswächter erstarrten, und der Rest des Teams nutzte die Möglichkeit, sie niederzumähen.

In der säulenbesetzten Galerie dahinter wimmelte es

vor Menschen – blasse, ausgemergelte Sklaven schoben Holzkarren den leichten Anstieg hinauf, der zu einer steileren Rampe führte.

Sie wurden von Horuswächtern überwacht. Als sie den Lärm des Feuergefechts hörten, drehten sie sich um, und die geordnete Sklavenprozession löste sich auf.

Die Horuswächter kämpften wie Verrückte, um die Neuankömmlinge aufzuhalten, suchten hinter Säulen, den Karren, sogar hinter den großäugig glotzenden Sklaven Deckung. Das Krachen der Strahlenlanzen vermischte sich mit dem Rattern der Maschinengewehre und dem Fauchen der Strahlenwaffen der Marines.

Die Gewehrschützen hielten die Horuswächter nieder, die Granatwerfer gaben indirektes Feuer und die Energiewaffen suchten das direkte Duell. Die Kombination zeigte Wirkung. Die Marines erkämpften sich die Galerie und schlugen sich gegen verstärkten Widerstand zum Pyramideneingang durch.

Es ging nicht ohne Verluste ab. Kawalsky sah einen seiner Strahlenschützen im Feuerschein eines feindlichen Strahlenstoßes auflodern. Die Batterie explodierte mit einem grellen Flackern, und der Mann sank zu Boden.

Aber als sie im Kampf Mann gegen Mann gegen die Horuswächter standen, fühlte sich Kawalsky, als wären sie gleichwertige Gegner auf dem Spielfeld.

Feretti grinste und schickte einen Strahlenstoß durch eine hölzerne Barrikade. »Na, was meinst du?« fragte er. »Sollen wir uns von nun an Space-Marines nennen?«

Hoch oben im Kommandodeck des *Auge des Ra* hallten die Strahlenstöße und das gelegentliche *blam* der Techniker wider, die sich mit den Horuswächtern Feuergefechte lieferten. Die Wächter schienen noch damit zufrieden zu sein, das wissenschaftliche Kontingent in Schach zu halten, nur hin und wieder kam es zu Störangriffen. Die Verteidiger antworteten nur sporadisch und sparten ihre Munition.

Diesen Morgen war das Wasser wieder ausgeblieben, trotz Barbara Shores Herumgefummel an den Konsolen. Sie saß an ihrem Schreibtisch, ignorierte das Krachen der Strahlenlanzen und die vereinzelten Gewehrschüsse. Neben ihr saßen zwei technische Übersetzer. Einer gehörte dem Team von Sha'uri an, der andere dem von Faizah. Beide befaßten sich mit den technischen Prozessen, die den Trainingsprogrammen von Peter Auchinloss entstammten.

Warum also schienen sie sich zu widersprechen?

Seufzend hob Barbara den Kopf und sah aus dem ›Fenster‹ auf die holographische Ansicht, die von den Schiffssensoren von draußen übermittelt wurde.

Der Schrei, den sie von sich gab, übertönte alle Kampfgeräusche. Truppen strömten aus dem offenen Schlund der *Auge des Ra* und in das Basislager.

Truppen in den heimischen, schokoladenbraunen Tarnuniformen der U.S. of A.!

Mein Gott, wofür brauchten Ras Leute dieses Schiff? fragte sich Daniel Jackson, während er die scheinbar nicht enden wollenden Korridore des gigantischen Schiffes durchstreifte. Von Hathor mitgeschleift, hatte er gewaltige Geschützbatterien gesehen, Nahrungsmittelvorräte, die für eine ganze Armee ausgereicht hätten, rätselhafte Geräte, die als ›Kolonieausrüstung‹ bezeichnet wurden.

Und Hathor, gesegnet mit einem fast schon unverschämten Gefühl für Besitz, hatte von dem riesigen Pott nur als von ›ihrem Schiff‹ gesprochen.

Das reichte ihr als Name. Als Daniel vorschlug, daß die schlafende Besatzung angestammtere Besitzrechte hätte, war sie kurz davor, ihn umzubringen. Dann hatte sie sich damit begnügt, ihn mit einer schnellen Abfolge von Fußtritten durch den Raum zu jagen.

Daniel jedenfalls versuchte anschließend, seinen Mund zu halten.

Dennoch hätte er nur allzu gerne den wahren Namen des Schiffes erfahren. Der Schiffscomputer verwies ihn allerdings an die bordeigene Bibliothek.

Hathor nahm sie sofort in Besitz, um mehr über die Fähigkeiten des Schiffes und seine Bedienung zu erfahren.

»Ich ließ den Computer das nächstliegende Sternensystem identifizieren«, erzählte sie am nächsten Morgen. »Abydos ist nicht allzu weit entfernt. Ra muß dieses Schiff hierher gebracht haben, als er die Kolonie gründete – zum Segen für deine Erde. Sein fliegender Palast hätte vier Jahre dorthin gebraucht. Wäre es ihm wirklich wichtig genug gewesen, deine Welt zu bestrafen, hätte er sehr viel schneller dort sein können – und mit genügend Feuerkraft ausgestattet, um den ganzen Planeten auszulöschen.«

Hathors Blick verfinsterte sich. »Aber Ra ging immer zu subtil vor, wenn es um seinen eigenen Vorteil ging. Statt den irdischen Rebellen mit unüberwindbarer Stärke entgegenzutreten, schickte er heimlich Anubis und einige Horuswächter mit seinem Schlüssel für das SternenTor.«

»Ich dachte, du wärst damals vollauf beschäftigt gewesen, den Schlaf der Götter zu schlafen?« sagte Daniel.

»Aber so muß es gewesen sein. Barbara Shore sprach einmal von Leichen, die mit dem Boden verschmolzen waren. Und das Auge des Ra wurde dort gefunden, zusammen mit dem Deckstein.« Sie hielt das Medaillon hoch, das sie noch immer um ihren Hals trug. »Wer weiß, was dieser kleine Schlüssel noch alles in sich birgt?«

Daniel beschloß, diesen Gedankengang auf andere Bahnen zu lenken. »Ich würde sagen, Ra ist gut damit gefahren, daß er subtil vorging. Er hat eine zehntausend Jahre alte Spur hinterlassen. Hätte er sich in deine große Aktion gestürzt, hätte er seine verborgene Macht – und die Mannschaft hier – preisgegeben.«

»Mit Hilfe der Computer kann ich das Schiff alleine steuern«, beharrte weiterhin Hathor. Aus ihrer wunderschönen Gesichtsmaske ragten nur ihre häßlichen Augen heraus. »Vielleicht steuere ich mein Schiff nach Abydos – als Probelauf.«

Ihr Blick verhieß, daß das, was sie auf Abydos anrichten wollte, nur als Vorspiel für die Erde gedacht war.

Daniel überließ sie ihren Studien und ging zu dem Tor, das auf dem riesigen Kommandodeck in die Freiheit führte, dem SternenTor.

Ich muß herausfinden, wie es funktioniert, bevor Miss Universum diesen großen Kahn in Bewegung setzt, dachte er. Wenn Hathor mit Ras Schiff erst einmal losflog, war der einzige Ausweg, der ihm noch offenstand, aufgrund der veränderten Raumkoordinaten nutzlos.

Daniel hatte zwei mögliche Zielpunkte. Die sechsstelligen Koordinaten für die Erde und für Abydos waren in seinem Gedächtnis eingraviert. Aber hier, an diesem blinden Fleck, stellte sich ihm dasselbe Problem wie bei seiner Ankunft auf Abydos. Er brauchte die siebte Koordinate, die für den Ort seiner Abreise. Wenn er nur den Namen des verdammten Schiffes wüßte! Vielleicht gelang es ihm dann, seinen Ort auf Ras Glücksrad zu lokalisieren.

Ras Rad. Die alten Ägypter glaubten, daß die Bewegung der Sonne über den Himmel Ras ewige Reise darstellte, eine nie endende Bootsfahrt ...

Ras Barke. Jeder Ägyptologe kannte die Millionen Jahre alte Barke, Ras Sonnenschiff.

Verzweifelte Hoffnung erfüllte Daniel, als er einen der Plattencomputer zur Hand nahm. Mit dem Stift schrieb er die Hieroglyphe für die Millionen Jahre alte Barke.

Ein holographisches Bild erschien, das ein pyramidenförmiges Raumschiff zeigte. Dieselbe animierte Show, die der Computer abgespielt hatte, als er nach dem Ort hier befragt wurde.

Okay, nun wußte er den Namen des Schiffes. Wo fügte sich das auf dem SternenTor ein? Er ging die neununddreißig Symbole durch, die ihn damals, als er dieses Projekt angefangen hatte, wochenlang verfolgten. Und, was die Sache nicht besser machte, auch hier konnte Ra sehr subtil vorgegangen sein. Die Koordinaten für den Ort waren buchstäblich zwischen die Einkerbungen der eingravierten Symbole gerutscht. Angenommen, die Barke wurde auch durch eine Linie zwischen zwei Symbolen repräsentiert?

Dieser deprimierende Gedanke rief eine Erinnerung wach. Das Sonnenschiff war auf dem Deckstein eingraviert gewesen, der das SternenTor verbarg. Daniel brachte das Bild vor sein geistiges Auge. Die Barke schwebte in der Luft, zwischen Geb, dem Gott, der die Erde darstellte, und Nut, der Göttin, deren gekrümmter Rücken den Himmel hielt.

Zwischen Himmel und Erde.

Daniels Blick ging zum SternenTor-Symbol, das die Erde repräsentierte. Rechts daneben befand sich ein Zeichen, das wie ein zusammengeschmolzenes großes H aussah. Links ein Symbol, das er zunächst als Wurfstock identifiziert hatte, eine alte, boomerangähnliche Jagdwaffe der Pharaonen.

Aber es konnte auch eine stilisierte Figur sein, die ihren Rücken krümmte.

Daniel sprang zum SternenTor, drehte den inneren Ring und ließ die Zapfen einrasten. Vielleicht war es eine dämliche Idee, eine falsche SternenTor-Nummer, die keine Passage ermöglichte. Die ins Nichts führte und tödlich sein konnte.

Daniel zuckte mit den Achseln, als der tiefe Ton ertönte, der eine Verbindung zu einer anderen Welt anzeigte. Es konnte nicht gefährlicher sein als hier mit Hathor.

Und vielleicht, nur vielleicht, war es der Weg nach Hause.

Die Horuswächter hatten zwei Tage gebraucht, um sich von der eroberten Basis zu den Minen von Nagada durchzukämpfen – eine Strecke, die Jack O'Neil zu Fuß zurücklegte, wenn er etwas für seine Gesundheit tun wollte.

Und sie waren in sehr schlechter Laune angekommen.

Colonel O'Neil hatte in diesen beiden Tagen alles getan, um den Falkenmasken Kopfschmerzen zu bereiten. Er hatte sie mit indirektem Feuer belegt. Er hatte ihnen mit Panzervorstößen Verluste beigebracht. Und als die Udajeet auftauchten, hatten die Stinger-Raketen eine respektable Abschußrate erzielt.

Jetzt allerdings befand sich der Feind in einer Position, in der er seine Stärke im Nahkampf ausspielen konnte. Und Jack O'Neil konnte keine Kaninchen mehr aus seinem Barett hervorzaubern.

Er hatte gerade die letzten Munitionsreserven ausgegeben, als er aus einer Richtung Gewehrfeuer vernahm, aus der es eigentlich nicht kommen konnte. Jemand griff im Rücken der Horuswächter an.

Hatte sich Kasuf auf wunderbare Weise erholt, und führte er die zerstrittenen Fraktionen Nagadas in den Kampf? Ein Funkspruch von Lieutenant Kawalsky rückte das zurecht. Und ein grinsender O'Neil sagte seinen Männern, daß sie es weitersagen sollten: Die Kavallerie war gekommen.

Je näher die Angreifer kamen, desto klarer erkannte O'Neil die Handschrift Wests. Ungläubig starrte er durch das Fernglas auf die Marines mit den Strahlenwaffen. Es gab sogar einige leichte Panzerwagen, die statt der 20-mm-Kanonen panzerfaustgroße Strahlenwaffen trugen.

Eines mußte man General W. O. West lassen: Wenn es darauf ankam, ließ er sich nicht lumpen.

Die Horuswächter versuchten, ihre Linien zu halten und nach zwei Seiten zu kämpfen, aber die Neuankömmlinge waren einfach zu viel für sie.

Liebend gern hätte O'Neil einen Gegenangriff befohlen, aber auch seine Truppe befand sich am Rande der Erschöpfung. Er ließ seine Leute in den Stellungen und fungierte als Amboß, während die Entsatztruppe auf die Horuswächter einhämmerte.

Die Horuswächter schwankten. Dann flohen sie und wurden in die Wüste gejagt.

»Zwischen ihnen und den Wüstenpiraten werden die Karawanen nicht mehr durchkommen«, warnte Colonel Felton. »Nagada stehen hungrige Zeiten bevor.«

»Das Problem ist nur, die Horuswächter kennen nicht die Bedeutung des Wortes Kapitulation«, sagte Lieutenant Charlton. »Wenn wir das Basislager wieder aufbauen, werden wir die Sicherheitsmaßnahmen gegen Guerillaangriffe verstärken müssen.«

»Wir werden sogar etwas tun müssen, das General West nicht gefallen wird«, sagte O'Neil grimmig. »Alle Einfuhren und vor allem Ausfuhren durch das SternenTor haben nach einem festen Zeitplan zu erfolgen.«

Der Colonel schüttelte den Kopf. »Eine solche beschissene Situation darf es nicht mehr geben. Jeder, der außerhalb des Fahrplans im SternenTor erscheint ... wird eliminiert.«

Skaara fand seine Schwester auf einer der unteren Ebenen des Raumschiffs *Das Auge des Ra*, wo sie sich mit Barbara Shore über Diagramme stritt. Verwirrte Militärtechniker blickten von den Bildern zu den Apparaten, die sie aus dem Schaltkreislauf in der Wand entfernen wollten.

»Wir versuchen eine der großen Strahlenkanonen funktionsfähig zu bekommen«, sagte Barbara. »Bleibt nur die Frage, ob wir es schaffen.«

Sie schüttelte den Kopf. »Diese verdammte Faizah! Wenn sie ihren süßen Arsch noch einmal hier hereinschafft, werde ich ihr einen Tritt bis nach Nagada verpassen. Ihr Zeug klingt plausibel, aber irgendwo kommt immer der Punkt, an dem sie alles vermurkst.«

Sie überließ die Techniker sich selbst und begleitete Sha'uri und Skaara durch die Halle. »Ich weiß, Darlin', du willst deinen Vater sehen. Und nach allem, was man von Nagada hört, kannst du eine Militäreskorte gebrauchen.«

»Wenn von Nagada noch was übrig ist«, warf Skaara ein. »Nachdem das Schlimmste nun vorbei ist, verhalten sich die Menschen dümmer als jemals zuvor.«

»Wie geht es Vater?« fragte Sha'uri. »Wir hörten nur eine ziemlich verworrene Meldung, bevor die Horuswächter angriffen ...«

»Er und Nakeer waren alleine und unterhielten sich, als der Mörder auftauchte. Kurz nachdem Vater von der Kugel getroffen wurde, fiel er in die Bewußtlosigkeit«, sagte Skaara mit gepreßter Stimme. »Er ist noch nicht wieder erwacht.«

»Er wird aus dem Koma wieder aufwachen.« Barbara versuchte optimistisch zu klingen.

»Wer hat es getan?« wollte Sha'uri wissen. »Habt ihr sie erwischt?«

Skaara sah sie nicht an. »Es gibt keine Zeugen. Aber unsere Wachen sahen jemanden aus dem Zimmer laufen. Einen Mann mit blonden Haaren.«

»Daniel war da?« sagte Sha'uri. »Warum ...«

»Er lief weg«, wiederholte Skaara. »Das nächste, was wir wissen, ist, daß er mit Faizah im Hauptquartier der Freiheitsfraktion gesehen wurde. Dann gingen sie zu einem Lagerhaus in der Gewürzgasse. Wir fanden Kleider und ein paar Dinge, die Daniel gehören.«

Seine Stimme wurde leiser. »Und ein Bett war auch drin.«

Sha'uri starrte nur blind vor sich hin und sagte nichts.

»Als wir dort ankamen, wurden wir von einem Horuswächter angegriffen«, fuhr Skaara fort. »Wir glauben, daß Faizah für sie gearbeitet hat oder gar eine Horuswächterin ist. Und einige Milizionäre, die an den Kämpfen um das Lager beteiligt waren, sahen jemanden, der wie Daniel aussah, begleitet von einer Schar Horuswächter.«

Sha'uris Gesicht war wie aus Pergament.

Die sonst nie um ein Wort verlegene Barbara öffnete den Mund und schloß ihn wieder. »Ich – ich weiß nicht, was ich sagen soll.«

Sha'uri senkte ein wenig den Kopf und sah zu ihrem Bruder. »Ich will meinen Vater sehen«, sagte sie.

Fahrplanmäßig verschwand eine Ladung Quarzmineral im SternenTor. Der nächste Laster sollte in einer halben Stunde hinausgehen, zehn Minuten danach würde ein Laster hereinkommen.

Und dennoch begannen die Energiefelder in dem Portal gleich wieder aufzubauen. Alles im Raum spielte verrückt. Alarmsirenen schrillten. Die Techniker wurden sofort abgezogen, und hinter den Befestigungsanlagen, die eher an Fort Knox als an das alte Ägypten erinnerten, zogen Wachmannschaften auf.

Der Militärpolizist Phil Garber fummelte nervös an seinem M-203. Colonel O'Neil hatte den Einsatz von Strahlenwaffen am SternenTor verboten, denn niemand wußte, wie sich die beiden Energiearten miteinander vertragen würden. Und nach dem schrecklichen Desaster mit den Minen wurden nur noch Handgranaten und Gewehre gegen potentielle Invasoren eingesetzt.

Das SternenTor füllte sich mit der Energie des Transferfeldes. Etwas tauchte auf.

Aber der mit in einer braunen Kutte bekleidete Eindringling landete ziemlich ungelenk auf der Nase, und die Salven strichen über seinen Kopf hinweg.

Daniel Jackson würgte, keuchte und hob die Hände; er lag noch immer auf dem Bauch,.

»Äh, Jungs?« sagte er. »Wir sollten miteinander reden.«

16. KAPITEL
AUFBAU, ABRISS

Als ich ein kleines Mädchen war und Vater mich aufhob, schien er so groß zu sein, daß ich glaubte, den Himmel berühren zu können, dachte Sha'uri. *Und nun wirkt er ... so winzig.*

Es war ein Schock für sie gewesen, ihren Vater so still und grau, von Schläuchen bedeckt, die in seinen Körper hineingingen, liegen zu sehen. Aber Dr. Destin war ein freundlicher Mensch. Sein Dienst und die medizinischen Versorgungsgüter waren von den Marines gestiftet worden, damit das erste irdisch-abydianische Krankenhaus seinen Betrieb aufnehmen konnte.

Sha'uri folgte Destins Rat und besuchte Kasuf jeden Tag – das erste, was sie jeden Morgen tat. Sie saß nur da und redete mit ihrem Vater, erzählte ihm von den Ereignissen des vergangenen Tages: von Menschen, die Hilfe anboten oder brauchten, von Aufgaben, die durchgeführt oder verschoben worden waren.

Sha'uri war nicht wieder ins Basislager zurückgekehrt, nachdem sie mit Skaara nach Nagada gegangen war. Ein Blick auf die verwüstete Stadt genügte, um das Übersetzen aufzugeben und all denen zu helfen, die durch das Chaos heimatlos und hilflos geworden waren. Mit Ausnahme der täglichen Sitzungen bei Dr. Destin sprach sie kaum mehr Englisch. Und ihre Gespräche mit dem Arzt drehten sich vorwiegend darum, wie für die immer größer werdende Anzahl von Patienten Medikamente und Betten aufzutreiben waren.

Sie sprachen kaum über Kasufs Zustand. Was hätten sie auch über ihren eingefallenen, reglosen Vater sagen sollen?

Sha'uri trat aus dem Öllagerhaus, in dem die Klinik untergebracht war, und betrachtete die kleine Enklave, die nun ihre Welt darstellte. Nagada war eine vielfach geteilte Stadt; Banden, die aus ehemaligen Milizionären oder Kriminellen bestanden, bekämpften sich ständig, um ihren Einflußbereich auszudehnen oder zu verteidigen. Die Nahrungsmittel- und Silbermärkte waren zusammengebrochen. Lebensmittel zu ergattern war zu einem Vorhaben geworden, dessen Erfolg von der Anzahl der Knüppel, Messer und Gewehre abhing, die jeder Seite zur Verfügung standen.

Aber in dem kleinen Bereich um die Stadttore wurde zumindest der Anschein einer Ordnung aufrechterhalten. Mochte die abydianische Miliz als militärische Größe auch zusammengeschmolzen sein, so stellte sie noch immer die stärkste Kraft in Nagada dar. Skaara hatte einige Kontingente – die am wenigsten zuverlässig waren – zu den Minen geschickt, um die Erzförderung wieder anzufahren und so Colonel O'Neil für die Güter zu danken, die dieser ihm schickte.

Mit dem Rest seiner Leute – alten Freunden aus den Hütertagen und den jungen Freiwilligen, die sich als erste gemeldet hatten – verteidigte er das hilflose, umkämpfte Chaos.

Sha'uri erblickte ihren Bruder, der von den Barrikaden, die die Grenzen der sicheren Zone markierten, zu den Stadttoren schlenderte. Es war später, als sie gedacht hatte. Die Sonne war bereits aufgegangen, und das bedeutete, daß die Tore geöffnet wurden.

Sha'uri holte ihn ein, um ihn auf dem Weg zu den Torwachen zu begleiten. Obwohl er sich mit seiner sonstigen Energie bewegte, sah sie auf den ersten Blick, daß er – wieder – eine schlaflose Nacht verbracht hatte.

Die Sorge, der letzte Verteidiger Nagadas zu sein, hatte dünne Falten in sein eingefallenes Gesicht gegraben. Sha'uri lief es kalt über den Rücken, als sie plötzlich entdeckte, daß ihr kleiner hübscher Bruder seinem Vater immer ähnlicher wurde.

»Dr. Destin sagt, du mußt mehr schlafen«, begrüßte sie ihn in ernstem Tonfall. »Warum bist du zu dieser Zeit schon auf?«

»Unser alter Freund Gerekh versuchte ein paar Leute einzuschleusen, die unsere Nahrungsmittellager überfallen wollten«, erwiderte Skaara. »Der Anführer des Trupps hatte ein kleines Vermögen an Silber dabei, doch die Wachleute ließen sich nicht bestechen. Es gibt nichts mehr, das man für Silber kaufen könnte.«

Er schüttelte den Kopf. »Wenn die Dinge am schlimmsten stehen, dann scheint sich der Geschmack der Menschen zu verändern ... wieder hin zu den einfachen Dingen. Wir entwaffneten die Diebe und schickten sie zurück – ein paar Mäuler mehr, die Gerekh durchzufüttern hat. Soll er an seinem Silber ersticken. Die Verbindungen, die er im Nahrungsmittelhandel hat, erstrecken sich nur bis ins nahe Umland, in die Bauerngemeinschaften, die nun von den Horuswächtern besetzt gehalten oder überfallen werden.«

Sie erreichten die Tore. Ein Trupp stieß die riesigen, knarrenden Holzportale auf, während eine andere Schar ihnen Deckung gab. Aber diesmal waren keine Feinde draußen. Die wenigen Menschen, die eintraten – ihrem Akzent nach Bauersleute –, hatten keine Waffen oder irgend etwas anderes bei sich.

Diese Heimatlosen stellten eine Sorge mehr dar. Sie waren Flüchtlinge, die von den Horuswächtern von ihren Bauernhöfen vertrieben worden waren. Die falkenköpfigen Invasoren waren in die Wüste gedrängt worden, weigerten sich jedoch zu kapitulieren und führten von dort aus ihren Guerillakrieg. Um sich zu versorgen, überfielen sie die Bauern.

Sha'uri brachte die Neuankömmlinge zu dem Sonnensegel, unter dem gemeinschaftliche Mahlzeiten gekocht wurden, und half dann mit, das Essen auszugeben. Neben ihr rührte Skaaras alter Freund Nabeh begeistert in dem Topf mit der Getreidepampe.

Ein besorgt aussehender, untersetzter Mann schob sich in die Schlange. Sha'uri bemerkte, daß er die grüne Robe eines Bauernältesten trug, die allerdings mit einer dicken Lehmschicht bedeckt war.

»Ausgebrannt«, sagte er zu allen und niemandem zugleich. »Wichtige Männer kamen wegen der Ernte zu mir. Zahlten gutes Silber. Ausgebrannt. Kein Haus. Bin durch die Felder gekrochen. Aber ich habe wichtige Freunde in Nagada.«

Einer seiner ›wichtigen Freunde‹ war ein Ältester in Nagada, der bei einem zwielichtigen Geschäft ermordet worden war. »Er wird mir gerne helfen. Kam immer zu Besuch, wenn das Wetter in der Stadt zu warm wurde.«

Sha'uri hatte es so oft erlebt: Menschen, deren Leben zerbrochen und in Stücke gefallen war, versuchten so weiterzumachen, als wäre nichts geschehen, und führten ihre kleinen Unterhaltungen, ganz egal, ob ihnen jemand zuhörte.

Dieser Gentleman jedoch blockierte eine Schlange hungriger Menschen.

Sha'uri brach einen frischen Brotlaib entzwei und bestrich die Stücke mit Fruchtmarmelade. »Warum nehmt Ihr Euch nicht ein Brot und setzt Euch?« schlug sie vor. »Ich wette, Ihr könnt es vertragen.«

»Meine Frau streicht immer die Marmelade drauf«, sagte der Mann und sah sich nach seiner besseren Hälfte um. Er war allein. Und so, wie die Horuswächter vorgingen, war es mehr als wahrscheinlich, daß seine Frau im Haus war, als es niedergebrannt wurde.

»Es würde ihr nicht gefallen, wenn ich anderer Leute Marmelade esse. Ja. Schließlich hatten wir einen guten Obstgarten ...«

Die Leute in der Schlange wurden unruhig.

»Tut mir leid, Ältester. Könnt Ihr nicht für diese Leute Platz machen? Sie sind sehr hungrig.«

»So geht man nicht mit jemandem meines Rangs um«, polterte der Mann. Er baute sich auf, wollte schon auf die, wie er dachte, Küchenmagd losgehen, als er sie nun zum ersten Mal wirklich betrachtete. Er stutzte. »Ihr seid Kasufs Tochter, nicht wahr? Wie viele Feste ...«

»Bitte, Ältester.« Sie konnte sich nicht an seinen Namen erinnern.

Der Älteste aber wurde gehässig. »Und das passiert dann. Das Haus wird einem angezündet. Die Frau ...« Er blickte sich wieder um und wirkte für einen Moment verloren. »Und dann wird man auch noch von einem Kind beleidigt, das einen Ört-Mann, einen Mörder geheiratet hat. Den mit dem auffälligen, ungewöhnlichen Haar. Der Nakeer umbrachte – deinen eigenen Vater.«

Sha'uri zitterte. Nabeh packte den Mann am Arm und rüttelte ihn unsanft. »Hör zu, Alter. Setz dich hin oder verschwinde hier.«

Murmelnd zog er ab.

Sha'uri atmete tief durch und ließ den Pistolenknauf los, den sie unter ihrem Schal bereits umschlossen hatte. Das war nicht die kleine Waffe, die ihr in der Vergangenheit so gute Dienste geleistet hatte und die von dem Zuhause, das sie mit Daniel geteilt hatte, verschwunden war. Skaara hatte ihr eine neue gegeben. Wer nun in Nagada lebte, mußte bewaffnet sein.

Und so tun, als sei alles ganz normal.

Und dabei war sie kurz davor gewesen, diesen fetten Narren mitten in der Essenschlange zu erschießen.

Wenn dies so weiterging, würde sie auch bald umherziehen und mit sich selber reden.

»Also, auf welche Überraschungen sind Sie in diesem Stapel gestoßen?« fragte Barbara Shore Professor Gary Meyers.

Der gewichtige Mann zuckte hilflos mit den Schultern. »Faizah war sehr gut ...«

»Hathor«, korrigierte ihn Barbara scharf. Daniel Jacksons Neuigkeiten waren in der Wissenschaftlersektion wie eine Bombe eingeschlagen. »Mit ihrer Zunge verstand sie hervorragend umzugehen.«

Meyers errötete.

»Ich meine, sie beherrschte meisterhaft die Kunst, uns was Falsches einzureden«, erläuterte Barbara. Sie zeigte auf die Techniker, die um eine der Kommandokonsolen herumstanden. »Wenn wir es schaffen, ihren Mist aus dem Trainingsprogramm wieder zu entfernen, denke ich, daß wir die Langstreckensensoren dieses Kübels flott kriegen.«

Wie immer strich der Blick des Ägyptologen über das, was er das ›wissenschaftliche Zeug‹ nannte.

Barbara kehrte zum Geschäft zurück. »Also, was können Sie uns dazu sagen?« Es handelte sich um die Übersetzungen, die von der tollen Faizah und dem tollen Meyers gemacht worden waren.

»Ich kann Ihnen nicht sagen, was hier falsch und was

richtig ist«, bekannte er. »Ich fürchte, ich bin darin nicht besonders gut, verstehen Sie.« Meyers zuckte die Schultern. Seitdem ihn die Kriegshunde bepinkelt hatten, war er ein anderer Mensch. »Ich habe einige Passagen angestrichen – an denen sie wirklich hart gearbeitet hat.« Er lächelte schwach. »Ich nehme an, wenn sie Ihnen sagt, Sie sollen etwas so machen, dann sollten Sie einfach das Gegenteil tun.«

Barbara konnte nicht widerstehen, ihn etwas aufzuziehen. »Los, Gary, nun sagen Sie schon, wie es war?«

»Was?« fragte Meyers mißtrauisch.

»Wie es war, einer Göttin Avancen zu machen? Ich meine, so als Ägyptologe, wie war die Begegnung mit der Verkörperung des Super-Sex ...«

»Daniel tut mir leid«, erwiderte Meyers scheinbar ohne Zusammenhang.

»Was?«

»Sie war hinter ihm her, und nun steckt er in Schwierigkeiten. Was immer sie auch machte, sie war sehr gut.« Er lächelte Barbara verlegen zu. »Sie lachte über meine Witze, als wären sie wirklich komisch.« Meyers zuckte seine schweren Schultern. »Und ich vermisse wirklich ihre Rückenmassagen.«

Corporal Tom Vance sah zu Mitch Storey, der an den Innereien einer Waffensteuerungskonsole herumfummelte. Obwohl alles andere als ein Techniker, war der Marine zum Wissenschaftlerteam abgestellt worden, nachdem sie gemeinsam die Belagerung auf dem Kommandodeck durchgestanden hatten. Bei dem, was sie nun taten, konnten sie einen starken Rücken und gute Moral gebrauchen.

Angewidert und fasziniert zugleich betrachtete Vance den Konsolenschaltkreis, der sich wie ein lebendes Ding wand und bewegte, als er von Storey getestet wurde.

»Genau wie die Sensoren«, murmelte der Techniker

und entfernte das Testinstrument aus Goldquarz. Augenblicke später hatte er die Konsole einsatzbereit.

»Hier sollte es keine Probleme geben. Die Steuerung ist ziemlich einfach: Man fährt über dieses Ding, um zu zielen ...«

Er strich mit der Hand über eine leuchtende Anzeige. An der Wand darüber wurden die Scannerergebnisse in eine schematische Darstellung umgewandelt. Das Bild eines Kampfhubschraubers auf Patrouillenflug wurde zu einem seltsamen geometrischen Symbol. Und wenn Storey seine Finger bewegte, folgte ein stilisiertes Auge dem Hubschrauber-Zeichen.

»Auswählen und schießen, so einfach ist das, wobei entweder die Kanoniere oder der Computer die schwierigen Dinge erledigen. Und wenn du hier draufdrückst, ist der Helikopter weg – sofern du Saft hast.«

»Hey, Storey«, beschwerte sich einer der anderen Techniker und starrte zur Decke. »Mach nicht mehr an den Sensoren rum. Wir glauben, daß wir dieses Ding hoch kriegen.«

Storey preßte seine Hand gegen die Anzeige, die daraufhin dunkel wurde. Darüber erschien wieder das Bild des Hubschraubers, der weiterflog und sich seiner kurzen Rolle als Zielscheibe nicht bewußt war.

»Der Hubschrauber ist so lange sicher, solange diese Lichter nicht an sind«, fuhr der Techniker fort. »Das ist unser Problem. Wir haben eine dieser Strahlenkanonen zerlegt – auch sie funktioniert einwandfrei.« Er seufzte. »Der Fehler liegt irgendwo dazwischen. Wir wissen, daß dieser Kübel über Energie verfügt – sie geht nur nicht an die richtigen Stellen.«

»Es muß doch Handbücher für die Wartungsleute geben«, sagte Vance. »Ist denn in denen nichts zu finden?«

»Nicht in denen, die wir übersetzt haben«, erwiderte Storey. »Aber vielleicht handelt es sich hier um etwas, das nicht zu reparieren ist, indem wir einfach ein paar

Knöpfe drücken und uns dann die Anzeigen anschauen.«

»Du willst doch nicht sagen, daß die in einem Kübel rausgehen, den sie nicht reparieren können?« Vance starrte ihn ungläubig an.

»Ach, erzähl mir nur, du spielst den Mechaniker, wenn deine Karre mal nicht so will«, gab Storey zurück.

»Ja, das mach ich – weil ich nämlich noch eine habe, die aus einer Zeit stammt, wo sie noch nicht die verdammten Computer unter der Motorhaube eingebaut haben.«

»Okay, um so was ähnliches handelt es sich hier auch«, sagte Storey mit einem Grinsen. »Diese Karre hat irgendwo einen Kurzschluß in der Elektrik, aber wir wissen zu wenig, um sie wieder flottzumachen.«

»Was für eine Schande.« Vance starrte auf die Konsole. »Ich hätte nichts dagegen, jemanden diese Scheinwerfer spüren zu lassen.«

Daniel Jackson schritt seine Zelle ab, mit einer Hand fuhr er über die rauhen Goldquarzwände. Der Knast des Basislagers war während des Angriffs durch die Horuswächter zerstört worden. Also war Daniel in einem Raum eingesperrt worden, der wahrscheinlich ein Geräteschrank an Bord der *Auge des Ra* gewesen war.

Auf der anderen Seite tat sich ein Eingang auf. Colonel Jack O'Neil und sein Nachrichtenchef, Colonel Felton, traten ein.

»O'Neil! Wurde aber auch Zeit«, rief Daniel ungeduldig aus. »Dieses Scheißloch hier ...«

Felton, an solche Frechheiten, noch dazu von Zivilisten, nicht gewöhnt, sah ihn finster an. »Mäßigen Sie Ihren Ton, Dr. Jackson. In Kriegszeiten für den Feind zu arbeiten wird als Spionage ausgelegt und kann die Höchststrafe nach sich ziehen.«

»Ich habe für niemanden gearbeitet!« Flehend sah Daniel zu O'Neil. »Sie glauben doch nicht diesen Mist, daß ich Kasuf erschossen habe, oder? Ich habe gehört, Sie haben die Mordwaffe. Haben Sie sie nicht nach ...«

»Wozu?« fragte O'Neil. »Ich fürchte, die abydianische Kriminologie kennt noch keine Fingerabdrücke. Wir haben Abdrücke von einigen Milizionären, vom Küchenpersonal, von Skaara, Sha'uri und von einigen anderen. Nicht zu vergessen die paar, die nicht zu den genannten gehören.« Er zuckte die Schultern. »Es überrascht mich nur, daß Kasuf nicht auch noch seine Hände an diesem verdammten Ding hatte.«

»Wie schade. Vielleicht hätte ich Ihren Kumpel davon überzeugen können, daß es ein Selbstmordversuch war.« Daniel warf einen sarkastischen Blick auf Felton, dann wandte er sich wieder O'Neil zu. »Also, warum bin ich im Gefängnis?«

»Wir haben keinen anderen Ort für Sie«, erwiderte O'Neil. »Und wir versuchen noch immer herauszubekommen, auf welcher Seite Sie stehen. Sie haben ja selbst zugegeben, daß Sie bei den Invasoren und der feindlichen Führerin waren ...«

»Als ob ich da eine andere Wahl gehabt hätte!« platzte Daniel heraus.

O'Neil ignorierte ihn. »Sie könnten uns endlich einmal erzählen, was diese Hathor vorhat.«

Daniel zeigte auf Felton. »Davon habe ich doch die ganze Zeit gesprochen! Was hat er Ihnen nur erzählt?«

Felton ging hoch. »Wir würden harte Fakten Ihrer Comic-Science-Fiction vorziehen.«

»Meine geschätzten Kollegen, die Ägyptologen, glaubten wenigstens, ich sei ein Fall für die Klapse«, erwiderte Daniel.

Verzweifelt wandte er sich an O'Neil. »Schauen Sie, wir haben hier so viel erlebt, das direkt aus einem Comic-Science-Fiction stammen könnte. Lesen Sie es von meinem Lippen ab – Hathor verfügt nun über ein Raumschiff, das im Vergleich zu diesem hier so klein ist wie ein Pickel. Wie groß es ist? Der fliegende Palast, in dem Ra herumreiste, war die Spitze von diesem Ding. Und es ist vollgestopft mit High-Tech, die von dieser ausgelöschten Rasse stammt, deren letzter Überlebender Ra – oder die Hälfte von Ra – war. Da sind Waffen an Bord, die ganz Kansas in die Luft jagen könnten.«

Daniel begann wieder auf- und ab zu gehen, er fuchtelte mit den Armen. »Das Schiff ist im interstellaren Raum geparkt. Laut Hathor nicht weit von hier entfernt. Ihnen bleiben also im Höchstfall ein paar Tage ...«

»Sie hat Ihnen diese Information zugesteckt, und dann ist es Ihnen irgendwie gelungen zu fliehen«, sagte Felton.

»Das Ding besitzt ein eigenes SternenTor. Ich konnte ...«

»Aber Sie können niemanden zu diesem SternenTor bringen?« Feltons Stimme troff vor Zweifeln.

Und Daniel verlor die Beherrschung. »Ich habe Ihnen doch gesagt, das Tor hat geheime, kodierte Koordinaten.«

»Sie haben also keinen Beweis für diese ... diese Phantasterei.«

»Nun ja, puh, tut mir leid, daß ich keine Mikrofilme mit den Blaupausen dieses gottverdammten Dings herausgeschmuggelt habe. Wie dumm von mir – Ich hatte es eilig, Sie zu warnen.« Er warf die Hände nach oben. »Was glauben Sie, wo ich in den letzten Tagen war? Skilaufen in Aspen mit der liebreizenden Hathor?«

O'Neil runzelte die Stirn. Er war nicht glücklich, daß das, was er als Wahrheit ansah, erneut in Zweifel gestellt wurde. »Während Sie weg waren, hatten wir hier eine höllische Schlacht, und Nagada stürzte in einen Bürgerkrieg – der, Ihrem Bericht zufolge, von Hathors subversiven Aktivitäten geschürt wurde. Wir errichten wieder das Lager, statten die Erkundungsstreitmacht mit Waffen aus, damit wir endlich gleichwertig sind ...«

»Was wollen Sie mir damit sagen?« fragte Daniel. »Etwa: ›Bleiben Sie mir mit Ihren Fakten vom Hals, ich bin zu beschäftigt damit, diesen Krieg zu gewinnen?‹«

Er folgte O'Neil zur Tür. »Schön. Gewinnen Sie Ihren

Krieg. Aber vergessen Sie nicht: Hathor ist unterwegs – in einem Riesending, einem Schiff, das großen Ärschen einen ziemlichen Tritt verpassen kann. Und ich glaube, daß Abydos für sie nur ein Vorspiel sein wird.«

O'Neil drehte sich um; der Ton in Jacksons Stimme hatte sich verändert.

Und Daniel wirkte verängstigt. »Wenn sie uns hier fertigmacht, weil Sie nicht vorbereitet sind – wer wird dann die Erde warnen?«

17. KAPITEL
VOM BILDSCHIRM VERSCHWUNDEN

Barbara Shore stand auf dem komplett renovierten Kommandodeck, die Konsolen funkelten und waren vollständig wiederhergerichtet. Junge Männer und Frauen in hautengen, metallischen Uniformen gingen unter ihrem Kommando die komplizierte Checkliste für die Startvorbereitungen durch.

»Triebwerke auf grün«, sagte ihr knorrig-hübscher Stellvertreter mit geschäftsmäßiger Stimme.

»Navigation auf grün«, meldete eine exotisch aussehende Brünette von ihrer Konsole, für die sie verantwortlich war.

Dann war es mit dem glatten Ablauf vorbei. Barbara blickte zu der leicht verwahrlosten Gestalt, die über eine der Konsolen gebeugt war.

»Sensoren?« fragte sie. Es folgte ein langes, nervenaufreibendes Schweigen. »*Sensoren?*« wiederholte sie.

Gary Meyers blickte von der Konsole auf. Er öffnete den Mund, aber heraus kam nur ein metallisches Kreischen.

Barbara Shore sprang von ihrem Schreibtisch auf. Die Navigationskonsole war offen, auch die Sensorenabdekkung war geöffnet, aber die Schaltkreise arbeiteten.

Sie waren es, die das Kreischen erzeugten. Barbara stürzte zur Konsole und ihren blinkenden Lichtern.

Über ihr an der Decke erschien die schematische Ansicht des Planeten Abydos und des umliegenden Raums. Ein schwebender Globus stellte den Planeten dar, darauf eine winzige, rotflimmernde stilisierte Pyramide – das *Auge des Ra*.

Was also war dieser grün-phosphoreszierende Lichtfleck am Rande der Sensorreichweite? Barbara betätigte die fremde Tastatur und bat um eine Kursberechnung des nicht identifizierten Objekts. Es schien direkt auf Abydos zuzukommen – laut dem Computer allerdings nahe daran vorbeizugehen.

Barbara fummelte an den Säulen und Lichtpaneelen herum, blinzelte auf die ungewohnte Anzeige und versuchte, die Ansicht zu vergrößern. Es dauerte einen Augenblick, bis sie die alten ägyptischen Maßangaben in ihre modernen Äquivalente umgewandelt hatte.

Als sie mit ihrer Berechnung fertig war, stieß sie einen lautlosen Pfiff aus. Das Ding mußte eineinhalb Billionen Kubikmeter umfassen. Das herankommende Stück Weltraumgestein war, verglichen mit einem richtigen Berg, klein, aber es reichte für einen verdammt ausgewachsenen Hügel.

»Ausgerechnet jetzt muß dieser Trümmer aus den Tiefen des Weltraums auftauchen«, murmelte sie. »Und es sah schon verdammt nach Daniel Jacksons Killer-Raumschiff aus.«

Sie wollte schon die Informationen weitergeben, als die Sensoren eine weitere Warnung ausstießen. Der grüne Fleck wich vom vorausberechneten Kurs ab. Eine Sekunde lang verfluchte sie alle unzuverlässigen Computer – dann sah sie, daß die Berechnungen, die vor ihr auftauchten, eine neue Geschwindigkeit anzeigten.

Barbara riß die Augen auf, ihr Gesicht wurde blaß. Kein Asteroid konnte von alleine seine Geschwindigkeit und seinen Kurs ändern. Mit den Augen klebte sie an den sich ständig verändernden Computerberechnungen, während der Eindringling immer weiter in ihr Sensornetz vorstieß; dann griff sie sich das Feldtelefon, das in ihr Büro gelegt worden war.

Daniel zwang sich – er wußte nicht zum wievielten Male an diesem Tag – zur Geduld. Er hatte seinen Fall und seine Warnung ruhig vorgetragen. Dann, nur ein paar Minuten später, war er plötzlich durch seine Zelle gestürmt und hatte gewütet wie ein Irrer.

Er mußte hier raus! Obwohl Felton ihn einige Male befragt hatte, war der Informationsfluß sehr einseitig gewesen. Der Colonel hatte seine Fragen über die Lage in Nagada oder im Basislager nicht beantwortet. Alles, was Daniel hatte, waren die flüchtigen Eindrücke, die er aufnahm, als er in den Knast gebracht wurde, und die wenigen Worte, die Jack O'Neil bei dem kurzen Interview entschlüpft waren.

O'Neils Worte waren alles andere als ermutigend gewesen. Und in Anbetracht des mörderischen Empfangs, der Daniel am SternenTor bereitet worden war, mußte die Kriegslage noch immer angespannt sein, auch wenn die guten Jungs zu gewinnen schienen.

Wenn die Situation in der irdischen Enklave schon so schlimm war, wie mußte es dann erst in der Stadt aussehen? Wie ging es Sha'uri? Und Skaara? Weilte Kasuf noch unter den Lebenden? Aber augenscheinlich galt Daniel noch immer als der erste (und einzige) Verdächtige für das Attentat auf die Ältesten.

Und wenn er zurückdachte, überraschte es Daniel nicht, daß er mit Hathor gesehen wurde, als sie die Patrouille in Empfang nahm. Ganz sicher hatte ihn Hathor nicht wieder auf seine eigenen Füße gestellt, weil dieser Berg von Mann namens Khonsu müde wurde und ihn nicht mehr tragen konnte.

Ein fein aufeinander abgestimmtes Räderwerk – das war das Spiel, das Ra seine Untergötter gelehrt hatte. Und Hathor hatte sich als gelehrige Schülerin erwiesen.

Sie hatte überaus kunstfertig mit Daniel – und mit allen anderen auf Abydos – gespielt.

Vom ersten Augenblick an, als sie an jenem Morgen in meinem Büro aufgetaucht war, hat sie mich hinters Licht geführt, dachte Daniel. *Damals war ich bereits tot. Ich habe es nur noch nicht gewußt.*

Das war nun Vergangenheit. Er konnte davon lernen, sollte aber nicht mehr darauf herumreiten. Nicht jetzt, wenn so viel zu tun war!

Als erstes mußte er seine Abreise aus diesem glorreichen Wandschrank arrangieren. Dann mußte er nach Nagada und sich offenbaren. Und dann kam der schwierige Teil – sich mit Sha'uri treffen, ihr Vertrauen wieder gewinnen und versuchen, den Schmerz, den er ihr verursacht hatte, wiedergutzumachen.

Seit er als akademisches Wunderkind galt, wußte Daniel, daß er auch ein kleiner arroganter Rotzlöffel sein konnte. Aber er dachte, seine Erfahrungen auf Abydos hätten die alten scharfen Kanten seiner Persönlichkeit glattgeschliffen.

Das stimmte nicht, wie er jetzt wußte. Er hatte Sha'uri in letzter Zeit einige ziemlich grausame Wunden zugefügt. Das mußte wiedergutgemacht werden.

Das Problem war nur, die Teile seines Drei-Stufen-Plans erforderten viel Zeit – von der er wenig hatte. Früher oder später würde das Sonnenschiff auftauchen, und Hathor würde ihr Zerstörungswerk, das sie bereits begonnen hatte, vollenden.

Vielleicht würden dann seine Warnungen weitergegeben werden. Aber dann wäre es viel zu spät.

Daniel war wieder auf den Beinen und schritt auf und ab. Na ja, ein wenig Übung – für den langen Marsch nach Nagada mußte er körperlich fit sein.

Jetzt war es an der Zeit, die anderen Schritte zu tun … wenn jemand nur diese verdammte Tür öffnen würde …

Die Wand verschwand. Und Barbara Shore und Gary Meyers standen in der Öffnung.

»Wir denken, es ist Zeit für Sie zu gehen«, sagte Meyers.

»Irgendwas Riesiges hat sich gerade in der Umlaufbahn um Abydos niedergelassen«, erklärte Barbara. »Das heißt, es handelt sich nicht um einen Meteor. Ich werde O'Neil natürlich eine offizielle Meldung überbringen – allerdings dachte ich, ich sollte mich erst um Sie kümmern.«

»Sie wissen hoffentlich, was Sie tun?« fragte Daniel. »Ich meine, wahrscheinlich stehen Sie unter militärischer Befehlsgewalt ...«

Barbara zuckte mit den Schultern. »Momentan ist niemand hier außer uns einfältigen Zivilisten. Aber wenn Sie uns helfen würden, die Schiffsartillerie funktionsfähig zu machen ...«

»Lassen Sie ihn gehen«, sagte Gary.

Daniel war bereits durch die Tür.

Barbara Shore starrte neugierig auf Jack O'Neil. Eigentlich hatte sie erwartet, daß dieser Kerl – Felton – in einen Kriegstanz ausbrechen würde. Aber noch nie war ein Colonel so überaus darauf bedacht gewesen, einer Meldung keinen Glauben zu schenken.

»Soll das ein Witz sein, Doktor?« beharrte Colonel Felton starrköpfig. »Ich stell' mir vor, Dr. Jacksons Warnungen haben sich herumgesprochen. Aber wenn Sie glauben, daß es hier in letzter Zeit zu langweilig geworden ist ...«

»Nein, Sir«, antwortete Barbara so militärisch, wie es ihr möglich war. Sie richtete ihre Aufmerksamkeit auf O'Neil. »Die Schiffssensoren funktionieren, sie haben ein riesiges Objekt registriert, das auf uns zukommt, ein Objekt, das manövrierfähig ist. Das hat mich so erschreckt, daß ich den Offizier vom Dienst benachrichtigte, um es an Sie weiterzuleiten – außerdem habe ich alle Techniker mobilisiert, um auf dem Kommandodeck alles aufzuzeichnen.

Bevor mich Colonel Felton rufen ließ, erhielten wir zusätzliche Informationen vom Sensornetz. Das Objekt besteht aus dem Gold-Quarzose-Material, das wir alle so gut kennen und so lieben. Seine Form ist die einer Pyramide – die über sechshundert Meter hoch und an der Basis jeweils mehr als neunhundert Meter breit ist. Das heißt, ihre Grundfläche beträgt über achthunderttausend Quadratmeter.«

Sie holte tief Luft. »Anders ausgedrückt, wir haben hier etwas, das so groß ist wie Disneyland und über unseren Köpfen schwebt. Und falls wir nicht die Artillerie an Bord der *Auge des Ra* einsatzbereit bekommen, weiß ich nicht, was wir gegen das Ding tun können.«

O'Neils Gesicht wurde grau, seine Stimme aber war ruhig und formell. »Doktor, ich entschuldige mich, Ihren Bericht angezweifelt und Ihre Zeit verschwendet zu haben.«

Barbara zuckte die Schultern. »Meine Leute machen nur ihren Job – und haben ihre Anweisungen. Sie werden sich sofort melden, wenn es neue Entwicklungen gibt ...«

Das Feldtelefon klingelte. O'Neil hob ab. »O'Neil, was?« Der Colonel lauschte angestrengt, hin und wieder antwortete er kurz.

»Nun, Sir?« fragte Felton, als sein Vorgesetzter aufgelegt hatte.

»Ich denke, man könnte es als Spionage bezeichnen«, sagte O'Neil. »Die Kommunikatoren auf dem Kommandodeck des bruchgelandeten Schiffes fangen teilweise den Funkverkehr zwischen dem anrückenden Schiff und den Horuswächtern ab. Hathor ist nicht zufrieden, wie sich hier die Dinge entwickelt haben. Sie versucht die Situation zu ihren Gunsten zu verändern und hat ihren Leuten auf dem Planeten den unverzüglichen Angriff auf die Minen befohlen.«

»Unmöglich, Sir«, erwiderte Felton. »Die Horuswächter müßten erst einmal ihre Kräfte konzentrieren und dann durch dicht patrouilliertes Gebiet vier Meilen marschieren ...«

»Wenn es stimmt, was ich soeben gehört habe, dann sammeln sie sich bereits in dem von uns patrouillierten Gebiet. Unsere Verteidigungsstellungen bei den Minen sind zwar verstärkt worden, den Schlägen, die dieses neue Schiff zweifellos austeilen kann, werden sie allerdings kaum standhalten können.«

Er ging zur Tür. »Wir müssen Lieutenant Charlton und die Garnison an der Mine warnen. Doktor, verzeihen Sie, daß ich Sie so lange habe warten lassen. Ich hoffe, daß sie mit den Waffensystemen Erfolg haben«, sagte O'Neil mit verbissenem Lächeln. »Denn ich glaube, Sie haben recht. Wir werden sie brauchen.«

Lieutenant Charltons Stimme kam leicht verzerrt – und voller Zweifel – aus dem Gerät im Funkerzelt.

»Warum sollten die Überreste der Invasionsstreitmacht heute versuchen, was sie schon letzte Woche in voller Stärke nicht geschafft haben? Wir sollten uns lieber eingraben, außerdem haben wir Energiewaffen ...«

»Hören Sie«, beeilte sich der Nachrichtenoffizier zu sagen, »der Feind kann mit überwältigender Luftunterstützung rechnen. Luftunterstützung aus dem Weltraum. Haben Sie verstanden? Kommen.«

»Verstanden«, erwiderte Charlton. Nach kurzem Gemurmel im Hintergrund war der junge Offizier wieder auf Leitung. »Ich habe soeben den Befehl gegeben, uns warm an- und die Köpfe einzuziehen. Es gibt hier genug Deckung. Kommen.« Seine Stimme klang leicht nervös, aber optimistisch.

»Sie sagen, der Feind kommt aus Westen? Warten Sie!«

Im Hintergrund war ein etwas lauterer Kommentar zu hören.

Und als Charlton wieder dran war, war seine Stimme ein wenig schneller und höher. »Wir haben den Vogel gesichtet – eine Pyramidenkonstruktion, die einen großen Teil des Sternenfelds verdeckt ... Was, zum Teufel ...?« Und damit brach er ab.

Aus dem Hörer kam schweres, statischen Knistern. Gleichzeitig war im Funkerzelt ein dumpfes, fernes Grollen zu hören.

»O mein Gott!« kam es von Charlton.

»Reißen Sie sich zusammen! Kommen«, befahl Felton, der nun die üblichen Gepflogenheiten im Funkverkehr ignorierte.

»Dieses Schiff hat einen Energiestrahl in die Wüste geschickt – wie ein Blitz, nur gerade – o Gott!«

»Achten Sie auf Ihre Sprache«, warnte der Army-Colonel. »Kommen.«

»Scheiße!« platzte Charlton heraus. »Sie haben gerade einen Hubschrauber aus dem Himmel gepflückt. Dieses Ding ist viel größer, als ich gedacht habe. Wir haben erwartet, daß es auf gleicher Flughöhe angreift wie damals das *Auge des Ra*. Aber dieser Strahlenstoß sah aus wie ein richtiger Blitz, der geradewegs aus dem Himmel kam.«

Wieder röhrte das Funkgerät und knisterte vor statischer Entladung. Gleichzeitig hörten die Männer im Zelt eine knallende Explosion aus der Richtung der Mine.

»... arme Schweine!« fluchte Charlton, als seine Stimme wieder da war.

»Sie sind auf Funk!« erinnerte der aufgebrachte Colonel Felton den jungen Offizier. »Reißen Sie sich endlich zusammen, und berichten Sie nur, was sie sehen. Kommen.«

»Ich habe ein sechs Meter großes Loch in meiner Linie – wegen dem gottverdammten Ding dort oben! Der halbe Zug, bing! fort! zerschmolzen! Am Rand davon – o Gott, der ganze Körper des Kerls glimmt!«

Weitere Stöße waren zu hören, die das Funksignal abschwächten. Dann, obwohl die Strahlenstöße zunahmen, war Charltons Stimme wieder klar zu hören. »... das große beschissene Ding ist am anderen Ende unserer Linie und läßt uns die Scheiße gerinnen. Unsere Waffen kommen nicht so hoch. Unsere Avenger sind weg – genau wie die LVAs mit den schweren Strahlenkanonen. Und wenn eine schwere Energiewaffe ins Spiel kommt, wird das Gelände sofort mit Energieschlägen zugedeckt.«

Charlton sprach hektisch, als versuchte er, so viele Worte wie möglich herauszubringen, bevor er sterben würde.

Dann lag in seiner Stimme unerwartete Hoffnung. »Warten Sie! Es dreht ab!«

Obwohl das Bombardement auf die Minenverteidigung aufhörte, schien das Feuer vom Monsterschiff, das sich nun einen Pfad in die Wüste hineinbahnte, noch zuzunehmen. Neue Meldungen kamen, manche waren voller Schrecken und Entsetzen, andere nur auf die kalten Fakten beschränkt, während sich die Energiewaffen des Raumschiffs durch O'Neils Patrouillen fraßen und eine Gasse für die versammelten Horuswächter schufen.

O'Neil wandte sich von der High-Tech-Götterdämmerung, die draußen über sie hereinbrach, ab und sagte zu Colonel Felton: »Fragen Sie Charlton, ob er sich zurückziehen kann, bevor sie erneut zuschlagen.«

»Charlie Mike Actual!« sprach der Army-Colonel Lieutenant Charltons Rufsignal in das Mikrophon. »Hier ist Mike Bravo Foxtrot. Ist es möglich, daß Sie sich zurückziehen? Kommen!«

»Hier ist Charlie Mike. Die Lage ist schlecht.« Hinter Charltons Stimme waren Schreie zu hören. »Ich habe darüber nachgedacht, aber wir sind uns sicher, daß sie uns im Freien erwischen würden. Ich denke ...« Seine Stimme wurde ein wenig bitterer. »Ich glaube, wir machen ihnen mehr zu schaffen, wenn wir unsere Stellungen halten. Kommen!«

»Einverstanden«, sagte O'Neil. Aber seine Worte enthielten einen bitteren Beigeschmack.

Dann, als das Sonnenschiff zurückkehrte und Charltons Stellungen erneut angriff, verschlechterte sich der Empfang wieder. Die Funketikette des jungen Lieutenants löste sich fast so schnell auf wie seine Verteidigungslinie.

Und auch Felton kämpfte eine verlorene Schlacht, als er versuchte, Funkdisziplin auf dem Netz aufrechtzuerhalten.

Nach mehrere Sekunden ununterbrochenen Rauschens kam die Stimme des Lieutenants aus dem Lautsprecher. »O Scheiße. Hier kommen die Hurenhauswächter!«

Colonel Felton stand nun unter Dampf. Er mußte denken, daß der untergebene Offizier absichtlich seine Befehle ignorierte. »Es gibt keinen Grund zu fluchen, Charlie Mike. Kommen!«

Gleichzeitig wurden die verzweifelten Befehle des jungen Manns übertragen. »Der verdammte Draht ist fort! Einfach draufknallen! Knallt diese beschissenen Hurensöhne ab!«

Felton, nun außer sich, fauchte ins Mikrophon. »Hören Sie zu, Mister, das hier ist eine militärische Funkübertragung und kein Scheißhaus. Wenn Sie so weitermachen, werde ich Sie melden!«

Schließlich platzte O'Neil der Kragen. »Was zum Teufel wollen Sie machen, Felton? Ihm eine posthume Rüge erteilen?«

Der Mann von der Army stand nur da und schwieg. Offensichtlich hatte er so sehr auf die äußere Form von Lieutenant Charltons Bericht geachtet, daß er darüber den Inhalt kaum wahrgenommen hatte.

Im Lautsprecher dröhnten die Geräusche des Nahkampfs. Nach den erschütternden Stößen des Raumschiffs war das Krachen der Strahlenlanzen fast leise.

Charltons Stimme war klar zu hören. »Schießt doch, verdammt noch mal! *Schiiiießen!*«

Wieder grollte Donner, dann war es still.

»Der arme Kerl!« sagte Felton.

Dann, mit Entsetzen im Gesicht, legte er seine Hand über das Mikrophon.

18. KAPITEL
GOTT ZU SPIELEN

An Bord der Millionen Jahre alten Barke war Hathor von einer Wolke virtueller Realität umgeben. Um sie herum war das Miniatur-Simulakrum der Welt nachgestellt, die unterhalb des Raumschiffs lag.

Wohin Hathor ging, dorthin bewegte sich das Raumschiff. Worauf sie zeigte, entlud das Raumschiff seine Sekundärbatterien.

Für die Göttin war es eine berauschende Erfahrung. Sie fühlte sich wie eine allmächtige Riesin, die das Schlachtfeld abschritt.

Und zugleich war es frustrierend. Das Zusammenspiel zwischen Kommandantin und Schiff war alles andere als perfekt. Als versuchte sie, unglaubliche Präzisionsarbeit zu leisten, obwohl ihre Hände in großen und hinderlichen, unnachgiebigen Handschuhen steckten.

Nach Daniels Flucht hatte Hathor ihre Anstrengungen intensiviert, eine Art Interface mit dem Computer aufzubauen, der das Schiff steuerte. Der Computer besaß Dateien, die es ermöglichten, Hathors antike, höfische Sprache zu verstehen. Wenigstens mußte sie nicht jeden Befehl niederschreiben, damit er von den Steuermechanismen ausgeführt wurde. Aber als sie einer Flut von Anfragen gegenüberstand, hatte sie sich dazu entschlossen, das Schiff größtenteils von den automatischen Systemen steuern zu lassen.

Mehrmals fragte sie sich, wie der Ur-Ra mit diesem Monsterschiff und dessen Komplexität zurechtgekommen war, nachdem der letzte seiner Anhänger den Tod gefunden hatte.

Wahrscheinlich war das der Grund gewesen, warum Ra die Spitze dieses Schiffes als seinen fliegenden Palast verwendet hatte. Er war zweifellos einfacher zu handhaben.

Aber natürlich gab es eine Alternative zu den Entscheidungen, die der Computer von ihr verlangte. Sie konnte einfach das Feld, das die Schiffsbesatzung in stasis hielt, aufheben. Aber jedesmal, wenn ihr der Gedanke auch nur durch den Kopf ging, wurde er von einer Welle der Abscheu weggeschwemmt.

Es war ihr mehr als nur ein wenig unangenehm, diese Brut rotpelziger Monster freizusetzen.

Sie betrachtete das Miniaturschlachtfeld unter sich, vor allem die Widerstandsnester. Waren sie es wert, durch einen weiteren Strahlenstoß neutralisiert zu werden?

»Herrin.« Die Stimme Khonsus war so klar und deutlich, als komme sie direkt aus dem Einschnitt der Mine. »Die Verteidigung des Feindes bricht zusammen. Habt Ihr vor, das Feuer einzustellen? Sollen wir sie im Nahkampf erledigen?«

Ein seltsamer Unterton lag in der Stimme ihres Untergebenen – es war nicht unbedingt Furcht. Eher Sorge. Plötzlich war Hathor von ihrem eingebildeten Thron gestoßen. Es stimmte, sie verfügte über die Macht einer Gottheit … aber in ihren Händen wurde sie momentan sehr plump eingesetzt.

Das Millionen Jahre alte Sonnenschiff war für diese Art der Arbeit auf Planeten nicht geschaffen. Je tiefer sie in die Atmosphäre vorstieß, um so träger verhielt es sich. Und wegen der geringen Höhe, auf der sie sich befand, waren ihre Finger, die als Zeigegerät fungierten, viel zu groß für den kleinen Maßstab des Simulakrums. Ihre einhändige Artillerie war äußerst ungenau und zerfetzte die Feinde und ihre Untergebenen gleichermaßen.

»Vorstoßen«, befahl Hathor. »Ich werde beobachten.«

Hathor unterließ weiteres Feuer, als ihre Leute die letzten Widerstandspunkte umschlossen.

»Herrin, wir haben viele Gefangene«, meldete sich Khonsu erneut. »Sollen wir sie eliminieren?«

»Nein«, sagte sie entschieden; ihre Stimme hallte in ihrer Falkenmaske wider. »Trennt die *fellahin* von den

Erdlingen. Die ersteren wissen bereits, was sie zu tun haben. Sie sollen in der Mine das Quarzmineral abbauen.
Und nehmt die Erdlinge, um das Mineral in eure Udajeets zu verfrachten. Ihr werdet die Ladungen zur mir und dem Schiff hochbringen müssen.«

Die Luftbrücke war eine unglückliche, aber notwendige Maßnahme, da das Riesenschiff niemals landen konnte. Aber es würde interessant sein zu erfahren, was Khonsu von den wilden Erdlingen und ihrer Befähigung zum Sklavendienst hielt.

»Herrin, müssen wir einige der neuen Sklaven auch hochbringen, um die Fracht zu entladen?«

Sie konferierte mit dem Computer. »Das wird nicht nötig sein«, erwiderte sie. »Automatische Vorrichtungen werden sich um Eure Ladungen kümmern.«

Lieutenant Charltons letzter Erinnerungsfetzen galt der überirdischen Schönheit des Verteidigungsfeuers, dem tödlich glühenden Netzwerk, das die Leuchtspurgeschosse in das konzentrierte Feuerfeld webten. Und angesichts des gewaltigen Energiestoßes, der in der Nähe seiner Stellung niedergegangen war, hatte er gedacht, daß das seine wirklich letzte Erinnerung sei.

Statt dessen erwachte er und fand sich von den Überlebenden umringt, die unter seinem Kommando standen und ihn nun ansahen.

»Was ist los, Sarge?« fragte er einen alten Veteranen.

»Ich denke, hier soll ein Exempel statuiert werden«, kam die Antwort. »Sie wollen, daß wir dieses Schubkarrending mit den Steinen beladen.« Mit dem Kopf wies er auf den großzügigen Hügel Quarziterz. »Drei von uns, und drei Bosse.«

Ein Trio Horuswächter kam auf sie zu. Einer deutete mit dem Daumen auf die Schubkarre. Die Soldaten sahen zum Offizier. »Sollen wir es tun, Sir?«

Doch bevor Charlton antworten konnte, trat ein vorlauter, junger Schütze aus der Menge. »Hey, haben diese Clowns noch nichts vom Genfer Abkommen gehört?«

Charlton nahm an, daß keiner der Wächter Englisch sprach. Aber einer nahm am Tonfall Anstoß. Die Strahlenlanze des Horuswächter kam herab, und es gab einen Gefangenen weniger.

»Nein!« Der junge Offizier trat mit ausgestreckten Händen vor. Das, schien es, wurde als andere Form des Widerstands betrachtet, wenngleich als eine, die nicht die Höchststrafe nach sich zog. Die Wächter verpaßten Charlton nur Schläge auf die Knie – es ging schnell, war demütigend und sehr schmerzhaft.

Daniel Jackson hatte den Kamm einer Düne erklommen und betrachtete das Sonnenschiff, das den Weg für die Horuswächter freimachte. Es war, als wäre der Mond plötzlich von seiner Bahn abgekommen und wollte das ganze Menschengeschlecht vernichten.

Ganze Truppenteile waren ausgelöscht worden, so schnell und beiläufig, wie ein Mensch in einen Ameisenhügel treten würde.

Daniel wußte, daß dort draußen im Sand, der sich bis Nagada erstreckte, noch immer Freunde und Feinde waren. Er joggte durch die Dunkelheit und hoffte, daß er zurechtkam, egal, worauf er stieß. Das Dröhnen der Motoren nahm er erst im letzten Augenblick wahr. Er sprang zur Seite, bevor er von dem Humvee-Konvoi überrollt wurde. Sie waren auf dem Rückweg zur Basis und fuhren ohne Lichter. Einer der Wagen hielt an, und der Marine-Schütze, der auf seinem Zwillings-MG lehnte, setzte die Infrarotbrille auf und sagte: »Junge, das ist die falsche Richtung – der Alte zieht alle Einheiten zu einem kleineren Verteidigungsring zusammen.«

»Ich hab' was in der Stadt zu erledigen«, erwiderte Daniel.

Der Marine zuckte die Schultern. »Wenn du was für Schlangengruben übrig hast, dann bist du dort genau richtig. Bis auf die Eingangstür, wo Skaara sitzt, haben die Banden in der Stadt das Sagen. Sie liefern sich Straßenkämpfe um Abschnitte, die morgen vielleicht gar nicht mehr existieren.«

Vielsagend blickte er zum Himmel und senkte seine Stimme. »Du hast schon von diesem Killer-Raumschiff gehört, das den Hurenhauswächtern geholfen hat? Das verdammte Ding hat uns bei den Minen in Grund und Boden geschossen. Sie haben ein paar von uns gefangengenommen und lassen sie nun in der Mine schuften! Müssen diese Falkenkopfflugzeuge beladen! Dann fliegen sie das Zeug zum Schiff hoch!«

Daniel runzelte die Stirn. Hathor hatte eine ganze Reihe von Gründen, die Minen zu erobern. Auf seinem Weg in den Knast hatte er die Energiewaffen gesehen, die die Menschen gebaut hatten. *Uns von den Quarzvorräten abzuschneiden würde für Hathor durchaus Sinn ergeben,* dachte er.

Aber es gab nur einen Grund, warum Hathor anfing, einen Vorrat dieses Wunderminerals anzulegen. Und der hatte damit zu tun, daß Abydos vielleicht nicht mehr allzu lange existierte.

Er hoffte, daß seinem Gesicht dieser Gedanke nicht abzulesen war, als er sich von dem Schützen verabschiedete. Aber einige der vagen Drohungen Hathors, die ganze Welten betrafen, hallten ihm durch den Kopf.

Daniel begann wieder zu joggen, dann rannte er auf Nagada zu.

Es war einfach verdammt noch mal zuviel, dachte Colonel Jack O'Neil, als er das Zusammenschmelzen seiner Verteidigung vom besten Beobachtungsstandort der Gegend – den offenen Hangartoren des Startdecks Vier – beobachtete. Er hatte seine mobilen Einheiten aus der Wüste zurückgezogen, nachdem klar wurde, daß die Horuswächter durchgebrochen waren. Auch seine

Patrouillen, die Nagada beobachteten, waren abgezogen.

Aus der Stadt selbst schien es keine guten Neuigkeiten zu geben. O'Neils Nachtsichtgerät registrierte hohe Infrarotstrahlung. Die Stadt brannte. Ob von Luftangriffen oder intern gelegten Feuern, vermochte er nicht zu sagen.

Seine Truppen mußten weite Umwege zurücklegen, um die eroberte Mine zu umgehen, über der das Sonnenschiff wie eine monströse Wolke über einer offenen Wunde in der Erde schwebte.

Eine Verteidigungslinie war errichtet worden, um einen weiteren Vormarsch auf das Lager zu unterbinden, Patrouillenaktivitäten waren verstärkten worden. Die irdischen Truppen machten nur sparsam von ihren Energiewaffen Gebrauch. Ihr Einsatz zog einen sofortigen Gegenschlag nach sich, eine dieser zerstörerischen Fontänen, die dieses höllische Ding über ihren Köpfen aussandte.

Schmerzlich betrachtete O'Neil einen weiteren Strahlenstoß. Am verletzlichsten waren seine Leute an der Frontlinie. Paradoxerweise würde sich ihre Lage verbessern, je näher die Linien am Camp lagen.

Selbst von seinem Beobachtungsstandpunkt aus konnte der Colonel erkennen, daß Hathor ziemlich lausig zielte.

Wenn die Schlacht das Lager erreichte, würde sie ihr Feuer wahrscheinlich ganz einstellen müssen.

Ansonsten, ging es O'Neil durch den Kopf, würde sie nämlich das in Gefahr bringen, worum sie kämpfte – das liegengebliebene Raumschiff und das SternenTor von Abydos.

O'Neil fühlte sich seltsam ruhig. Er hatte einen vollständigen Bericht an General West durch das SternenTor geschickt und ihn vor dem neuen feindlichen Raumschiff und seinen Fähigkeiten gewarnt.

Und er hatte mit der Evakuierung seiner Truppen begonnen.

Die Verwundeten waren die ersten gewesen. Dann hatte er versucht, das Wissenschaftlerteam abzuziehen, aber bis auf einen hatten sich alle dem Vorhaben verweigert. »Wenn das schon das letzte ist, was wir tun, dann soll es wenigstens auch einen Sinn haben«, hatte Barbara Shore gesagt. »Wir werden die Technologie dieser Schüssel zur Erde bringen, und wenn wir die Computer aus den Wänden reißen müssen, bevor wir von hier verschwinden!«

O'Neil hatte Colonel Felton mit der Aufgabe betraut, die Leute durch das SternenTor zu bringen. Der Armyoffizier war vielleicht etwas steif, aber effizient.

Blieb Jack O'Neil die Aufgabe, so viele Überlebende und Verwundete aus der Wüste zu schaffen wie möglich ... ohne seine Verteidigung so sehr zu schwächen, daß der Feind durchbrechen und den Rückzug gefährden konnte.

O'Neil fühlte sich müde. Er war ein Kämpfer – er haßte es, wenn er Reißaus nehmen mußte. Aber so viele seiner Leute waren bereits auf dieser Welt geopfert worden. Die meisten von ihnen waren in einem aussichtslosen Kampf gefallen. Die Tatsache, daß die Niederlage schließlich noch in einen Sieg umgewandelt werden konnte, machte sie auch nicht mehr lebendig.

In den Mundwinkeln des Colonels erschien ein bitteres Lächeln. Vor nicht allzu langer Zeit hätte er die Möglichkeit, im Kampf zu sterben, willkommen geheißen. Damals schien das die Antwort auf alle seine Probleme zu sein.

Nun hatte er wieder ein Leben. Er wollte leben. Aber zuallererst war er Soldat. Wenn er sein Leben geben mußte, würde er es tun.

Nur die Vorstellung, andere Menschen hier mithineinzuziehen, die haßte er.

»Passen Sie auf, Sir!«

Mitch Storey konnte kaum glauben, daß er das dem Kommandanten der Erkundungsstreitkräfte auf Abydos zugerufen hatte.

Aber Colonel Jack O'Neil trat zur Seite, als Storey und einige andere Techniker die Transportkarren vorbeischoben, auf denen die geplünderte Technologie hoch aufgeschichtet war.

Die Zeit rannte ihnen unweigerlich davon, und die Mitglieder des Technikerteams glichen eher Vandalen als Wissenschaftlern, während sie durch das Schiff hasteten und versuchten, so viele Daten wie möglich aufzuzeichnen und zu übertragen.

Durch das SternenTor floß ein gleichmäßiger Strom an Photos, Diagrammen und übersetztem Material. Die Techniker gingen nun skrupelloser vor. Speicherplatten wurden aus den Computern gerissen, an manchen Stellen wurden ganze Computer entfernt. Und wenn die Teile für den Abtransport zu groß waren, wurden die Schaltkreisläufe an Ort und Stelle zerlegt und alles aufgezeichnet.

Barbara Shore war unten im Maschinenraum, einem Ort, wo sie sich sehr vorsichtig bewegten. Denn irgendwo hier erzeugten diese riesigen Apparate ungeheure Mengen an Energie. Ein Spezialteam vermaß die einzelnen Komponenten, überprüfte ein Dutzend Strahlungsarten, schoß Filme und stahl aus den Maschinenraumcomputern jede erdenkliche Datei.

Storey hoffte, daß es reichen würde, um zu Hause ein Duplikat des Triebwerks anzufertigen.

Professor Pete Auchinloss hatte die Klassenzimmer in den Mannschaftsquartieren vollständig ausgeweidet. Schließlich hatte er, unter Mithilfe von schnell angeworbener Muskelkraft, jeden einzelnen Lehrcomputer mitgenommen, den er finden konnte.

Storey war sich nicht sicher, ob er dieser überstürzten, raubtierhaften wissenschaftlichen Untersuchung zustimmen konnte.

Aber selbst er verspürte Ärger, als er sah, wie ein vorsichtiger Techniker versuchte, einen Schaltkreis zu entfernen, der die Metamorphose der Wände steuerte.

»Sie brauchen den Schaltkreis und das, was er ansteuert«, sagte er, nachdem er seinen Karren angehalten hatte. »Haben Sie das isoliert?«

»Äh, mehr oder weniger«, sagte der andere und zeigte auf die etwa eineinhalb Quadratmeter große Fläche. »Nur die Größe macht Probleme.«

»Nein, das macht sie nicht.« Storey faßte in den ersten Karren und zog eine Strahlenlanze heraus. »Treten Sie nun zurück.«

Und dann, die Spitze der Waffe berührte fast die Wand, schnitt der bärtige Techniker das markierte Areal heraus.

»Warten Sie einen Moment, bis es abkühlt«, sagte Storey seinem erstaunten Gehilfen. »Und dann geben Sie es dem nächsten Transport mit, der hier vorbeikommt.«

Daniel Jackson stand vor den Toren Nagadas und sah die Stadt in Flammen stehen; eine rußige, rote Feuersäule fraß sich in den Himmel.

Daniel blieb stehen. Er war nicht unbedingt ein religiöser Mensch, aber er wußte, wie die Hölle aussah, wenn er sie erblickte.

Und, kaum zu glauben, auf den Laufplanken war Bewegung. Menschen rannten hin und her, auf der Holz- und Seilbrücke war eine Menschenmenge versammelt. Und war das dort oben nicht Skaara? Und Sha'uri?

Daniel atmete tief ein. »Hallo, das Tor!« schrie er so laut er nur konnte.

»Das Tor ist geschlossen!« rief eine der Wachen zurück. »Versuch es morgen wieder – wenn es ein Morgen noch gibt.«

»Ich habe Nachrichten vom Lager der Erdlinge«, erwiderte Daniel. Er warf die Kapuze seines abydianischen Umhangs zurück. »Und ich will meine Frau sprechen«, fügte er auf Englisch hinzu.

Die Schreie auf den Türmen und Laufstegen wurden von Lauten des Erstaunens abgelöst, als man Daniel erkannte. Und inmitten der überraschten Ausrufe hörte Daniel das scharfe metallische Klicken von Gewehren, die entsichert wurden.

Es hat keiner gesagt, daß es leicht werden würde, dachte er.

Er hob seine Hände und zeigte die leeren Handinnenflächen.

»Nehmt die Gewehre hoch!« Skaaras Stimme durchdrang den Tumult. »Und öffnet die Tore. Ich möchte hören, was er zu sagen hat.«

Eine Stimme erhob sich im Protest – sie gehörte Sha'uri. Aber sie sprach nur auf ihren Bruder ein, nicht zu den übrigen. Und doch reichte ihr feindseliger Ton aus, um Daniels Herzschlagfrequenz hochschnellen zu lassen.

Als sich die Tore knarrend und ächzend geöffnet hatten, war Skaara bereits unten. Daniel stand seinem Schwager gegenüber, der genauso wie er die Hände erhoben hatte.

Trotzdem entging es Daniel nicht, daß zwei Heckenschützen ihre Gewehre auf seinen Kopf gerichtet hielten und nur auf eine feindselige Bewegung von ihm warteten.

»Ich werde dich nicht beißen«, sagte Daniel schließlich. »Meinst du, du kannst den beiden Schützen sagen, daß sie sich ein anderes Ziel suchen sollen?«

Ein Wort von Skaara, und beide zogen ab. Es mochte schlecht in Nagada stehen, aber offensichtlich erblühte Skaara zu einem wirklichen Führer.

Vielleicht deswegen, weil er die einzige Hoffnung darstellt, die diese Menschen noch haben, dachte Daniel.

»Ich weiß es zu schätzen, daß ihr mich nicht gleich erschossen habt«, sagte er. »Funktionieren eure Funkgeräte noch? Habt ihr herausgefunden, was diese Nacht passiert ist?«

Daniel gab daraufhin einen präzisen Bericht dessen, was geschehen war – und was das riesige Schiff bedeutete.

Und da er nicht wußte, ob sich die Geschichte bereits herumgesprochen hatte, erzählte er Skaara kurz, was ihm seit dem Tag des Attentats widerfahren war.

»Ich hatte gehofft, daß auch Sha'uri anwesend ist. Sie hätte einiges davon hören sollen.«

Bitte nicht um Dinge, die du nicht haben kannst, schien der Blick in Skaaras Gesicht zu sagen.

»Sie wollte nicht, daß du hierher kommst«, sagte er. »Als ich darauf bestand, ging sie.«

Daniel war, als setze sich ein zehn Kilogramm schwerer Stein auf seine Brust.

»Es ist ihr nicht zu verdenken. Hat man ihr wenigstens gesagt, daß Faizah in Wirklichkeit Hathor ist?«

Skaara nickte. »Das machte es meiner Schwester nicht leichter.«

Daniel zwang sich, seine Hoffnungen fahren zu lassen. »Was ist mit diesen Bränden?«

»Einer der vielen rivalisierenden Bandenführer hat Feuer gelegt, um den Feind auszuräuchern – aber es ist außer Kontrolle geraten. Bislang ist es uns gelungen, die Flammen von unserer Enklave fernzuhalten, aber ...«

»Und Kasuf? Wie geht es ihm?«

Lange sah Skaara Daniel fragend an. »Komm mit«, sagte er schließlich. »Ich zeige ihn dir.«

Sie gingen in ein großes, weißgekalktes Gebäude – ein Hospital, wie Daniel bemerkte, als sie es betraten. Der größte Teil des großen Gebäudes – ein ehemaliges Lagerhaus, dachte Daniel – bestand aus offenen Stationen.

Es gab jedoch auch einige wenige Privatzimmer für die ernsten Fälle.

Als Daniel Kasuf reglos vor sich liegen sah, konnte er einen tiefen Seufzer nicht unterdrücken. Er umfaßte die kühle, schlaffe Hand. »Alter Freund«, sprach er, »es schmerzt mich, dich hier in diesem Zustand zu sehen.

Und nicht nur, weil du der einzige bist, der weiß, daß ich nicht auf dich geschossen habe ...«

»A-aber du warst es doch gar nicht«, unterbrach ihn eine belegte Stimme. Die Hand, die er hielt, drückte ein wenig gegen die seine, und Kasuf öffnete die Augen.

»Derjenige, der auf uns schoß, trug auf seinem Kopf einen lächerlich gelben Haarschopf. Er war größer als du – ein Horuswächter, der Ras Zeichen in sein Gesicht eintätowiert hatte.«

Daniel starrte auf den Kranken, der so plötzlich geantwortet hatte, und dann hoffte er, Skaara möge alles gehört haben, was Kasuf mit seiner flüsternden Stimme erzählt hatte.

Kasufs Sohn aber stand in der Tür.

»Dr. Destin«, rief er. »Doktor!«

19. KAPITEL
VERLORENE HOFFNUNG

Dr. Terrance Destin konnte sich nicht erklären, was Kasuf aus seinem Koma erweckt hatte. »Ich würde sagen, es handelt sich hier um eines der Wunder moderner Medizin, aber ich weiß nicht, wer dafür verantwortlich ist.« Er nickte Daniel zu. »Vielleicht war es die Stimme von Mr. Jackson – die Stimme des Mannes, der beschuldigt wird, ihn angegriffen zu haben.« Der Arzt zuckte die Schultern. »Oder vielleicht war er einfach auch nur bereit, diese Welt wieder zu betreten.«

Wie auch immer, Skaara stimmte zu, daß Sha'uri hören sollte, was ihr Vater zu sagen hatte.

Daniel stand auf einem der Wachtürme und starrte in die Nacht hinaus, als er sich der Gestalt hinter sich bewußt wurde.

»So«, sagte Sha'uri schließlich auf Abydianisch. »Du bist also kein politischer Verräter.«

»Nein«, sagte Daniel, der es nicht wagte, sich umzudrehen. »Nur ein Dummkopf, der nicht weiß, wenn es ihm gutgeht.« Er holte tief Luft. »Zwischen ihr und mir ist nichts passiert. Ich will dir nichts vormachen und etwa sagen, daß es nicht möglich gewesen wäre. Sie hätte mich beinahe verführt – nur hat sie dann etwas entdeckt, das sie noch lieber haben wollte.«

»Ach«, sagte Sha'uri in einem Anflug von Sarkasmus. »Und nun, nachdem für dich alles vorbei ist, bist du zurückgekommen, damit alles wieder so werden kann wie früher.«

Daniel schüttelte den Kopf. »Ich bin hier, um dir zu sagen, daß nichts so ist wie früher. Deine Stadt brennt, die Horuswächter haben die Mine besetzt – und einen Teil deines Volkes gefangengenommen, wie Skaara mir erzählte. Das Ding dort draußen ...«

»Danke, ich habe genug gehört.« Er hörte, wie sich Sha'uri hinter ihm abwandte.

Daniel spürte, wie die Wut in ihm hochkam. Er fuhr herum und packte Sha'uri am Arm. »Hör zu«, sagte er, »Ich liebe dich, verdammt noch mal. Ich will alles zwischen uns wieder gutmachen. Aber ich habe nicht die Zeit dafür. Das Ding dort draußen verfügt über die Macht, Nagada zu einem kleinem schmierigen Fleck in der Landschaft zu verwandeln. Schau es dir an. Schau es dir an!«

Er zog sie an die Brüstung. Lange blickten sie hinaus und sahen die Feuerstöße, die vom Sonnenschiff kamen und in die Stellungen der Marines fuhren. »Das sind tapfere Männer dort draußen. Aber es gibt nichts, das sie vor diesen Energiestößen schützen könnte. Es wird nicht mehr lange dauern, und sie werden sich ins SternenTor zurückziehen müssen. Dann wird Hathor das Tor kontrollieren, und keinem wird es mehr möglich sein, von Abydos zu entkommen.«

»Dann geh«, sagte Sha'uri.

»Nein«, kam es von Daniel. »Ich will, daß du gehst. Du bist wegen der Rebellion zum Tode auserkoren – du und

Skaara, Kasuf und viele andere. Aber diejenigen, die entkommen, brauchen jemanden, der sie führt. Die Leute vertrauen dir. Sie folgen dir.«

»Und du glaubst, daß wir auf deiner wundervollen Erde willkommen sind?«

Daniel antwortete nicht gleich. Dann sagte er schließlich: »Ich denke, Jack O'Neil ist ein ehrenhafter Mensch. Und ich glaube nicht, daß dein Volk sterben sollte, weil du auf mich wütend bist.«

Er ließ Sha'uri los. »Hasse mich, wenn du willst. Aber ich hoffe, daß ich dein Leben – und das vieler anderer – retten kann.«

Das dumpfe Dröhnen von Hathors Strahlenschlägen war die ganze Nacht hindurch zu hören – wie nicht enden wollendes Donnergrollen, ohne daß der versprochene Regen einsetzte. Sha'uri hatte die Flüchtlinge alarmiert und ihnen die Situation erklärt. Diejenigen, die bereit waren zu gehen, packten nun ihre wenigen Habseligkeiten zusammen.

Ein besorgt dreinblickender Dr. Destin hatte zugestimmt, daß Kasuf verlegt werden konnte, und sich sogar bereit erklärt, ihn auf einer von einem Mastadge gezogenen Trage zu begleiten.

Als Sha'uri ihren Bruder erblickte, stellte sie fest, daß auch er Vorbereitungen getroffen hatte. Er trug eine Strahlenlanze und war von Meldern umgeben. »Wenn Hathor die Leute sieht, denkt sie wahrscheinlich, daß wir Colonel O'Neil zu Hilfe kommen. Daher müssen wir sie ablenken, und Daniel hat ein gutes Manöver vorgeschlagen. Wir werden die Mine angreifen.«

»Du willst angreifen – trotz dieses Dings am Himmel?« fragte ihn Sha'uri, und ihr Blick ging zum Sonnenschiff. »Das ist völlig hoffnungslos!«

Skaara sah sie ruhig an. »Nicht, wenn dadurch Hathor abgelenkt wird und deine Leute flüchten können. Aus irgendwelchen Gründen läßt die katzenköpfige Hathor

Gefangene das Quarz abbauen. Wenn das Mineral für sie so wichtig ist, dann wird sie sich um uns kümmern müssen.«

»Du meinst, sie wird euch töten müssen«, sagte Sha'uri verbittert.

Skaara zuckte die Schultern; er wollte sich mit ihr nicht streiten. »Ich habe Botschaften an unsere alten Kameraden geschickt. Wir brauchen jeden Soldaten, den wir für diesen Angriff ins Feld schicken können. Einige werden kommen. Sie werden es vorziehen, gegen die Horuswächter zu kämpfen als gegeneinander.«

Für einen Moment zögerte er, dann sagte er: »Wir werden noch in dieser Stunde aufbrechen. Daniel begleitet uns.«

Als Sha'uri nichts darauf antwortete, nickte ihr Bruder. »Du mußt uns nicht viel Glück wünschen.«

Vom Wall, der das Basislager umgab, betrachtete Colonel Jack O'Neil die Kolonne, die sich durch die noch von der Minengesellschaft erbauten Straßen und in die goldene Pyramide des Raumschiffs *Das Auge des Ra* schlängelte. Langsam, Trupp für Trupp, rückte die Schlange vor. Viele der Männer waren verwundet und müde. Aber mit jedem, dem es gelungen war zu entkommen, verstärkte sich der Druck auf die Verteidigungslinie des Colonels.

O'Neil zuckte zusammen, als ein weiterer Energiestoß aus dem riesigen Rumpf, der wie ein Schatten über ihnen lag, niederfuhr und das ganze Schlachtfeld für einen Augenblick erleuchtete. Die Männer, die gerade von ihren Stellungen kamen, duckten sich. O'Neil verstand sie. Sie waren es gewesen, die dort draußen die Ziele dargestellt hatten.

Der Colonel richtete sein Fernglas auf die Einschlagstelle. Hathors große Kanonen hatten die Infanteriekompanie, die sich zurückzog, nur knapp verfehlt. Und der Wüstenabschnitt, groß genug, um darauf ein Apartmentgebäude zu errichten, war zu einem Krater aus geschmolzenem grünlich-braunen Glas geworden.

Und wenn seine Soldatenseele auch jeden einzelnen Schritt dieses Rückzugs haßte, so war er doch froh, daß die Männer lebend entkamen.

Zumindest diesem Energiestrahl.

Lieutenant Adam Kawalsky, der neben ihm stand, schien diesen Gedanken aufzunehmen. Der Lieutenant interessierte sich für Militärgeschichte, besonders für die des Marine-Corps. Es überraschte nicht, daß er hier eine historische Perspektive anlegte. »Ich war für Vietnam noch zu jung. Aber jetzt weiß ich, wie es für die Männer gewesen sein mußte, als sie in Khe Sanh niedergehalten wurden.«

»Oder in Alamo«, fügte Feretti an. Das Geschichtsverständnis des anderen Überlebenden der ersten Abydos-Mission war höchst fragmentarisch ausgeprägt.

»Das ist kein guter Vergleich«, wies ihn O'Neil zurecht. »Die Leute dort kamen alle um.«

»Außerdem«, fügte Kawalsky an, »waren es keine Marines.«

»Ja.« Feretti nickte und strich mit seinem Fernglas über das Schlachfeld. »Deswegen haben die armen Schweine wahrscheinlich auch verloren.«

O'Neil blickte auf. Zuviel Zeit war verstrichen seit dem letzten Geschenk vom Himmel. Warum griff Hathor nicht mehr an?

Zu ihrer Überraschung verschwanden am Himmel andere Sternenfelder. Die Millionen Jahre alte Barke änderte ihre Position. O'Neil verfolgte sie gespannt. War das der Auftakt zu einem Flankenangriff? Zog sich Hathor zurück, weil sie hoffte, seine vorderen Stellungen besser mit Feuer belegen zu können – ohne dabei das SternenTor zu gefährden?

Nein – die riesige Gestalt am Himmel entfernte sich zu weit.

»Wo, zum Teufel, will Hathor hin?« grummelte er, während er in den Himmel starrte.

»Sir, ich würde sagen, das Ding geht zu den Minen zurück«, sagte Kawalsky.

»Und, Sir, eine Kolonne nähert sich«, meldete plötzlich Feretti. »Sie kommt aus der Richtung von Nagada, aber nicht auf der Straße.«

Schnell fuhr O'Neil herum und richtete sein Fernglas in die angegebene Richtung. Obwohl Nagada nicht direkt zu sehen war, war die Position leicht auszumachen. Er mußte sich nur an die rötliche Flammensäule in der Ferne halten.

Ein schneller Blick durch sein Nachtsichtgerät zeigte eine hohe Infrarotkonzentration – Menschen, die sich auf sie zubewegten. O'Neil runzelte die Stirn und versuchte für das, was er sah, eine Erklärung zu finden.

Die Horuswächter waren, seit sie von der Pyramide am Himmel unterstützt wurden, ein wenig kühner geworden, sie patrouillierten und hielten den Druck auf O'Neils sich zurückziehende Truppen aufrecht. Aber bislang hatten die Horuswächter kaum angegriffen. Sie beschränkten sich darauf, Verirrte abzuknallen und Positionen zu überrennen, die durch die Sonnenbarke sowieso bereits dem Erdboden gleichgemacht waren.

Eigentlich glaubte O'Neil nicht, daß die Horuswächter den Mut zu einem Angriff hatten. Warum rückten sie dann aber ohne ihre monströse Luftunterstützung vor? Hathor hatte er noch nie für eine Befehlshaberin gehalten, die sich besonders darum sorgte, wenn ihre Leute im eigenen Feuer umkamen.

Der Colonel setzte das Fernglas wieder an die Augen; er wollte die Absichten des Feindes herausfinden. Sollte er die Überreste seiner Artillerie einsetzen, in der Hoffnung, damit der Entschlossenheit der Horuswächter einige Schläge zu verpassen? Oder war das Ganze nur eine Finte, darauf ausgerichtet, daß er seine Artilleriestellungen preisgab, damit sie mit einigen Strahlenstößen aus dem riesigen Schiff vernichtet werden konnten?

O'Neil wollte bereits der Batterie den Feuerbefehl erteilen, als er ein letztes Mal angestrengt durch das Glas sah.

Irgend etwas stimmte nicht – dann sah er es. Die Gestalten, die auf sie zukamen, waren viel zu sehr verhüllt. Infrarotsichtgeräte zeigen die nackte Haut. Und davon hatten die Horuswächter, die nur mit Schürzen und dem Jochbeinkollier bekleidet waren, genug. Nur ihre Köpfe wurden von den Gesichtsmasken abgeschnitten.

Aber das Infrarotbild, das O'Neil erhielt, zeigte Hände und Gesichter. Entweder war das eine ausgefeilte Maskerade oder ...

»Eine Patrouille hinausschicken«, befahl er plötzlich seinem Funker.

»Sir?« kam es unsicher von Feretti.

»Ich glaube nicht, daß das ein Angriff ist«, erklärte der Colonel. »Ich denke, sie sind uns freundlich gesonnen.«

Minuten später erhielt er die Meldung eines Corporals. »Eine Flüchtlingskolonne aus Nagada, Sir, die von jemandem namens Sha'uri angeführt wird. Sie spricht Englisch und bittet Sie um eine Passage zur Erde.«

O'Neil beobachtete den langen Zug der ausgemergelten Gestalten, die sich durch den Sand mühten. Natürlich vermied Sha'uri die Straße. Sie führte zu den Minen, die in Feindeshand lagen. Und umgeben von den Bränden in der Stadt und den Horuswächtern gab es wahrscheinlich nur einen sicheren Ort, den dieser kleine Teil der abydianischen Bevölkerung, der unter ihrer Obhut stand, erreichen konnte.

»Sir?« fragte der Funker. »Corporal Sanders will wissen, ob er sie zur Umkehr bewegen soll.«

O'Neil richtete sich auf. »Zum Teufel, nein«, sagte er abrupt und wandte sich an seinen geschichtsbewußten Unteroffizier. »Wahrscheinlich werden wir uns hier ebenso verdrücken müssen wie damals in Vietnam. Aber wir werden auf keinen Fall die Leute in den Wind schreiben, die auf unserer Seite standen.«

»Rufen Sie die Transportabteilung. Alles, was Räder hat, soll ausrücken – sofort.«

Es würde ein ziemlich übles logistisches Problem werden, aber darüber konnte sich Felton den Kopf zerbrechen.

Alles, was O'Neil zu tun hatte, war, die Stellung zu halten – so lange, bis alle fort waren.

Daniel Jackson zielte und brannte mit seiner Strahlenlanze einem Horuswächter ein Loch in das Jochbeinkollier. Obwohl er sich inmitten des größten Kampfes seines Lebens befand, fühlte er sich seltsamerweise ganz ruhig.

Sha'uri hatte ihn zurückgewiesen, und er befand sich an vorderster Front eines Selbstmordangriffs. Er konnte nicht unbedingt sagen, daß alles gut war mit dieser Welt. Vielleicht war es auch nur so, daß diese Welt so gut wie verloren war.

Skaara hatten den Vormarsch über die offensichtlichste Route, die alte Minenstraße von Nagada, geführt. Es war kaum zu glauben, aber sie waren erst auf Horuswächter gestoßen, als sie um die Wegbiegung waren, die in die Mine selbst hinunterführte.

Daniel und das abydianische Kontingent griffen mit Strahlenlanzen an. Die Horuswächter aktivierten ihre Masken und griffen zu den Waffen, wurden aber schnell überwältigt. Ihre Stoßkraft ausnutzend, setzten die Milizionäre ihren Vormarsch den Berg hinunter fort, bis sie in der Dunkelheit auf eine weitere, aber größere Gruppe von Kriegern stießen. Daniel hatte bereits seine Lanze erhoben und war feuerbereit, als er auf Abydianisch ausrief: »Nein! Nein! Nicht feuern! Das sind Freunde.«

Es waren verwahrloste Gefangene, Abydianer und Erdbewohner, die zur Arbeit in den Minen gepreßt worden waren. An ihren Umhängen und Tarnuniformen hing dick der weiße Staub.

Einer der Abydianer hatte Tränen in den Augen. »Als die anderen den Falkenköpfen erzählten, wie es in der Stadt steht, sagten sie, daß es niemand wagen würde, die Stadt zu verlassen, um uns zu retten.«

»Nun, sieht so aus, als hätten sie sich getäuscht«,

sagte Daniel. Er schritt weiter zu den Amerikanern und fragte auf Englisch: »Hat hier jemand die Befehlsgewalt?«

»Schätze, das bin ich«, erwiderte eine schwache Stimme.

Daniel mußte zweimal hinsehen, um das zerschlagene Gesicht des Lieutenant Charlton zu erkennen. »Ihr kamt gerade rechtzeitig. Die Jungs haben mich gedeckt ..«

»Männer, die nicht mehr arbeiten können, werden getötet«, erklärte einer der Marines. »Die Scheißkerle haben das klar zu verstehen gegeben.«

»Aber unseren Freunden mit den komischen Kopfbedeckungen gefiel nicht, daß die Männer auf mich achtgaben, und beschlossen, ein Exempel zu statuieren«, fuhr Charlton fort. »Ich denke, sie wollten uns von der Mine stürzen.«

»Okay«, sagte Daniel. »Jeder, der dafür ist, es ihnen heimzuzahlen – der hebt seine Hand.«

Skaara und die Haupttruppe waren mittlerweile angekommen. Jeder, der eine Waffe übrig hatte, reichte sie nun weiter, auch die Strahlenlanzen, die sie den toten Horuswächtern abgenommen hatten, wurden verteilt; dann setzte das vergrößerte Kontingent den Vormarsch fort.

Angesichts der großen Zahl an Gefangenen, die unten am Grund der Mine arbeiteten, war die Zahl der Horuswächter relativ klein.

Aber wenn die Hoffnung ihr häßliches Haupt erhebt ...

Daniel, an vorderster Front der Kämpfe, sah einige Male mit an, wie Horuswächter von Gefangenen mit Schaufeln zerschmettert wurden oder plötzlich zusammenklappten, als ihnen Pickel in den Rücken gerammt wurden. Aber er sah auch, wie Arbeitsgruppen nur Sekunden vor ihrer Befreiung von Strahlenlanzen niedergemetzelt wurden. Manche Männer warfen sich in die feindlichen Strahlenstöße, damit ihre Freunde die Wächter mit den bloßen Händen erledigen konnten.

Dann ertönte im Talgrund ein schweres, pfeifendes Geräusch. Es dauerte eine Weile, bis Daniel es erkannte – und mit der Silhouette in Verbindung bringen konnte, die sich in die Luft erhob. Das Zwitschern kam von einem Udajeet. Der Anti-Schwerkraftgleiter mußte schwer mit dem Quarziterz beladen sein, denn er wälzte sich in der Luft, als er beidrehte, um seine Kanonen auf die oberen Abschnitte der Mine zu richten.

Daniel zielte mit seiner Lanze auf das Cockpit und schickte Strahlenstoß auf Strahlenstoß ab, bevor der Pilot auf die anrückenden Truppen feuern konnte. Schnell fielen auch die anderen in das Feuer ein. Sekunden später stürzte der Udajeet hilflos ab und explodierte. Zwei weitere Maschinen stiegen auf, die sich allerdings nicht die Mühe machten anzugreifen. Sie wollten nur entkommen. Keiner entkam den Spießruten.

Männer kamen von unten heraufgeklettert, wo die Horuswächter überrannt worden waren. Und nach den Strahlenstößen zu schließen, leisteten sie nur noch am anderen Ende der Mine, in den Verteidigungsstellungen, die die Erdbewohner errichtet hatten, Widerstand.

Daniel begann wieder hochzusteigen; er versuchte, die Position der Horuswächter von der Flanke her anzugreifen. Kaum hatte er sich in den Kampf gestürzt, sah er maskierte Wächtertrupps, die über die Sanddünen kamen, um ihren Brüdern zu helfen. Die beiden Streitmächte waren in ein tödliches Handgemenge verwickelt, als sich der Himmel über ihnen verdunkelte. Dann ging eine gewaltige Energieentladung auf die Kämpfenden nieder.

Rebellen, Erdlinge und Horuswächter wurden Opfer des Strahlenstoßes. Daniel fand sich flach auf eine Felszunge nahe am Abgrund geworfen. Nur ein wenig weiter, und er wäre alle seine Sorgen losgewesen.

Nach dieser fast gottähnlichen Züchtigung schreckten beide Seiten voneinander zurück. Doch Daniels Stimme übertönte die entsetzten Schreie. »Nicht zurückfallen!« rief er auf Englisch und Abydianisch. »Dann wären wir für Hathor ein klares Ziel! Folgt den Horuswächtern! Sie kann nicht ihre eigenen Leute unter Feuer nehmen!«

Skaara unterstützte ihn, und gemeinsam schafften sie es, den Angriff fortzuführen.

Daniel wußte nicht, wie es ihnen gelang. Es war, als würden sie direkt in einen Verbrennungsofen stürmen. Den Ausschlag gaben die ehemaligen Gefangenen, die ihre Reihen stärkten und Hathors gigantische Strahlenstöße ignorierten, so erpicht waren sie darauf, mit den Horuswächtern abzurechnen.

Dann wandte sich das Sonnenschiff von ihnen ab und ließ seine Energiestöße auf die Wüste niedergehen.

Was, zum Teufel, konnte dort draußen nur sein?

Aber Daniel hatte nicht die Zeit, sich darüber den Kopf zu zerbrechen. Ein Horuswächter, dessen Lanze entzweigesplittert war, kam hinter Felsen hervorgesprungen und versuchte Daniel niederzuprügeln. Der Kerl war viel zu nahe, so daß Daniel seine Strahlenlanze nicht mehr einsetzen konnte. So schwang er den Schaft der Waffe quer vor seine Brust und versuchte den Schlag des Wächters zu parieren.

Aber die Dinge laufen manchmal nicht so ab, wie sie es in Robin-Hood-Filmen tun. Der Horuswächter rammte sich in Daniel, und beide gingen zu Boden.

Daniels Strahlenlanze war noch immer über seiner Brust, wo sie vom Gewicht des Wächters gehalten wurde, der nun versuchte, ihn zu erwürgen. Hände, so stark wie Stahlklauen, legten sich um Daniels Hals; vergeblich versuchte er, die maskierte Gestalt wegzustoßen.

Das war's also, dachte Daniel, bereits halb bewußtlos; sein Gesichtsfeld färbte sich rot und an den Rändern schwarz.

Dann wurde es von einem sengenden Blitz durchzogen, und an seinem rechten Ohr gab es eine laute Explosion. Alles andere als ruhmreich fiel der Horuswächter von ihm ab.

Und Jack O'Neil, eine 9-mm-Beretta-Pistole in der Hand, half Daniel auf die Beine.

»Dachte, ihr könntet ein wenig Hilfe gebrauchen, damit ihr es zur Abreise noch schafft.«

»A-Abreise?« nuschelte Daniel und sah sich um. Die einzigen Horuswächter, die er noch erblickte, rannten um ihr Leben. Alle anderen drängten sich in das Fahrzeugsammelsurium, bevor sie vom Sonnenschiff beschossen werden konnten.

»Ja. Wir haben bereits Sha'uri und ihre Flüchtlingskolonne aufgenommen. Sie erzählte uns vom Ablenkungsangriff, zu dem Sie Skaara überreden konnten. Welch eine schwachsinnige ...«

»So konnte Sha'uri entkommen. Ich bin nicht dieser Delta Foxtrot Bravo«, sagte Daniel. Der Gedanke, in die Schlacht zu ziehen, ohne überleben zu müssen, hatte ihn auf eigenartige Weise beruhigt. Aber jetzt, wo er damit konfrontiert wurde, daß wieder ein Hoffnungsschimmer bestand – trödelte er und ließ sich zurückfallen, während O'Neil auf den wartenden Humvee zuschritt.

Der Marine drehte sich um und runzelte die Stirn. »Worauf, zum Teufel, warten Sie noch – auf eine gemeißelte Einladung?«

Er packte Daniel und schleifte ihn voran, stieß ihn in das hintere Abteil des Fahrzeugs, das bereits mit Flüchtlingen besetzt war.

Die holpernde Fahrt über die Dünen war unbeschreiblich; sie vereinte die schlimmsten Qualen einer Reise durch das SternenTor mit schmerzhaften Tritten von Ellbogen und Kampfstiefeln; dazu kamen die Gerüche der schwitzenden, ungewaschenen Menschenleiber. Anscheinend versuchte der Fahrer, dem Raumschiff davonzufahren, aber dazu suchte er sich die tiefsten Schlaglöcher und spektakulärsten Bodenwellen aus. Sie krachten über die Dünen.

Aber dem Sonnenschiff konnte man natürlich nicht davonfahren. Immer schien er direkt über ihnen zu schweben, und Strahlenstöße gingen in ihrer unmittelbaren Nähe nieder.

Und dann gab es noch die verflixten Horuswächter, die teilweise in Gruppen durchgebrochen waren.

Einmal fand sich Daniel in einer Konversation mit Jack O'Neils Knien. Der Colonel hatte an dem lafettierten M-240-Maschinengewehr die Position des Schützen eingenommen und feuerte mit einer Geschwindigkeit von zweihundert Schuß pro Minute auf alles, was sich bewegte.

»Tut mir leid wegen der holprigen Fahrt«, sagte O'Neil und gab eine Salve ab. »Wir hauen nicht nur vor Hathor ab, sondern vor ihrer gesamten Armee. Es wird eng werden, wir können nur hoffen, daß wir unsere Stellungen noch erreichen, bevor sie überrannt sind.«

Sie krachten durch die offenen, aufgesprengten Tore des Lagers und schlitterten durch die verlassenen Straßen. Die glänzende Außenhaut des Raumschiffs *Das Auge des Ra* kam näher. Dann erblickte Daniel Horuswächter – viele, und O'Neils Maschinengewehr begann wieder zu röhren.

Der Rettungskonvoi kam gerade noch rechtzeitig, um die Marines zu retten, die den Eingang zum Schiff und zum SternenTor verteidigten.

»Kommen Sie, Jackson«, hörte Daniel den Colonel sagen. »Letzter Aufenthalt.«

Sam Gomfrey, ein Techniker, blickte finster und frustriert von seiner Uhr zu dem Relais für die Waffensteuerung, das er entfernen sollte. Die Zeit lief ihnen davon. Das Wissenschaftlerteam sollte längst unten sein. Er hatte sich noch einmal hochgequält, um dieses Ding persönlich durch das SternenTor zu bringen. Aber es war nicht sein Fehler gewesen, daß er aufgrund eines falschen Diagramms an einem völlig falschen Schaltkreis gesucht hatte.

Da die Zeit drängte, machte Gomfrey etwas, das seine präzise Wissenschaftlerseele im Normalfall zutiefst verabscheute – er entschied sich für eine Abkürzung.

Statt seine Werkzeuge auszupacken, griff er sich die Strahlenlanze, die er einem toten Horuswächter abgenommen hatte, und drückte so lange auf den Abzug, bis er das Steuermodul aus der Wand geschnitten hatte. Unter der Hitze und der Energieentladung der Waffe wanden und zuckten die angrenzenden Schaltkreise, als wären sie lebende Objekte, die zu entkommen versuchten.

Gomfrey beendete den Job, fluchte, als er sich die Finger verbrannte, während er den herausgetrennten Schaltkreis aufnahm. Er blickte auf den unregelmäßigen Umriß, den er in die Wand geschnitten hatte, zu den sich krümmenden Schaltkreisen, und zuckte die Schulter.

»Für die Regierung ist das sauber genug«, sagte er.

In der Leitung *Sb-26* durchliefen die durch Gomfreys brachiale Vorgehensweise geschockten Schaltkreise verschiedene Stadien ihrer biomorphischen Gestalt. Einer von ihnen, eine scheue multifunktionelle Einheit, die sogar den Anstrengungen des großen Handwerkergottes Ptah widerstanden hatte, wechselte in den Modus, der Energie nebenschloß.

An Bord der *Auge des Ra* suchte sich der Energiefluß nun ganz neue Bahnen.

Mitch Storey keuchte nach dem Aufstieg von ganz unten bis zum Kommandodeck des außer Betrieb befindlichen Raumschiffs. Klar, er verstand, daß Barbara Shore eine vertrauenswürdige Person brauchte, die überprüfte, daß nichts liegengeblieben war. Aber mußte das unbedingt er sein?

Das einzige, was ihn noch mehr ärgerte, war, daß Corporal Tom Vance, der ihn begleitete, überhaupt nicht zu atmen schien.

Ein schneller Blick zeigte, daß wirklich alles gemäß Plan abgeräumt worden war – so schien es zumindest.

Storeys Reaktion war kurz und profan. »Dann haben wir wenigstens nichts zu tragen«, sagte er und machte sich auf den Weg zur Haupttreppe. »Aber wenn wir noch rechtzeitig hier rauswollen, sollten wir unseren Arsch in Bewegung setzen.«

»Gehen Sie schon mal vor«, sagte Vance, nachdem ihm etwas Ungewöhnliches aufgefallen war. Er hatte genug Zeit an den Konsolen verbracht, um zu erkennen, daß hier etwas nicht so war wie sonst. Auf den Konsolen leuchteten Anzeigen, die sonst niemals aufgeblinkt hatten.

Und viele dieser Lichter befanden sich auf der Konsole für die Artilleriesteuerung ...

Nachdem Daniel Jackson bei Skaaras Angriff zu den ersten gehört hatte, fand er sich nun bei den letzten wieder, die das SternenTor verteidigten. Die Marines hatten sich mit zähem Widerstand zurückgezogen, erst in die Goldquarzhallen des Raumschiffs *Das Auge des Ra*, dann in den Steinweg der SternenTor-Pyramide.

Das Bombardement vom Sonnenschiff hatte sofort aufgehört, als der letzte Rettungskonvoi angekommen war. Anscheinend zog es Hathor doch vor, unersetzbare Güter nicht zu beschädigen.

Auf ihre Horuswächter allerdings nahm sie nicht so viel Rücksicht. Unter ihrem gnadenlos Druck waren die Erdlinge bereits halb in die Große Galerie zurückgedrängt worden. Daniel befand sich in der Trance des Kampfes, sorgte sich nicht mehr, was die Zukunft bereithalten würde, als er plötzlich von hinten gepackt wurde.

»Tut mir leid, Doc«, kam es von Lieutenant Kawalsky, als er den kriegstrunkenen Ägyptologen aus der Schlachtlinie zog. »Aber der Colonel will Sie sehen – sofort.«

Die Halle mit dem Sternentor, die noch vor kurzem überfüllt war mit Flüchtlingen und abziehenden Soldaten, war nun, als Daniel sie mit seiner Begleitung betrat, fast leer. Sein Versprechen, Kawalsky zu folgen, hatte ihn wenigstens nicht seiner Würde beraubt. Um so besser. Es hätte ihm nicht gefallen, wenn er vor Sha'uri mit Zwang in die Halle geschleift worden wäre. Skaara war zur Stelle, daneben Mitch Storey, Barbara Shore, Jack O'Neil und einige andere Militärs.

»Vater ist bereits durch das SternenTor«, sagte Skaara zu Daniel. »Dr. Destin glaubt, daß er die Reise übersteht.«

Sha'uri sagte nichts. O'Neil bemerkte es sofort und warf dem Gelehrten einen verständnisvollen Blick zu.

»Ich verstehe, daß Sie lieber dort draußen wären und kämpfen würden«, sagte er Daniel. »Ich wäre selbst lieber in der Schußlinie. Aber ich habe General West einen Bericht zu überbringen, und offen gesagt brauche ich Ihre Meinung zum Sonnenschiff. Wir sind wahrscheinlich die letzte Gruppe, die noch durchkommt ...«

»Aber, Colonel«, protestierte Barbara Shore. »Ich sagte Ihnen doch, einer meiner Leute ist noch nicht aufgetaucht. Eigentlich gehört er zu Ihnen – es ist Corporal Vance.«

»Wir können nicht ewig warten«, sagte O'Neil. »Mr. Storey, würden Sie bitte das SternenTor aktivieren!«

Bevor Storey den Befehl ausführen konnte, bewegte sich der innere Symbolring von alleine und veränderte die Kombination, die zur Erde führte.

»Was, zum Teufel ...?« sagte Storey.

Daniel fuhr zu O'Neil herum. »Vielleicht glauben Sie mir jetzt, wenn ich Ihnen sage, daß Ras Medaillon auch als Schlüssel für das SternenTor gebraucht werden kann.«

»Klar glauben wir Ihnen«, sagte die blasse Barbara Shore. »Jetzt, da sie uns damit eingeschlossen hat.«

20. KAPITEL

AM ZIEL

Der innere Ring des SternenTors kam zum Stillstand. Alle starrten auf den schimmernden Toroiden.

»Das scheint keine Verbindung zu sein«, sagte Barbara Shore.

»Sie will nicht, daß wir von hier verschwinden«, sagte Daniel. Der giftige Ton in seiner Stimme machte klar, wen er damit meinte. »Entweder kommt sie selber, oder sie schickt einen ihrer kräftigen Jungs.«

Als sei damit das Stichwort gefallen, begann das SternenTor mit der Energie eines sich ankündigenden Transits zu pulsieren.

Daniel war bereits in Aktion. Er ließ seine Strahlenlanze fallen und schob sich an einer überraschten Marine-Wache vorbei, von deren Gürtel er sich zwei Handgranaten nahm. Er hielt sie hoch und ging damit auf die sich nun glättende Energielinse zu, die sich innerhalb des Rings bildete.

»Alle in die nächste Kammer«, sagte Daniel ruhig.

»Jackson«, herrschte ihn O'Neil an. »Sie wissen so gut wie alle, daß der SternenTor-Transit eine Einbahnstraße ist. Sie können diese Handgranaten nicht durchwerfen.«

»Oh, die Handgranaten sind nur zur Sicherheit«, versicherte ihm Daniel entschlossen. »Wir werden hier ein kleines physikalisches Experiment durchführen. Ich werde hier einfach stehenbleiben – mal sehen, was geschieht, wenn zwei Körper versuchen, zur selben Zeit denselben Raum einzunehmen.«

»Jackson!« schrie die entsetzte Barbara Shore.

»Daniel?« sagte Sha'uri besorgt.

Aber Daniel kam nicht dazu, sich zu opfern. Eine schlanke Gestalt in einem verstaubten Tarnanzug schob ihn aus dem Weg. »Der Colonel braucht Sie«, sagte Lieutenant Charlton. »Sorgen Sie dafür, daß das hier nicht umsonst ist.«

Sie erspähten einen maskierten Horuswächter, der sich zu materialisieren begann. Etwa die Hälfte seines Körpers wurde von Charlton bedeckt. Als er bemerkte, was geschehen würde, wich der Wächter entsetzt zurück. Aber es war nicht mehr aufzuhalten.

Ein greller Schein füllte die Kammer, und die ganze Pyramide schien um sie herum zu wanken.

Als sie wieder sehen konnten, war der Torus des SternenTors leer ... und Lieutenant Charlton war verschwunden.

»Verdampft?« fragte Mitch Storey mit ruhiger Stimme.

»Ich denke, es gibt wohl eine Art Rückstoß«, ließ Barbara Shore erschüttert verlauten.

»Nun, was immer geschehen ist, es sieht so aus, als wäre das SternenTor frei«, sagte O'Neil. »Mr. Storey, prüfen Sie, ob es funktioniert – und bringen Sie uns nach Hause.«

Niemals war eine SternenTor-Aktivierung schneller vollzogen worden als jetzt. Jeder im Raum war gespannt nach vorne gebeugt, als die übliche Zyklusabfolge – anschwellender Ton, Energieflut, schließlich die Bildung der Energielinse – stattfand.

Sie hielten sich lange genug zurück, um den Frauen den Vortritt zu lassen. Dann stürzte sich jeder im Raum auf das Tor.

Mehr als zweihundert Meter über dem Chaos in der SternenTor-Halle saß Corporal Tom Vance auf dem Kommandodeck des Raumschiffs vor der Steuerkonsole.

Er hatte getreu wiederholt, was ihm Mitch Storey über die Funktion der Artilleriesteuerung gezeigt hatte. Die Sensoranzeigen an der Decke befanden sich im schematischen Modus. Das Symbol, das den riesigen Rumpf des Sonnenschiffs darstellte, bedeckte fast die gesamte Fläche.

Vance bewegte das stilisierte Auge des Zielsystems, bis

es genau mitten auf den Arsch des riesigen Schiffes zeigte.

»Für alle meinen toten Kumpel«, fauchte er. »Nimm das!«

Khonsu schwieg, während Hathor ihn lebhaft für das mißglückte Kommandounternehmen, das sie soeben durch das SternenTor befohlen hatte, verantwortlich machte.

»Was meint Ihr damit, irgendwas ging schief?« fragte sie.

»Ich denke, der Transit wurde irgendwie unterbrochen«, erwiderte er. »Ich glaube, unser Team ist vollständig aufgerieben worden.«

»Und worauf gründet sich diese Annahme?« wollte Hathor in säuerlichem Tonfall wissen.

»Das hier kam durch das Portal zurück, Herrin.«

»Durch das Portal kommt nichts zurück ...« Hathor hielt inne, als sie bemerkte, was ihr Untergebener ihr hinhielt. Es war ein Teil einer Horusmaske, seltsam verdreht, als wäre sie unter ungeheuerlichem Druck verformt worden.

Und innen befand sich ein Stück vom Kopf des ehemaligen Kriegers, ebenso sauber abgetrennt wie die Maske.

Manchmal war sogar eine Kriegsgöttin schockiert.

Hathor mußte noch diesen unvorhergesehenen Vorfall verdauen, als bereits der nächste einsetzte. Die enorme Masse des Schiffes wurde plötzlich nach oben geworfen. Hathor und ihr Lehnsmann wankten, stolperten, und die automatischen Systeme traten in Kraft. Sie stabilisierten die Maschine und brachten sie höher. Andere Systeme aktivierten die Sensoren, die nach dem Aggressor suchten. Meldungen hallten durch die leeren Bereiche des Kommandodecks – alle in der unverständlichen Sprache der alten Rasse, die Ra hervorgebracht hatte.

»Computer!« schrie Hathor. »Die Meldungen in meiner Sprache!«

Das Kauderwelsch wurde verständlich. »Automatische Verteidigungseinrichtungen haben den Ausgangspunkt des Energieangriffs entdeckt.«

Hathor starrte. Die Erdlinge hatten es irgendwie geschafft, die Strahlenkanone an Bord der *Auge des Ra* betriebsbereit zu machen.

»Hauptbatterien führen Zielaufnahme durch«, fuhr die automatische Meldung fort.

Zu spät erkannte Hathor die Bedeutung dessen, was der Computer sagte.

Als die automatische Verteidigung verkündete: »Feuer«, schrie sie »nein!«

Es war zu spät. Ein züngelnder Energiestrahl blitzte von den Ausläufern der Hauptbatterien auf. Er traf die Spitze der *Auge des Ra*, und einen kurzen Augenblick lang widerstand das Goldquarz dem flackernden Strahl. Dann war das Schiff verschwunden – und mit ihm das Kommandodeck und Tom Vance.

Aber die tödliche Energieentladung ging weiter, ließ den Stein der Abydos-Pyramide verdampfen, bohrte sich in den Grund – und traf das noch aktive SternenTor.

Wie betäubt starrten Hathor und Khonsu auf das höllische Spiel, das zwischen der rohen Gewalt des Strahlenstoßes und den fein aufeinander abgestimmten Energien des SternenTors stattfand. Und plötzlich stimmte etwas nicht mehr mit der Umgebung der zerstörten Pyramide. Sogar das Licht schien irgendwie gebrochen zu sein, die Leute und der Boden nahmen eine unirdisch blaustrahlende Färbung an und schienen dann einfach zu verschwinden. Es dauerte nur Sekunden, und dort, wo sich ihre Horuswächter-Armee versammelt hatte, befand sich nun das Epizentrum eines riesigen, klaffenden Risses, der sich tief in die Planetenkruste hinein fortsetzte.

Schockwellen gigantischen Ausmaßes rüttelten am massiven Rumpf der Millionen Jahre alten Barke. Weitere automatische Systeme schalteten sich ein, analysierten die Situation und brachten das große Raumschiff auf sichere Entfernung.

Die beiden Menschen an Bord beobachteten auf den Langstrecken-Scannern die letzten Zuckungen des Planeten. Abydos verwandelte sich in eine aufgeplatzte, vulkanische Hölle, der Ort des ehemaligen SternenTors markierte nun einen kontinentweiten Riß, der vor glühender Lava überquoll.

Khonsu sah zu dem reglosen, schönen Gesicht neben sich, das auf das von ihr verursachte Blutbad starrte.

Die Herrin übertrifft noch ihre Legende, dachte er. *Einst hatte sie eine Welt in Blut ertränkt, jetzt mordet sie einen ganzen Planeten.*

Im Raketensilo des Creek Mountain, Colorado, spie das irdische SternenTor die letzten Evakuierten vom abydianischen Debakel aus. General West und die Militärpolizisten der Marines, die für die Sicherheit verantwortlich waren, hatten in den vergangenen Stunden einige bizarre Szenen erlebt, darunter ein sehr aufgeregtes Mastadge, das nach dem Transit äußerst inkontinent war.

Aber keiner hatte bislang SternenTor-Reisende durch die Energielinse kommen sehen, die so dicht aufeinander folgten, daß sie als eine einzige Masse übereinander herausfielen, als hätten sie sich zu einer spontanen Orgie verabredet.

»O Gott«, murmelte eine der Wachen. »Man hört ständig von Gruppensex, aber ich habe niemals erwartet, so was mal zu sehen ...«

Daniel Jackson gelang es, von Sha'uri aufzustehen, die dann wegkroch und auf die Füße kam, ohne ihn auch nur eines Blickes zu würdigen.

Barbara Shore befreite sich und wandte sich der SternenTor-Linse zu, die nach dem Transit nicht abebbte, sondern noch immer aktiv war und nun wilder waberte, als sie es jemals gesehen hatte.

»Es ist doch noch nicht vorbei«, sagte sie. »Vielleicht Vance ...«

Plötzlich blitzte der Energiefilm auf dem Ring schmerzhaft hell auf, und aus dem Tor kam etwas geflogen, das die Physikerin nur knapp verfehlte. Was immer es war, es schlug mit der Gewalt einer Kanonenkugel gegen die Sicherheitsbarrieren.

Jack O'Neil, wieder auf den Beinen, sah es sich an. »Sieht wie ein Stein aus«, berichtete er. »Es ist auf der einen Seite behauen, nun aber glasiert – man kann noch die Hitze spüren, die davon ausgeht. Und es scheint etwas darauf geschmolzen zu sein.«

Er betrachtete die andere Seite des noch immer dampfenden Gesteinsbrocken. »Goldquarz.«

»Ich denke, das ist einer der Deckensteine aus der SternenTor-Halle«, sagte Daniel mit ruhiger Stimme. »Hathor muß direkt von oben auf uns gefeuert haben.« Er wandte sich an General West. »Ich vermute, wenn Sie nun die Abydos-Koordinaten des SternenTors wählen, werden Sie keine Verbindung bekommen.«

»Sie glauben, das SternenTor sei zerstört?« fragte West.

»Wahrscheinlich ist sogar die ganze Welt vernichtet.« Barbara Shore hörte sich an, als sei ihr übel.

Eine Sekunde lang zerfiel Wests Pokergesicht. Es überraschte Daniel, in diesem Gesicht so etwas wie Bedauern zu sehen – vermengt allerdings mit einer gewissen Zufriedenheit. »Ich hoffe aufrichtig, daß Abydos nicht in der Gefahr ist, in der Sie den Planeten sehen«, sagte er. »Obwohl, wie ich zugeben muß, es eine große Erleichterung wäre, wenn Hathor das Abydos-SternenTor verloren hätte und uns so nicht mehr erreichen könnte.«

»Tut mir leid, General, aber sie wird uns so oder so erreichen«, sagte Daniel. »Geben Sie ihr ein Jahr. So lange wird es nämlich dauern, bis sie in diesem verdammten Riesending in unserem Sonnensystem ist.«

Mit kaltem Blick starrte er jeden im Raum an. »Und dann sollte die Erde besser vorbereitet sein.«

ENDE

Band 24 219

Bill McCay
STARGATE 2
Das Erbe des Sonnengottes

Deutsche Erstveröffentlichung

STARGATE, der Roman zum Film von Roland Emmerich, war einer der erfolgreichsten SF-Titel des letzten Jahres. Dies ist die Fortsetzung der spannenden Geschichte um eine ferne Welt, in der die Götter der ägyptischen Antike lebendig geworden sind.

Als ein Team von Soldaten und Wissenschaftlern das Sternen-Tor durchschreitet und einen Planeten, Millionen Lichtjahre entfernt, betritt, haben die Männer eines mit Sicherheit nicht im Sinn: eine Rebellion in Gang zu setzen. Doch können weder Colonel Jack O´Neil noch der Ägypkologe Daniel Jackson die Augen vor den Tatsachen verschließen und das befreite Volk von Abydos sich allein überlassen. Vor allem nicht, da die Außerirdische Hathor, Ras undurchschaubare Nachfolgerin, ganz eigene Ideen hat, was die Herrschaft über die Menschen betrifft...

BASTEI LÜBBE

Sie erhalten diesen Band im Buchhandel, bei Ihrem Zeitschriftenhändler sowie im Bahnhofsbuchhandel.